EL SEÑOR Y LO DEMÁS, SON CUENTOS

NARRATIVA

LEOPOLDO ALAS «CLARÍN»

EL SEÑOR Y LO DEMÁS, SON CUENTOS

Edición
Gonzalo Sobejano

Apéndice
Rafael Rodríguez Marín

COLECCIÓN AUSTRAL

Primera edición: 14-III-1989
Octava edición: 1-VI-1998

© *Espasa Calpe, S. A., Madrid, 1988*

Diseño de cubierta: Tasmanias

Depósito legal: M. 18.450—1998

ISBN 84—239—9856—8

Impreso en España/Printed in Spain
Impresión: UNIGRAF, S. L.

ESPASA

Editorial Espasa Calpe, S. A.
Carretera de Irún, km 12,200. 28049 Madrid

ÍNDICE

INTRODUCCIÓN de Gonzalo Sobejano   9
   1.   La hechura del libro   11
   2.   *El Señor,* novela corta   15
   3.   Cuentos fabulísticos   18
   4.   Cuentos novelísticos   24
   5.   Clarín cuentista   35
NOTA SOBRE ESTA EDICIÓN   39
NOTA BIBLIOGRÁFICA   41

EL SEÑOR Y LO DEMÁS,
SON CUENTOS

EL SEÑOR   45
¡ADIÓS, «CORDERA»!   67
CAMBIO DE LUZ   81
EL CENTAURO   99
RIVALES   105
PROTESTO   121
LA YERNOCRACIA   131
UN VIEJO VERDE   139
CUENTO FUTURO   149

Un jornalero   183

Benedictino   195

La Ronca   211

La rosa de oro   223

Apéndice, por Rafael Rodríguez Marín   237
    Cuadro cronológico   239
    Documentación complementaria   245
    Taller de lectura   255

INTRODUCCIÓN

El volumen de la «Colección Austral» que hasta el presente ha venido titulándose *¡Adiós, «Cordera»! y otros cuentos* recobra desde ahora el título que el autor puso a su serie de relatos cuando la publicó en Madrid, en 1893: *El Señor y lo demás, son cuentos*.

Efectivamente, en 1944 aparecía por primera vez este libro en «Austral» con la novedad del cambio de título y con otra novedad de mayor importancia: la supresión del relato «El Señor». Consultada la editorial acerca de aquel cambio y esta amputación, nada conserva al parecer en sus archivos que explique el caso. No es probable que el motivo de la eliminación de «El Señor» fuese literario (la narración posee calidad tan alta como otras) ni publicitario (la popularidad de «¡Adiós, "Cordera"!» podría aclarar su elevación a título, pero no el descarte de «El Señor»). La causa hubo de ser de orden «moral»: en «El Señor» un sacerdote se enamora íntegramente de una mujer, y aunque este amor sea espiritual en extremo, el sacerdote adora la belleza de aquella mujer, lleva la mirada de sus ojos grabada en el corazón y, al salir de administrarle los sacramentos, se le derraman en la calle los santos óleos. Como en los años cuarenta la censura actuaba con rigor, es de suponer que las partes contratantes convinieran en quitar de la colección ese relato por precaución frente a la censura. Menos explicable resulta que hasta hoy mismo se haya seguido reeditando el tomo en la misma forma: su sexta edición es de 1977 (desaparecido ya el régimen de Franco) y la duodécima corresponde al año 1984.

A partir de ahora, pues, se restituye al libro su título propio y se vuelve a incorporar «El Señor» al conjunto que este relato encabezaba y en el cual «¡Adiós, "Cordera"!» ocupaba el segundo puesto.

No parece necesario, en estas páginas introductorias, presentar al lector a Leopoldo Alas, Clarín (1852-1901), en su vida —dedicada a la enseñanza del Derecho, al ejercicio de las Letras y a la familia y a la amistad— ni en su obra como periodista fecundísimo, crítico literario de inigualada excelencia en su tiempo, pensador, educador, ensayista, dramaturgo y autor de dos novelas hoy ampliamente conocidas: *La Regenta* (1884-1885) y *Su único hijo* (1891). Tampoco pretenden estas páginas dar una imagen completa del cuentista cuyas narraciones breves ocupan cuatro tomos por él mismo publicados (*Pipá*, 1886; *Doña Berta*, 1892; *El Señor*, 1893; *Cuentos morales*, 1896) y otros dos póstumos (*El gallo de Sócrates*, 1901, y *Doctor Sutilis*, 1916).

A los estudios principales que existen sobre las novelas cortas y los cuentos de Clarín remiten la nota bibliográfica adjunta a esta introducción y algunas notas marginales.

El objeto de estas páginas no es otro, por tanto, que ofrecer al lector alguna información, interpretación y apreciación del libro así prologado, no para estorbar su propio enjuiciamiento, sino con la intención servicial de auxiliarle.

1. LA HECHURA DEL LIBRO

De los trece relatos que componen la colección el más antiguo es «Cuento futuro» (1886). Vieron la luz durante el año 1892, en publicaciones periódicas, tres narraciones, por este orden: «¡Adiós, "Cordera"!», «El Señor» y «Protesto». De 1893 son las siguientes, por orden de aparición en revistas y periódicos, desde enero a julio: «Un viejo verde», «La yernocracia», «El Centauro», «Cambio de luz», «Benedictino», «La Ronca», «Rivales» y «La rosa de oro». Sólo de «Un jornalero» se desconoce la fecha de publicación previa (si tuvo lugar), aunque es probable que se escribiese en 1891 o 1892 [1].

Quiere ello decir que, salvo «Cuento futuro», los relatos aquí coleccionados pertenecen a un período de la vida de Leopoldo Alas en que éste experimenta inquietudes espirituales y anhelos religiosos con mayor intensidad que antes. Casi todos pueden verse como testimonios del *espiritualismo* del autor (sentido también, en formas y grados diversos, por escritores y artistas europeos de aquel fin de siglo). Baste advertir que el relato inicial tiene por protagonista a un sacerdote que asiste a una mujer en su agonía, y el último a un Papa que premia a una mujer por su acendrada virtud.

Gracias a los hispanistas franceses Josette Blanquat y Jean-François Botrel (que las han publicado en 1981) conocemos hoy las cartas en que Leopoldo Alas habla de *El Señor y lo demás, son cuentos* a su editor Manuel Fernández Lasanta. Son varias, pero la más importante es la que le dirige desde Oviedo el 14 de junio de 1893. En ella le anuncia el envío de los nueve

---

[1] Estos datos proceden de un «Índice cronológico de los cuentos y novelas cortas de Leopoldo Alas» que el eminente clarinista francés Yvan Lissorgues ha tenido la amabilidad de darme a conocer antes de su publicación.

primeros cuentos, encarece la buena acogida de éstos en los periódicos hasta el punto de haber recibido por ellos «felicitaciones colectivas», propone que vayan ilustrados por un pintor experto en claroscuro aunque temiendo el retraso de la edición, solicita letra clara y no pequeña, bastantes espacios, y divisiones señaladas por triángulos de asteriscos, y, en fin, especifica la forma en que debe ordenarse la portada: su nombre, su seudónimo, el título *El Señor* en una sola línea y en caracteres mayores; en la línea inferior, con letras de menor tamaño, *y lo demás, son cuentos*, y debajo, entre paréntesis, los restantes títulos precedidos de su número romano, desde el II («¡Adiós, "Cordera"!») hasta el XIII («La rosa de oro»). Ruega Clarín al editor que se procure en una agencia literaria de Madrid el texto de «Un jornalero» y en la redacción de *El Imparcial* el de «Benedictino» (dicho cuento aparecería en *Los Lunes de El Imparcial* el 19 de junio, o sea, pocos días después de escrita esta carta), y promete, por último, mandarle él mismo al editor «La Ronca» (publicado también el 19 de junio en *El Liberal)* y «La rosa de oro» (que saldría en *Los Lunes* el 10 de julio siguiente).

Atendidas estas precisiones, resulta evidente que Clarín no dispuso los cuentos de su nueva colección por el orden cronológico de la aparición de cada uno en la prensa. Tampoco había procedido así cuando en 1886 formó un primer libro con nueve relatos encabezados por *Pipá;* enviando al mismo Lasanta, a fines de 1885, el plan de aquella serie, le había escrito: «El orden de los cuentos ése; pero sobre todo *Pipá* el primero y *Zurita* el último» [2]. Ello prueba que el autor daba gran importancia al lugar primero y al último, y advertido queda que «El Señor» y «La rosa de oro»,

    [2] J. Blanquat y J.-F. Botrel, obra citada en la «Nota bibliográfica», págs. 71-72 y 20.

por su temática religiosa (caridad, santidad), infunden al libro que aquel relato abre y éste cierra un acento espiritual que no era dominante en *Pipá* (donde la naturaleza vencía a la voluntad) ni lo era todavía en la segunda colección, *Doña Berta, Cuervo, Superchería*, de 1892 (donde prevalece el problema del conocimiento: tardía recuperación de la conciencia maternal en «Doña Berta», comprensión habitual de la muerte en «Cuervo», lúcida penetración en la vanidad del mundo fenoménico en «Superchería»).

El signo religioso de la colección de 1893 viene reforzado por el tercer relato, «Cambio de luz», uno de los más detenidamente intensos: en él se reconquista la creencia en lo invisible en el preciso instante de perder la facultad de percibir lo visible. Tendíase a considerar este cuento como la expresión de una crisis de conciencia que habría devuelto a Leopoldo Alas la fe perdida, pero aunque esta interpretación no sea exacta (Alas nunca dejó de sentir esperanza en lo sobrenatural, ni aun durante los tiempos de relativa cercanía al positivismo), parece irrefutable la semejanza del protagonista de «Cambio de luz» con su creador en numerosos puntos: edad, familia, profesión, lecturas, gustos, afectos, preocupaciones, el temor a la ceguera, la busca de un consuelo en la música.

Tratar de averiguar la posible razón del orden en que los relatos se suceden parecerá acaso vano intento, pero no deja de ser un modo de aproximarse a la constitución del libro. Puesto que se ha alegado que en sus cuentos Clarín da expresión a su angustia ideológica a través de personajes imaginarios (G. Brown) y que tales cuentos son mayormente la proyección de su vida (Laura de los Ríos), una tentativa de aclaración pudiera consistir en reconocer por qué orden aparecen los relatos donde esa condición autobiográfica se percibe más marcadamente. Ocurre así en «El Señor» (Juan de Dios, sacerdote enamorado en silencio),

«Cambio de luz» (Jorge Arial sólo ve a Dios al cegar), «Rivales» (un escritor vencido por su obra), «Un viejo verde» (el tímido hacia quien la coqueta se siente atraída con muda y póstuma admiración), «Un jornalero» (el infatigable obrero del estudio) y «La Ronca» (el crítico que, por culpa de su rigor como tal crítico, pierde a la mujer que le amaba calladamente). Los personajes de estos cuentos parecen criaturas de ficción en las que su hacedor hubiera puesto mucho más de sí mismo que en «¡Adiós, "Cordera"!» (la pobre familia obligada a vender a su vaca), «El Centauro» (una dama fascinada por este mito), «Protesto» (burla de un rico a un cura ansioso de su dinero), «La yernocracia» (ironización del favoritismo), «Cuento futuro» (donde el nuevo Adán, recuperado el paraíso, niégase a morder la manzana), «Benedictino» (caída de una extraviada solterona en los brazos de un viejo verde que fue amigo de su padre) o «La rosa de oro» (leyenda del Papa magnánimo y la abnegada doncella). La alternancia de los cuentos «en Yo» y de los cuentos «en Ellos» (me refiero a protagonización, no a voz narrativa) es casi perfecta, pero sólo casi. Podría, además, asegurarse que aflora una emoción más peculiar del carácter de Alas en la ternura con que narra la pena de unos niños al perder a su vieja «Cordera» que, por ejemplo, en la estrategia literaria y erótica del novelista que protagoniza «Rivales».

Otro criterio aplicable sería el genérico: qué géneros de relato pueden distinguirse y cómo se distribuyen. Clarín consideraba novelas cortas los titulados «Doña Berta», «Cuervo» y «Superchería», pero no trazaba distinciones estrictas y podía llamar cuentos a ciertas narraciones que algunos intérpretes hemos estimado novelas cortas. Para el caso del libro que nos ocupa, la distinción importaría sólo en relación con «El Señor», que puede parecer (a mí me lo parece) una novela corta. *Lo demás*, indudablemente, *son cuentos*.

Entre paréntesis: el título *El Señor y lo demás, son cuentos* admite al menos dos interpretaciones: 1.ª *El Señor y lo demás* —coma: pausa—, todo ello *son cuentos;* y 2.ª *El Señor,* primer relato de este libro, es una novela corta o «nouvelle», *y lo demás,* o sea, las doce narraciones restantes, *son cuentos.* Para esta edición se ha preferido conservar en cubierta y portada la titulación puesta por el autor, incluida la coma con su inquietante o ambiguo efecto.

2. «EL SEÑOR», NOVELA CORTA

Admitiendo que «El Señor» fuese en la intención de su autor una novela corta (así lo admitían Ricardo Gullón en 1952, y Mariano Baquero en 1981 bajo el nombre de «cuento largo» usado a veces por Emilia Pardo Bazán)[3] transcribiré algunos de los términos con que, en otra parte, intenté describir la diferencia:

> La norma de la *novela corta* pudiera designarse (...) como una norma de *realce intensivo.* (...) la novela corta podría describirse como el relato (más extenso que el cuento en dimensión textual) que suele presentar estos rasgos: un suceso notable y memorable; un tema puesto de relieve a través de «motivaciones» que lo van marcando; un punto culminante o giro decisivo que ilumina lo anterior y lo ulterior en el destino de un personaje, cuyo proceso queda apuntado en unas etapas o estaciones; a menudo cobra función radiante un objeto-símbolo (...); la estructura de la novela corta es repetitiva, y su composición concentrada le infunde una calidad dramática[4].

---

[3] R. Gullón, véase la «Nota bibliográfica», bajo I. M. Zavala. M. Baquero Goyanes, «Los "cuentos largos" de Clarín», en *Los Cuadernos del Norte,* Oviedo, II, núm. 7 (mayo-junio 1981), págs. 68-71.

[4] Esta autocita y las que siguen proceden del capítulo IV del libro *Clarín en su obra ejemplar* (1985) mencionado en la «Nota bibliográfica».

Con arreglo a este modo de entender la novela corta, interpretaba en aquel mismo lugar el relato «El Señor» con palabras que también reproduzco porque sigo pensando que no eran inadecuadas:

> Representa «El Señor», como ninguna otra obra de Clarín, el ideal de un amor puro, sublimado al último grado de perfección desde la atracción de la carne: algo como un «Agape» alentado por un «Eros» que no fuese fin egoísta sino principio de placer ético-estético desinteresado. Evocando aquel amor de Pedro de Dacia y Cristina de Stommeln que el sacerdote de *La Regenta* sentía como ideal, había escrito Clarín en 1891 (en la reseña de *Ángel Guerra*): «Renan nos describe los amores de un religioso y una religiosa, allá en los siglos medios, en un país del Norte, y se llega a ver la posibilidad y verosimilitud de un cariño puro, desinteresado y realmente místico, sin dejar de ser ayudado por simpatía carnal.»
>
> Precisamente el suceso insólito de la novela «El Señor» es esta simpatía, este amor de la mirada de un religioso a una joven, enferma y olvidada por su novio. El símbolo radiante es la consagración del sacerdote a una misión más heroica que aquella con que soñaba desde niño: llevar el Señor a los moribundos (...)
>
> El tema es la trasposición del martirio por Dios desde el espacio ecuménico al inmediato contorno del mundo ordinario y al centro del corazón; tema puesto de relieve a través de una serie de motivos: el niño Juan de Dios jugaba a los altares, imaginando empresas misioneras; de adulto, contempla a Rosario tras los vidrios de su balcón (otro altar) y cumple misión de enfermero; finalmente, llamado a llevar los sacramentos a su amada agonizante, ora ante el altar doméstico, asiste (y habla con ella por primera vez) a la mujer que siempre había contemplado, y, repitiendo su renuncia primera al apostolado y su renuncia segunda a cualquier correspondencia amorosa, cae al salir sobre la calle, derramando los óleos, mientras escucha una voz que le dice en sus entrañas: «¿No

querías el martirio por amor Mío? Ahí le tienes.
¿Qué importa en Asia o aquí mismo? El dolor y Yo
estamos en todas partes.»

Es «El Señor» la novela corta más concentrada
de cuantas Clarín compuso, y la más lírica. No hay
diálogos porque estorbarían al talante soledoso, intro-
vertido y musical que impregna la conciencia del protagonista, cuya vida entera se ofrece a panorámica
distancia. La prosa narrativa se hace poesía que selec-
ciona y acentúa los sentimientos. La poesía del corazón apenas puede detenerse a configurar el mundo
prosaico, y todo lo alza a un firmamento de belleza
moral.

Francisco García Sarriá vio en Juan de Dios la anti-
figura del sacerdote de *La Regenta:* aquél sabe dominar su fuerza, conseguir el amor puro aunque no sin
conflicto, y renunciar al amor humano a través del dolor que une su destino con el de la mujer.

Analizando este relato como novela corta, desde el
punto de vista de la «lingüística del texto», Tomás Albaladejo ha mostrado el conflicto entre el mundo deseado por Juan de Dios y el mundo real efectivo en
una tensión que crece hasta el final sin resolverse.

En función contrastiva, pudiera recordarse también
que el joven seminarista de *Pepita Jiménez* (1874), de
Juan Valera, soñaba como el Juan de Dios clariniano
en propagar la fe sirviendo de misionero y, como él,
veíase atraído hacia una mujer que le ataba a su preciso enclave; pero don Luis de Vargas conseguía la felicidad del hogar y de la descendencia, mientras Juan
de Dios sólo se aproxima a la amada cuando nada es
posible más que un último reconocimiento sin futuro.

3. CUENTOS FABULÍSTICOS

Si contemplamos ahora los demás relatos del libro como «cuentos», debo hacer nuevas autocitas (no por vanidad), y la primera sea este intento de descripción de lo que al cuento es esencial:

> La norma del *cuento* (…) podría denominarse *unidad partitiva*. El cuento refiere un suceso o estado cuyas circunstancias y contrastes de valores representan la realidad social, o la iluminan moralmente, o (en el caso del cuento tradicional) la suplantan por un orden ético no históricamente determinado. Se distingue el cuento por la brevedad; la tendencia a la unidad (de lugar, tiempo, acción, personaje); la concentración en algún elemento dominante que provoque un efecto único (con frecuencia, un objeto-símbolo o una palabra-clave); y la suficiente capacidad para excitar desde un principio la atención del lector y sostenerla hasta el fin. El carácter partitivo consiste en que el cuento (me refiero sobre todo al cuento literario moderno) quiere revelar sólo en una parte la totalidad a la que alude.

De aceptar como norma del cuento la aquí esbozada, ha de hacerse una distinción básica entre el cuento fabulístico y el novelístico (y esta es la cita segunda.

> El cuento *fabulístico* (que es el tradicional, aunque experimente renovaciones en nuestros tiempos) transfigura el mundo en mito, ejemplo, maravilla o fantasía; expone una trama, por breve que sea, a través de la cual se logra trascender la realidad comunicando al lector un reconocimiento, una iluminación, una interpretación; y en él lo que más importa es la buena trama, el choque moral, el humor, el vuelo imaginativo y los primorosos efectos. En cambio, el cuento *novelístico* (que es el cuento moderno a partir de 1880 aproximadamente; Clarín es uno de sus creadores)

configura algo *de un* mundo (*una parte* de mundo) como impresión, fragmento, escena o testimonio; expone un mínimo de trama, si así puede llamarse, a través de la cual se alcanza una comprensión de la realidad, transmitiendo al lector la imagen de un retorno, una repetición, una abertura indefinida o una permanencia dentro del estado inicial; y en él lo que importa más es el reconocimiento de lo acostumbrado, la identificación con los personajes y la ampliación y refuerzo de nuestra capacidad de simpatía. Si llamo *fabulístico* al primer tipo es porque se aproxima a la *fábula* (conseja, parábola, apólogo, alegoría, milagro, leyenda, enigma, fantasía, maravilla), y si llamo *novelístico* al segundo tipo es porque se aproxima a la *novela* moderna, de la que viene a ser una sinécdoque (la parte por el todo), de donde su carácter partitivo (o participativo).

En el volumen que el lector tiene en sus manos sólo tres cuentos serían fabulísticos: «Protesto», parábola del interés; «Cuento futuro» (farsa utópica de un paraíso revisitado y corregido) y «La rosa de oro» (narración legendaria). Ocupan estos cuentos los lugares sexto, noveno y decimotercero, así es que en este ritmo de inserción no parece haber obrado un propósito de exacta armonía ordinal, pero sí puede notarse la voluntad de introducir, de cuando en cuando, un relato fantaseador que reste actualismo o añada lejanía.

«Protesto» abarca cuatro capítulos breves: don Fermín Zaldúa, nacido para ganar, llegó a ser un riquísimo negociante, pero nunca olvidó que podría perder el alma (I). Viejo ya, trató de unificar su múltiple deuda hacia los otros en Dios como único acreedor, y se dedicó a favorecer a la Iglesia bajo la guía de su director espiritual, don Mamerto (II). En pleno auge de su práctica caritativa tuvo, acaso inspirado por el demonio, un sueño: soñó que en la hora de la agonía don Mamerto le libraba una letra para que en el cielo le pagasen en valores de bienaventuranza sus limosnas, y que, llegada al cielo su alma, San Pedro no aceptaba la letra, por lo cual el alma de don Fermín extendió ante el notario un «protesto» cuyo peso sobre su cuerpo, ya sepultado, sintió el durmiente (III). Al despertar, encuentra Zaldúa a don Mamerto a la cabecera de su cama, aguardando una importante donación, y, habiéndole referido el sueño, el sacerdote lo tiene por inverosímil porque en el cielo no hay escribanos, no existen plazos ni cabe que el alma de un ususero se presente a cobrar una letra, ya que «los usureros no tienen alma»; y puesto que es así, niégase Zaldúa a dar a la Iglesia más dinero, contento de no haber perdido lo ya gastado, pues «la fama de santo ayuda al crédito» (IV).

Se enfrentan aquí dos materialismos: el absoluto del usurero (no perder nunca nada, ni aun el alma) y el relativo del clérigo (obtener del rico los mayores beneficios infundiéndole miedo a perder la gloria) y triunfa aquél sobre éste. En 1889 había publicado Galdós su novela *Torquemada en la hoguera,* donde el prestamista, mediante obras de caridad, intentaba comprar a Dios la curación de su hijo moribundo. Don Fermín Zaldúa no se halla en situación tan congojosa (aunque en el sueño se contempla en su hora última), pero piensa como Torquemada que con dinero puede lograrse la salvación. En tono regocijado y burlesco, el cuento narra un doble chasco: el del usurero a las puertas del cielo y el del cura ante la bolsa cerrada del rico. Dentro de una tipología de conseja popular (el alma que va a pasar ante San Pedro, asunto ya tratado por Clarín en su fantasía *El Doctor Pértinax,* de 1880, y meses antes por Unamuno en *Juan Manso,* de 1892), el narrador compone la parábola de dos intereses encontrados, cuyo vínculo es el protesto. La fábula deja entrever cierta realidad de época: sacerdotes que, para restablecerse de las consecuencias de la desamortización y de otros riesgos, se afanan por conse-

guir recursos; burgueses enriquecidos por medios
como la usura; un ambiente en que la materia ahoga
al espíritu. Pero al prosaísmo jurídico (letra, protesto,
requisitos) se sobrepone la fantasía trascendental:
sueño, previsión de la muerte, anhelo de eternidad. Y
el humor clariniano va desde la observación jocosa
(don Fermín, oveja recuperada o «Toisón de Oro»)
hasta el detalle macabro (el cadáver mordido por los
gusanos, con el protesto en la barriga y los pies «hechos polvo»). Sirve así el relato como ejemplo soñado
de una verdad moral: su trama de destino ilumina la
trayectoria del tacaño con agilidad figurativa y efectos
ridiculizantes.

«Cuento futuro» (el más antiguo, el más largo y uno
de los menos comentados cuentos de Clarín) perte-
nece a la especie fabulística desde su mismo título,
pues del futuro sólo se puede contar por obra y gracia
de la fantasía. El narrador imagina que en cierto in-
concreto momento del tiempo por venir la Humanidad, cansada de girar alrededor del sol, fundó un partido de «heliófobos» dispuestos a detener las vueltas
de la tierra en torno al astro, y que entre ellos pronto
se destacó el doctor Adambis, quien propuso a los
hombres el suicidio universal (I). Votado por demo-
crática mayoría el suicidio, y auxiliado Adambis por
los gobiernos para fabricar un aparato de exterminio,
cierto día de año nuevo el doctor, acompañado de su
esposa Evelina Apple, con sólo oprimir un negro botón hizo morir a todos los humanos (II). Evelina, sin
embargo, había convencido a Judas para que excep-
tuase a ambos del general estrago, y Adambis, recu-
rriendo a un ardid, la obedeció; huyendo los dos, en
un globo, del mundial cementerio, volvió a obedecer
Adambis a Evelina y la condujo, gracias a sus conocimientos teológico-geográficos, a un frondoso lugar del
Asia Central (III). Ya en el paraíso, resolvió Jehová
probar una vez más a los hombres y cedió el jardín a

la pareja por la renta de sus buenas obras y con la única condición de respetar cierto manzano; pero cuando, tentada por la serpiente, come Evelina el fruto y se lo brinda a Adambis, éste se niega a obedecer y, dejando que ella sea expulsada por Jehová, permanece solo en el paraíso, de donde, pasados siglos, y no pudiendo suicidarse, fue transportado por Dios fuera de la tierra, acabándose así el mundo «por lo que toca a los hombres» (IV).

Aparece aquí el mundo transfigurado en una fantasía de sentido satírico (la inagotable curiosidad femenina) y ejemplar (la ineptitud humana para escapar al tedio de lo repetido). La trama sobrepasa la realidad mediante una iluminación de lo que fue el origen de la especie según las Escrituras y de lo que sería su ocaso según esta alteración. El humor invierte el misterio en juego, con una libertad fantaseadora que apela al refinamiento culto (tedio, heliofobia, ciencia, teología) y a la simplificación casi vulgar del chascarrillo (suicidio democrático, Eva insaciable, escarmentado Adán).

Si «Protesto» puede concebirse como una parábola (la materia fictiva responde a una verdad universalmente valedera) y si «Cuento futuro» puede definirse como una farsa utópica (farsa por la exageración cómica, utopía por la corrección futura de la Historia), «La rosa de oro» pudiera entenderse como una leyenda. Todo es piedad, sin átomo de burla, en este relato, fabulístico sin embargo porque los sucesos que narra parecen tener más de maravillosos que de verdaderos.

Se ha analizado la complejidad de este cuento como una serie de oposiciones (bien y mal, alteza y humildad, luz y oscuridad, ortodoxia y heterodoxia, rosas naturales y rosas de oro, María y Mesalina) y la subversión de tales oposiciones, y de la tonalidad apocalíptica y finisecular de la alegoría, mediante convergencias, paralelismos y oxímoros que culminarían en un acorde —de signo krausista— entre belleza física y espiritual, tierra y cielo, historia e idea, vida y arte, hasta afirmar que el texto «entreteje elementos de historia y leyenda, creando un contraste entre el comienzo a modo de cuento fantástico *(Una vez era un Papa)* y el fondo histórico» con sus referencias a León X y la rebelión de los husitas [5].

Algo de utópico se insinúa también en la actitud de aquel Pontífice que «no quería que hubiese dinero: sus bienes, sus servicios los hombres debían cambiarlos por caridad y sin moneda». El Papa incumple, así, las rutinas de la diplomacia y, no habiendo podido labrar ninguna rosa de oro con destino a la reina que era «una Mesalina devota», bendice la rosa que María Blumengold, tras muchos padecimientos, le había devuelto, y se la hace enviar a ella, a María. Diríase, pues, que no sólo el comienzo parece de cuento fantástico, sino aún más el final, con su premio a la mujer humilde y virtuosa. Nuevamente se trata de una fantasía ejemplar, que trasciende la realidad histórica para exhibir moralmente la belleza del sacrificio. Ello sucede a lo largo de una trama expuesta con primor en cuatro momentos: semblanza y biografía del Papa; escena de la llegada de María para entregarle la rosa; sumario de la aventura de esta áurea rosa, dada a guardar a María por su enamorado y conservada por ella en medio de los apuros de su pobreza; decisión papal de premiar a la abnegada mujer regalándole la rosa que ella misma le hubo traído.

[5] Martha LaFollette Miller, «Oppositions and their subversion in Clarín's *La rosa de oro*», en *Modern Language Studies,* 12, núm. 3 (1982), págs. 99-109.

4. CUENTOS NOVELÍSTICOS

Todas las otras narraciones (nueve) del libro son novelísticas: ejemplos del vivir, segmentos o muestras de la existencia común, iluminados por el ansia de una fe, el resplandor del amor y la preocupación responsable acerca de problemas morales, sociales, políticos. Lo cual no impide que estos cuentos enfoquen situaciones extrañas o delicadas ni que ahonden en algunos sentimientos sin nombre.

Al saludar la primera novela realista española en 1849, escribía con lucidez Eugenio de Ochoa: «La novedad, la variedad, lo imprevisto y abundante de los acontecimientos nos parece peculiar del *cuento;* la *novela* vive esencialmente de caracteres y descripciones», y añadía después que los cuentos «son meras narraciones de hechos que van pasando por delante de los ojos del lector como en una linterna mágica», mientras en las novelas «la narración de lo sucedido (...) es lo menos; el desarrollo, el comentario, lo más» [6].

Precisamente porque en estos cuentos de Clarín son más importantes los caracteres y el desarrollo de los hechos que la variedad y abundancia de éstos es por lo que tales narraciones nos hacen sentir, en su necesaria brevedad, una parte de mundo que pudiera pertenecer a una novela en proyecto, y por ello pueden estimarse «novelísticos». No son, sin embargo, novelas: son cuentos. Como tales, deben poseer algo de «la novedad» y de lo «imprevisto» que los haga dignos de ser contados. Y lo nuevo, lo imprevisto, radica —creo— en que los caracteres sean interesantes, en que el desarrollo o comentario que ofrece a esos caracteres los haga interesantes (si no lo eran), o en ambas cosas.

---

[6] Fernán Caballero, *La Gaviota,* edición, introducción y notas de Carmen Bravo-Villasante, 2.ª ed., Madrid, Castalia, 1985, páginas 332-333.

En «¡Adiós, "Cordera"!» la acción es mínima. Los gemelos Pinín y Rosa habíanse hondamente encariñado con la vaca que cuidaron durante años y a cuya presencia iban ligados los ocios de su niñez. Para salvar la familia y pagar la renta de su humilde casería, el padre, ya viudo, Antón de Chinta, hubo de llevar el animal al mercado, y llegó el día en que la venta se formalizó y los hermanos tuvieron que decir adiós a «Cordera», enviada al matadero con otras reses. Al cabo de unos años, la soledad fue aún mayor para Rosa cuando vio pasar el tren en que su hermano era conducido, con otros muchos reclutas, hacia la guerra.

No sólo es escasa la acción: es tan previsible, que hay que buscar en los caracteres y en el desarrollo lo que el asunto no da. Y los caracteres, aunque ordinarios (un pobre aparcero y sus niños), resultan interesantes por la relación de amor familiar entre ellos establecida. «Se amaban los dos hermanos como dos mitades de un fruto verde»; «amaban Pinín y Rosa a la "Cordera", la vaca abuela»; «La "Cordera" hasta donde es posible adivinar estas cosas, puede decirse que también quería a los gemelos encargados de apacentarla». Y el propio Antón recurre al «sofisma del cariño»: «Pedía mucho por la vaca para que nadie se atreviese a llevársela.» Se constituye así una familia perfecta: la vaca, habitante de la casa y del prado, merece el amor de todos y es para todos como una abuela. El animal incorporado a la familia: tal es el sentimiento, más bien insólito, que el narrador expresa con tan pronunciada adhesión que se le siente íntimo testigo del dolor y partícipe del despojo.

Al presentar primero el pasado familiar en su armonía e ir luego haciéndonos asistir gradualmente a su desintegración, las iniciales aprensiones de Pinín, de Rosa y de «Cordera» contra el telégrafo y el tren —que parecían superadas por la costumbre— confirman la triste suerte del microcosmos rural, víctima del ajeno y ancho mundo. Paralelismos, repeticiones de motivos y símbolos, oscuridad acentuada en las escenas del alejamiento del animal en contraste con la luminosa evocación de su ayer de tranquila pastura en el prado, y sobre todo la empatía con que el narrador se adentra en la conciencia de los familiares y en la paciencia de la «vaca santa», organizan el relato con suma eficacia artística y explican que sea este cuento no sólo muy divulgado entre toda clase de lectores, sino también uno de los más apreciados por la crítica. Cierto es que la narración no disimula ni esconde la ternura, pero ¿desde cuándo la ternura sería impropia de unos muchachos acostumbrados al trato con un animal inocente? Clarín no pretendía idealizar el campo frente al mundo del progreso: quería reflejar en la conciencia de los humildes el dolor por la pérdida de unos seres queridos. De la intimidad biótica de los «gemelos» con el animal prototípico de la mansedumbre y del calor materno está impregnado el relato, uno de los más líricos de Clarín, en concordancia con el primero («El Señor») y el tercero («Cambio de luz»), con los cuales integra un preludio poético: poético en alma y en arte, que es como Leopoldo Alas entendió siempre la poesía de un personaje o de un texto. Latido semejante sólo se hallará dentro de esta colección en el «cuento romántico» titulado «Un viejo verde» y, al final, en «La rosa de oro» [7].

---

[7]   La crítica se ha ocupado con frecuencia de *¡Adiós, «Cordera»!* Aparte lo indicado en la «Nota bibliográfica», he aquí una muestra de tal solicitud: E. García Domínguez, «Los cuentos rurales de Clarín» (en *Archivum,* Oviedo, XIX, 1969, págs. 221-242); F. de Urmeneta, «Sobre estética clariniana» (en *Revista de Ideas Estéticas,* XXVII, 107, julio-septiembre 1969, págs. 255-261); F. M. Lorda Alaiz, «Descripción científica de la obra literaria *¡Adiós, "Cordera"!»* (en *Boletín de la Real Academia Española,* 52, 1972, páginas 503-510); P. L. Ullman, «Clarín's androcratic ethic and the antiapocalyptic structure of *¡Adiós, "Cordera"!»* (en L. E. Davis, I. Tarán, eds., *The analysis of Hispanic texts,* Nueva York, Bilin-

Más que la poesía, la interioridad y la grandeza
—valores cardinales para Clarín— resalta en otros
cuentos novelísticos el contravalor de la prosa o prosaísmo de la vida corriente, atendido por necesario y
para desenmascararlo. Así ocurre en «El Centauro»,
«Rivales», «La yernocracia» y «Benedictino», donde la
acción es leve y lo extraordinario reside nuevamente en el carácter del personaje y en el enfoque del narrador.

El retrato de Violeta Pagés como una mujer hermosa y culta, de aficiones paganas, sirve de introducción a la confidencia hecha por ella al narrador cierta
noche, en un jardín, acerca de su pasión por el mítico
centauro que siempre la hizo soñar una delicia imposible. Y el marco se cierra con la breve información de
que, años después, cuando el narrador volvió a encontrar a Violeta, casada ya con todo un capitán de caballería, la dama le confesó la añoranza que sentía por el
caballo de su esposo. La ironía del narrador («¡Pobre
Violeta: le parece *poco Centauro* su marido!») realza
la singularidad del caso. Pues no se trata de que una
mujer ardiente ansíe un vigor masculino excepcional,
ni tampoco de que viciosamente pretenda emular a
Pasífae (aquello sería ordinario y esto aberrante): se
trata de una dama cultivada que, a través de lecturas
mitológicas y ensueños tenaces, se ha prendado del
hombre que es caballo, del caballo que es hombre.

Otro refinamiento describe morosamente el relato
«Rivales». La aventura intentada con una casada por
el escritor Víctor Cano, durante unas vacaciones en un
balneario, no ofrece variedad de lances, sino una situación persistente que consiste en el asedio del novelista a la señora, absorta en la lectura de cierta novela.
La sorpresa está en el desenlace: la señora leía una

---

gual Press, 1976, páginas 11-31); H. S. Turner, «Dinámica reflexiva
en *¡Adiós, "Cordera"!*» (en *Clarín y La Regenta en su tiempo*,
Oviedo, 1987, págs. 911-919).

novela de Cano en la que éste, por cambiar de clave, defendía el buen amor conyugal frente al adulterio que había glorificado en otra novela anterior. Tan edificada se siente la dama que, al averiguar la identidad de Víctor, sólo puede despreciarle. Aquí la literatura no es el Galeotto que reúne al hombre y la mujer, sino el rival del hombre que aparta de éste a la lectora. De la maraña que Víctor Cano enreda con su vanidad de literato y su apetencia erótica, una cosa queda en claro para el leyente (desde el principio) y para la mujer sitiada (al final): la doblez del sujeto, vencedor como novelista, vencido por su propia novela como galanteador.

«La yernocracia», uno de los más breves y menos comentados relatos de Clarín, puede por esto mismo servirnos un momento para ilustrar la norma del *cuento* descrita más arriba. No se narra aquí propiamente un suceso: se comenta un estado de cosas (el favoritismo político), cuyas circunstancias (turnos de gobierno, protección al cacique, nombramientos a dedo) y contrastes de valores (corrupción frente a pureza o integridad) representan la realidad social de la españa de la Restauración iluminándola moralmente. Por su traza es casi un artículo de costumbres dialogado: una conversación entre Aurelio Marco y su amigo el narrador. Dura la charla lo que duraría en la realidad, y la acción es sólo ese conversar que desemboca en la anécdota —sorprendente— de la hija pequeña de Aurelio y su amiguito, favoritistas precoces. Aunque son dos los locutores, el narrador apenas interviene más que para llamar la atención del divagador sobre la palabra clave: la yernocracia. Aurelio está preocupado por este fenómeno, pero lo toma digresivamente, historiando el favoritismo aplicado a parientes, meditando sobre sus modalidades y consecuencias, y ello con tal facundia que el narrador se ve precisado a cortar el chorro de su locuacidad:

«—Pero... entonces —interrumpí—, ¿dónde está el progreso?» / «—A ello voy»; «—Pero... ¿y la yernocracia?» / «—Ahora vamos»; «—Pero... ¿y la yernocracia?» / «—A eso voy». La capacidad para excitar la atención del lector manifiéstase desde el título hasta el fin: las digresiones mantienen al lector en suspenso hasta que, por último, Rosina y Maolito desvanecen y a la vez corroboran los argumentos histórico-políticos de Aurelio al mostrarse ambos infantes al cabo de la calle: Rosina propone que su padre sea rey (no llega a los cuatro años), pero Maolito (que cuenta ya siete) la corrige: «Tu papá no puede ser rey; di tú que quieres que sea ministro y que me haga a mí subsecretario.» Lo captado en tan pocas páginas revela sólo en una parte la totalidad a la que alude: en una novela (e incluso en una novela corta) el estado de cosas debería hacerse ver y comprender de modo más amplio y profundo; en el cuento basta con que se exprese a manera de ilustración sinecdóquica (la parte en lugar del todo).

El capricho sensual de una dama refinada, la doblez cínica de un novelista, la corrupción política glosada por un padre de familia, son asuntos notables que el autor espiga de la prosa del mundo cotidiano. También lo es el egoísmo, sordo a cualquier remordimiento, de Joaquín (Caín), compañero de Abel Trujillo en la nueva versión del mito bíblico del fratricidio que ofrece Leopoldo Alas en «Benedictino». Caín acompaña a Abel años y años, y cuando ya ha muerto éste, cuyo obsesivo empeño era casar a sus tres hijas sin haberlo conseguido, la menor, Nieves, descarriada por sendas de prostitución, viene a pedir ayuda a Caín y se le entrega, celebrando ambos la súbita aventura con la botella de benedictino que Abel regalara a Joaquín por no haber servido, como él deseaba, para festejar ninguna boda. Caín deja partir a la hija de su amigo sin remordimiento, y esta insensibilidad egoísta

que sólo busca el placer y la buena conservación es lo
que renueva la imagen del fratricida, como si el autor
hubiese querido significar que no es la envidia, sino el
desamor, la causa principal que conduce al hombre a
matar a su hermano.

La envidia puede ser vitalizadora y creativa, según
se ve en el Joaquín Monegro del *Abel Sánchez* una-
muniano, novela probablemente influida por el cuento
de Clarín, como estudió John Kronik, quien observa
muy bien: «Unamuno usa el mito de Caín y Abel para
señalar la presencia de la envidia y del odio como un
rasgo de la naturaleza humana (sobre todo, del hombre español) y exalta al individuo que lucha por defenderse de esa espiritual opresión. Utilizando la misma
materia, Alas pinta un retrato de la injusticia como ingrediente de la existencia social. Ambos evocan así la
tragedia del hombre que necesita, y no puede, ser
amado y amar» [8].

El cuento resume primero las relaciones habituales
del sibarita soltero y del pasivo y bondadoso padre de
familia; ilustra esa amistad en una escena de merienda
y plática entre ambos, que confirma por modo directo
sus contrapuestos caracteres; narra después la tragedia
del tiempo: jubilación de Caín, debilitamiento de
Abel, soltería irremediable de las hijas; ofrece en otra
escena dialogal la entrega de la botella de benedictino
al solterón que siempre se sintiera atraído hacia la bella y vivaz Nieves; refiere la muerte del padre y de la
madre y la penuria de las hijas hasta el momento en
que la menor visita al viejo Caín; y, por último, reproduce el breve soliloquio del egoísta. Esta alternancia

        [8]   John W. Kronik, «Unamuno's *Abel Sánchez* and Alas's *Bene-
dictino:* a thematic parallel» (en G. Bleiberg, E. I. Fox, eds., *Spa-
nish thought and letters in the twentieth century*, Nashville, Vander-
bilt University Press, 1966, págs. 287-297). Del mismo autor: «The
function of names in the stories of Alas», en *MLN,* 53 (1965), páginas 260-265.

de sumarios y escenas —a la que tienden muchos relatos clarinianos— profundiza la dimensión temporal de los destinos, pero sin dejar de centrar el caso en un objeto-símbolo (el frasco del licor) que conexiona la esperanza paterna de Abel y la «mala boda» de su hija con el antiguo compañero. Y este objeto-símbolo (el benedictino, buena marca por cierto para bendecir una boda) es lo que despierta la curiosidad del lector prolongándola hasta el desenlace.

Dejemos la prosa y retornemos a la poesía: «Cambio de luz», «Un viejo verde», «Un jornalero» y «La Ronca» siguen encarnándola bellamente.

Como queda apuntado, la inquietud espiritual y religiosa de Leopoldo Alas, nunca perdida pero acrecentada alrededor de 1890, halla figuración ejemplar en «Cambio de luz». Este relato traduce en forma condensada la constante preocupación de su autor: «Si hay Dios, todo está bien. Si no hay Dios, todo está mal.» Jorge Arial llega a ver la verdad de Dios al perder la vista, y pasa de la luz material a la luz interior, del arte plástico a la música, de la duda a la creencia confortadora. Se desarrolla la historia en tres momentos; primero, don Jorge, feliz en su trabajo y vida de familia, tiene un tormento: la duda acerca de Dios; segundo, cuando sabe que ha de quedar ciego, empieza a sentir un paulatino cambio: en vez de hacer, sueña, y en vez de contemplar, escucha música; finalmente, ya ciego, todos creen que no ve, y es entonces cuando él ve de otra manera: ve la verdad, ve el amor, ve por dentro, a otra luz. La «lira» familiar, el positivismo propagado, la «Sonata a Kreutzer» son algunas de las connotaciones ambientales de este relato hondamente introspectivo. La gracia del cuento reside en la transformación del vidente incrédulo en ciego confiado.

Otro caso de fe, ahora fe en las posibilidades trascendentes dentro del vivir terreno, se cuenta en «Un jornalero», en cuyo proceso pueden señalarse también tres momentos. El erudito Fernando Vidal sale de la biblioteca; sorprendido por un motín popular regresa a ella y, acabándosele la luz, vuelve a salir (momento primero). Los amotinados acometen a Vidal, le amenazan de muerte y sostienen con él en la biblioteca un debate sobre la utilidad de los libros y de la labor espiritual (momento segundo). Vienen las tropas, prenden a todos y aplican la última pena a Vidal, creyéndole el instigador de la revuelta, creencia traidoramente compartida por el verdadero cabecilla (momento tercero). Plantéase aquí el problema de si el trabajo del intelectual vale algo cuando éste se inhibe de la acción directa. El intelectual dibujado por Clarín lee, medita, investiga, y escribe sin permitirse descanso, pero no coopera activamente a la emancipación del proletariado; es más: duda que esta causa sea razonable. Se identifica con los obreros explotados, pues también él es un obrero, pero parece no creer que haya derecho a la revolución ni a la violencia. Fernando puede ser Leopoldo Alas y puede ser cualquier intelectual de mentalidad liberal. Explotado por los capitalistas y despreciado como burgués por los proletarios; partidario de la justicia colectiva, pero incapaz de promoverla por la fuerza; creyente en la trascendencia de las labores del espíritu, pero consciente de que éstas son inacabables como los esfuerzos de Sísifo; débil en apariencia, pero valeroso a la hora de proclamar las razones de la razón; desvalido, solitario, incomprendido por los de arriba y los de abajo, el pobre Vidal es víctima de todos y de todo. La soledad que necesita para explorar las verdades de la historia y la ciencia es invadida por la multitud y desemboca en una muerte injusta. Si al principio se advierten algunas notas ridículas en el diseño del estudioso absorto, su figura cobra majestad tan pronto le oímos defender la perseverancia de sus vigilias y el callado heroísmo de las tareas de la inteligencia. Cierta abstracción de parábola

—ciudad anónima, tiempo indefinido, manifestación de «socialistas, anarquistas o Dios sabía qué»— concuerda con la intención sustancial: mostrar que en la lucha de clases los jornaleros del espíritu llevan siempre la peor parte por no actuar en ninguno de los frentes que aspiran al poder, sino por encima de ellos, en un ámbito de soledad imprescindible para la busca de la verdad [9].

No de fe hallada ni de fe malograda, sino de amor, y de amor impedido, tratan los cuentos «Un viejo verde» y «La Ronca». El primero enmarca la narración entre unas breves frases invitatorias («Oíd un cuento... ¿Que no le queréis naturalista? ¡Oh, no!, será *idealista*, imposible..., romántico») y una sola frase terminal («Me parece que el cuento no puede ser más romántico, más *imposible*»). Y es una excelente definición de «lo imprevisto» lo que el relato expone. Al mudo amor de un cuarentón por una soltera aún joven, Elisa Rojas, responde ésta con un mirar halagado, tan afirmador como distanciante, sólo interrumpido en ocasión de un concierto mediante una frase que, por vanidad ante amigos, y para que él la oyera, pronunció en voz alta, llamándole «viejo verde» porque un rayo de sol filtrado por el verde cristal del teatro daba a aquel señor y a ella misma un enlace ideal del que ella se zafó para dejarle a él solo bajo el destello fúnebre. Pasados muchos años, visitando con unas amigas inglesas el cementerio civil de una ciudad del sur, Elisa, que no había olvidado al silencioso adorador, vio en una tumba una inscripción que decía: «Un viejo verde» y sintió que el enterrado era aquél, y sobre el cristal de la urna grabó con un diamante la respuesta que nunca le hubo dado: «Mis amores.»

---

[9] Consúltese Jaume Sans, «El personaje del intelectual en los cuentos de Leopoldo Alas, Clarín», en *Archivum*, Oviedo, 27-28 (1977-78), págs. 71-100.

Todo queda velado en misterio dentro de esta narración: el porqué del silencio del hombre, lo que le impedía declarar a la mujer su amor, la condición y la suerte del sujeto; y aún más extraña es la combinación de interés y distancia en la mujer, su compasión duradera y su momentánea y cruel coquetería. Este «viejo verde» resulta serlo en sentido literal (un frío color teñía su rostro), no en la acepción figurada (¡tan «naturalista»!) en que era viejo verde el Caín de «Benedictino».

Leopoldo Alas hizo de la crítica literaria, a lo largo de su vida, una misión quijotesca. Fue invariable empeño suyo la justicia entera y consecuente. De tan importante aspecto de su actividad da testimonio fictivo «La Ronca», donde Ramón Baluarte parece un trasunto del Clarín crítico [10]. «Si en la juventud hubiese sido poeta, en el fondo de mis obras se hubiera visto siempre una idea capital: el amor, el amor de amores, como dice Valera, el de la mujer; aunque tal vez muy platónico», habría de confesar Clarín en el prólogo a sus *Cuentos morales*. De este amor queda un eco en «La Ronca», admisión del fracaso vital del crítico justiciero y, a la vez, delicado homenaje a la mujer inteligente, sensitiva, modesta y hondamente cordial.

«La Ronca» se configura en tres momentos: el crítico de teatro apenas había reparado en aquella silenciosa actriz perjudicada por su ronquera; muerto el esposo de la actriz (actor también) e incorporada ésta a sus tareas luego de un tiempo de ausencia, Baluarte elogia el mérito de «la Ronca» en esta segunda época, como antes había alabado el mérito de su esposo: por

---

[10]   Véase Carolyn Richmond, «Clarín y el teatro: el cuento de un crítico» (sobre *La Ronca*), en *Los Cuadernos del Norte,* II, núm. 7 (mayo-junio 1981), págs. 56-67. De la misma autora: «El escritor y la casada: Un comentario al cuento *Rivales,* de Clarín», en *Hitos y mitos de «La Regenta»,* monografías de «Los Cuadernos del Norte», núm. 4, Oviedo, 1987, págs. 127-131.

estricta justicia; y en fin, cuando se trata de resolver si «la Ronca» debe ir al extranjero a representar a España con otros comediantes destacados, el crítico —árbitro en la cuestión— la excluye porque en el grupo no puede ir más que «lo primero de lo primero» y porque «lo absoluto es lo absoluto»; pero «la Ronca» amaba a Ramón Baluarte, y cuando éste, demasiado tarde, llega a saberlo, comprende que ha estropeado su vida sentimental por cumplir con el «sacerdocio» de la crítica. *Summum ius, summa iniuria* podría ser la más oportuna definición de este relato, pero no en el sentido de que la máxima justicia dictada por el juez equivalga a la máxima injusticia para el reo, sino en un sentido imprevisto: el rigor máximo del juez en el cumplimiento de la justicia puede ser la injusticia máxima para el propio juez.

5. CLARÍN CUENTISTA

De los grandes novelistas españoles del siglo XIX, Leopoldo Alas es el que menor número de novelas publicó, pero el más fecundo como crítico y como autor de obras narrativas de parcas dimensiones. Suman noventa y cinco los relatos breves que Clarín escribió, entre los recogidos en libros por él mismo y los que fueron reunidos en dos volúmenes posteriores a su muerte.

En todas sus manifestaciones literarias (a pesar de la vasta extensión de *La Regenta*) tendía Clarín a la forma breve: artículo, ensayo, novela corta, cuento. Y, sin olvidar las urgencias del periodismo, puede verse en tal tendencia un rasgo de su vocación de poeta. El poeta concentra, condensa, va derecho al fragmento quintaesencial.

Leopoldo Alas fue el modelador de la novela corta española de tipo moderno (como Goethe y Kleist en

Alemania, como Flaubert y Maupassant en Francia), y a su lección responden inmediatamente memorables novelas cortas de Miguel de Unamuno, de Ramón Pérez de Ayala, de Gabriel Miró.

Si Clarín supo componer cuentos populares, maravillosos o fantásticos, al modo de otros escritores de su siglo, es en la creación del cuento novelístico, que revela cómo la conciencia experimenta el mundo actual, donde hizo labor más sembradora, y en cuentos de Pío Baroja, de Francisco Ayala y Max Aub, de Miguel Delibes, y en otros de Ignacio Aldecoa, Jesús Fernández Santos, Medardo Fraile o Carmen Martín Gaite puede rastrearse el magisterio del escritor asturiano.

En algunos de los *Cuentos morales* que Alas publicó después de *El Señor y lo demás, son cuentos* cabe hallar el máximo de prosa poética (y aun de poema en prosa) que deseaba infundir al género (inolvidable ejemplo es el relato de aquella colección titulado «Vario»)[11]. Pero en *El Señor* asistimos a una fase creativa del autor de crucial significación: mientras acoge todavía un espécimen de su etapa más satírica como «Cuento futuro» y prolonga esa veta en una narración humorística como «Protesto», avanza (alentado por el trío de novelas cortas contenido en *Doña Berta)* hacia una investigación imaginativa de aquello que define lo peculiar de ciertas conciencias y conductas, sin perjuicio del reflejo de la realidad social e histórica de la

---

[11]   Véase Clifford R. Thompson, Jr., «Poetic response in the short stories of Leopoldo Alas», en *Romance Notes,* 13 (1971), páginas 272-275. Para el estudio de la narrativa breve de Alas en su evolución y en sus características generales son recomendables otro artículo del mismo Thompson, «Evolution in the short stories of Clarín» (en *Revista de Estudios Hispánicos,* Alabama, 18, octubre 1984, págs. 381-398) y el amplio estudio de Katherine Reiss, «Valoración artística de las narraciones breves de Leopoldo Alas, desde el punto de vista estético, técnico y temático» (en *Archivum,* Oviedo, 5, 1955, núm. 1, págs. 77-126, y núms. 2-3, págs. 256-303).

que esos individuos son ejemplos. La inspiración religiosa de esta serie de narraciones de 1893 es más intensa que el propósito documental de un naturalismo ya postergado (aunque no excluido). Queda la prosa, sin la que sería difícil realzar la poesía; pero la poesía, sobre todo al principio y al final, propone una presencia redentora que compendia el efecto mejor del libro ahora definitivamente publicado bajo su propio título: *El Señor y lo demás, son cuentos.*

GONZALO SOBEJANO.

7 de octubre de 1987.

NOTA SOBRE ESTA EDICIÓN

Esta edición reproduce el texto íntegro de la primera (única que Leopoldo Alas corrigió): *El Señor y lo demás, son cuentos,* Madrid, Manuel Fernández y Lasanta Editor, s. a. [1893], 340 páginas.

Sólo se han corregido algunas erratas evidentes, se han quitado los acentos de los monosílabos que hoy no los llevan y se han hecho levísimos retoques de puntuación, aunque respetando en general el modo de puntuar del autor. Las únicas dos notas de éste se señalan con asterisco para diferenciarlas de las nuestras, numeradas, las cuales no tienen otra finalidad que aclarar muy brevemente expresiones o alusiones que algunos lectores pudieran encontrar oscuras o difíciles de precisar.

G. S.

NOTA BIBLIOGRÁFICA

1. EDICIONES ANTERIORES DE ESTE LIBRO

ALAS, LEOPOLDO (Clarín): *El Señor y lo demás, son cuentos,* Madrid, M. Fernández y Lasanta, 1893.
— *El Señor y lo demás, son cuentos,* Madrid, Calpe, 1919. (Coleción Universal, 74 y 75.)
— *¡Adiós, «Cordera»! y otros cuentos,* Madrid, Espasa Calpe, 23 mayo 1944. (Colección Austral, 444. 12.ª ed., 20 noviembre 1984.) No incluye *El Señor.*
— *¡Adiós, «Cordera»! y otros cuentos,* Madrid, Emiliano Escolar, editor, 1983. («Introducción» de José Sanromá Aldea, págs. 9-25.) Incluye *El Señor* en el segundo lugar.

2. ALGUNAS ANTOLOGÍAS DE CUENTOS DE CLARÍN

ALAS, LEOPOLDO (Clarín): *Cuentos escogidos,* ed. *by* G. G. Brown, Oxford, Dolphin Books, 1964. («Introduction», págs. 7-36.)
— *Treinta relatos.* Selección, edición, estudio y notas de Carolyn Richmond, Madrid, Espasa Calpe, 1983. (Selecciones Austral, 114.)
— *Cuentos.* Edición de José María Martínez Cachero, Barcelona, Plaza y Janés, 1987. (Clásicos Plaza y Janés, 57.)

— *Narraciones breves,* Estudio preliminar, selección y notas de Yvan Lissorgues, Madrid, Taurus, 1988. (Temas de España.)

3. SOBRE LEOPOLDO ALAS (CLARÍN)

BESER, SERGIO: *Leopoldo Alas, crítico literario,* Madrid, Gredos, 1968.

BLANQUAT, JOSETTE, y JEAN-FRANÇOIS BOTREL: *Clarín y sus editores.* Edición y notas por J. B. y J.-F. B., Rennes, Université de Haute Bretagne, 1981.

CABEZAS, JUAN ANTONIO: *Clarín, el provinciano universal,* Madrid, Espasa Calpe, 1936.

GARCÍA SARRIÁ, FRANCISCO: *Clarín o la herejía amorosa,* Madrid, Gredos, 1975.

GRAMBERG, EDUARD J.: *Fondo y forma del humorismo de Leopoldo Alas, Clarín,* Oviedo, Instituto de Estudios Asturianos, 1958.

LISSORGUES, YVAN: *La pensée philosophique et religieuse de Leopoldo Alas (Clarín) 1875-1901,* París, Editions du CNRS, 1983.

MARESCA, MARIANO: *Hipótesis sobre Clarín. El pensamiento crítico del reformismo español,* Diputación Provincial de Granada, 1985.

MARTÍNEZ CACHERO, JOSÉ MARÍA (ed.): *Leopoldo Alas, Clarín,* Madrid, Taurus, 1978. (Antología de estudios críticos de varios autores. De especial interés: M. Baquero Goyanes, «Los cuentos de Clarín» [1953], págs. 245-252; M. Montes Huidobro, «Leopoldo Alas: el amor, unidad y pluralidad en el estilo» [1969], págs. 253-262, acerca de *¡Adiós, «Cordera»!)*

NÚÑEZ DE VILLAVICENCIO, LAURA: *La creatividad en el estilo de Leopoldo Alas, Clarín,* Oviedo, Instituto de Estudios Asturianos, 1974.

SOBEJANO, GONZALO: *Clarín en su obra ejemplar,* Madrid, Castalia, 1985. (Capítulo IV: «Leopoldo Alas, maestro de la novela corta y del cuento», págs. 77-114.)

TORRES, DAVID: *Studies on Clarín: an annotated bibliography,* London, The Scarecrow Press, 1987. («Scarecrow Author Bibliographies», 79.)

VALIS, NOËL M.: *Leopoldo Alas (Clarín). An annotated bibliography,* London, Grant and Cutler, 1986. («Research Bibliographies and Cheklists», 46.)

VILANOVA, ANTONIO (ed.): *Clarín y su obra.* En el Centenario de *La Regenta* (Barcelona, 1884-1885), Barcelona, Universidad de Barcelona, 1985.

VV.AA.: *Clarín y La Regenta en su tiempo* (Actas del Simposio Internacional, Oviedo, 1984), Oviedo, 1987.

ZAVALA, IRIS M. (ed.) «Clarín», en *Romanticismo y realismo,* Barcelona, Crítica, 1982, págs. 563-622. Capítulo 9 del tomo 5 de F. Rico (ed.), *Historia y crítica de la literatura española.* De particular interés: R. Gullón, «Las novelas cortas de Clarín» [1952], págs. 602-607; M. Baquero Goyanes, «Clarín, creador del cuento español» [1949], págs. 607-613.

4. SOBRE LA NARRATIVA BREVE DEL AUTOR

ALBALADEJO, TOMÁS: *Teoría de los mundos posibles y macroestructura narrativa. Análisis de las novelas cortas de Clarín,* Universidad de Alicante, 1986.

BAQUERO GOYANES, MARIANO: *El cuento español en el siglo XIX,* Madrid, CSIC, 1949.

RÍOS DE GARCÍA LORCA, LAURA DE LOS: *Los cuentos de Clarín. Proyección de una vida,* Madrid, Revista de Occidente, 1965.

EL SEÑOR

I

No tenía más consuelo temporal la viuda del capitán Jiménez que la hermosura de alma y de cuerpo que resplandecía en su hijo. No podía lucirlo en paseos y romerías, teatros y tertulias, porque respetaba ella sus tocas; su tristeza la inclinaba a la iglesia y a la soledad, y sus pocos recursos la impedían, con tanta fuerza como su deber, malgastar en galas, aunque fueran del niño. Pero no importaba: en la calle, al entrar en la iglesia, y aun dentro, la hermosura de Juan de Dios, de tez sonrosada, cabellera rubia, ojos claros, llenos de precocidad amorosa, húmedos, ideales, encantaba a cuantos le veían. Hasta el señor Obispo, varón austero que andaba por el templo como temblando de santo miedo a Dios, más de una vez se detuvo al pasar junto al niño, cuya cabeza dorada brillaba sobre el humilde trajecillo negro como un vaso sagrado entre los paños de enlutado altar; y sin poder resistir la tentación, el buen místico, que tantas vencía, se inclinaba a besar la frente de aquella dulce imagen de los ángeles, que cual un genio familiar frecuentaba el templo.

Los muchos besos que le daban los fieles al entrar y al salir de la iglesia, transeúntes de todas clases en la calle, no le consumían ni marchitaban las rosas de la frente y de las mejillas; sacábanles como un nuevo esplendor, y Juan, humilde hasta el fondo del alma, con la gratitud al general cariño, se enardecía en sus instintos de amor a todos, y se dejaba acariciar y admirar como una santa reliquia que empezara a tener conciencia.

Su sonrisa, al agradecer, centuplicaba su belleza, y sus ojos acababan de ser vivo símbolo de la felicidad inocente y piadosa al mirar en los de su madre la misma inefable dicha. La pobre viuda, que por dignidad no podía mendigar el pan del cuerpo, recogía con noble ansia aquella cotidiana limosna de admiración y agasajo para el alma de su hijo, que entre estas flores, y otras que el jardín de la piedad le ofrecía en casa, iba creciendo lozana, sin mancha, purísima, lejos de todo mal contacto, como si fuera materia sacramental de un culto que consistiese en cuidar una azucena.

Con el hábito de levantar la cabeza a cada paso para dejarse acariciar la barba, y ayudar, empinándose, a las personas mayores que se inclinaban a besarle, Juan había adquirido la costumbre de caminar con la frente erguida; pero la humildad de los ojos, quitaba a tal gesto cualquier asomo de expresión orgullosa.

II

Cual una abeja sale al campo a hacer acopio de dulzuras para sus mieles, Juan recogía en la calle, en estas muestras generales de lo que él creía universal cariño, cosecha de buenas intenciones, de ánimo piadoso y dulce, para el secreto labrar de místicas puerilidades, a que se consagraba en su casa, bien lejos de toda idea vana, de toda presunción por su hermosura; ajeno de sí propio, como no fuera en el sentir los goces inefables que a su imaginación de santo y a su corazón de ángel ofrecía su único juguete de niño po-

bre, más hecho de fantasías y de combinaciones inge-
niosas que de oro y oropeles. Su juguete único era su
altar, que era su orgullo.

O yo observo mal, o los niños de ahora no suelen
tener altares. Compadezco principalmente a los que
hayan de ser poetas.

El altar de Juan, su *fiesta,* como se llamaba en el
pueblo en que vivía, era el poema místico de su niñez,
poema hecho, si no de piedra, como una catedral, de
madera, plomo, talco, y sobre todo, luces de cera. Te-
níalo en un extremo de su propia alcoba, y en cuanto
podía, en cuanto le dejaban a solas, libre, cerraba los
postigos de la ventana, cerraba la puerta, y se quedaba en las tinieblas amables, que iba así como tala-
drando con estrellitas, que eran los puntos de luz amarillenta, suave, de las velas de su santuario, delgadas
como juncos, que pronto consumía, cual débiles
cuerpos virginales que derrite un amor, el fuego. Hin-
cado de rodillas delante de su altar, sentado sobre los
talones, Juan, artista y místico a la vez, amaba su
obra, el tabernáculo minúsculo con todos sus santos
de plomo, sus resplandores de talco, sus misterios de
muselina y crespón, restos de antiguas glorias de su
madre cuando brillaba en el mundo, digna esposa de
un bizarro militar; y amaba a Dios, el Padre de sus
padres, del mundo entero, y en este amor de su misticismo infantil también adoraba, sin saberlo, su propia
obra, las imágenes de inenarrable inocencia, frescas,
lozanas, de la religiosidad naciente, confiada, feliz, soñadora. El universo para Juan venía a ser como un
gran nido que flotaba en infinitos espacios; las criaturas piaban entre las blandas plumas pidiendo a Dios
lo que querían, y Dios, con alas, iba y venía por los
cielos, trayendo a sus hijos el sustento, el calor, el cariño, la alegría.

Horas y más horas consagraba Juan a su altar, y
hasta el tiempo destinado a sus estudios le servía para

su *fiesta,* como todos los regalos y obsequios en metá-
lico, que de vez en cuando recibía, los aprovechaba
para la *corbona* o el gazofilacio de su iglesia [1]. De sus
estudios de catecismo, de las fábulas, de la historia sagrada y aun de la profana, sacaba partido, aunque no
tanto como de su imaginación, para los sermones que
se predicaba a sí mismo en la soledad de su alcoba,
hecha templo, figurándose ante una multitud de pecadores cristianos. Era su púlpito un antiguo sillón,
mueble tradicional en la familia, que había sido como
un regazo para algunos abuelos caducos y último lecho
del padre de Juan. El niño se ponía de rodillas sobre
el asiento, apoyaba las manos en el respaldo, y desde
allí predicaba al silencio y a las luces que chisporrotea-
ban, lleno de unción, arrebatado a veces por una elocuencia interior que en la expresión material se traducía
en frases incoherentes, en gritos de entusiasmo, algo
parecido a la *glosolalia* de las primitivas iglesias [2]. A
veces, fatigado de tanto sentir, de tanto perorar, de
tanto imaginar, Juan de Dios apoyaba la cabeza sobre
las manos, haciendo almohada del antepecho de su
púlpito; y, con lágrimas en los ojos, se quedaba como
en éxtasis, vencido por la elocuencia de sus propios
pensares, enamorado de aquel mundo de pecadores,
de ovejas descarriadas que él se figuraba delante de su
cátedra apostólica y a las que no sabía cómo persuadir
para que, cual él, se derritiesen en caridad, en fe, en
esperanza, habiendo en el cielo y en la tierra tantas
razones para amar infinitamente, ser bueno, creer y
esperar. De esta precocidad sentimental y mística
apenas sabía nadie; de aquel llanto de entusiasmo pia-

---

[1]   *Corbona,* cesta o canasto. *Gazofilacio,* lugar del templo de Jerusalén donde se recogían limosnas, rentas y riquezas.
[2]   La capacidad de hablar lenguas distintas de la propia y no
aprendidas (glosolalia) se llama «don de lenguas» cuando es sobrenatural (*Apóstoles* II; San Pablo, *Corintios* 1, XIV: 1-6).

doso, que tantas veces fue rocío de la dulce infancia de Juan, nadie supo en el mundo jamás: ni su madre.

III

Pero sí de sus consecuencias; porque, como los ríos van a la mar, toda aquella piedad corrió naturalmente a la Iglesia. La pasión mística del niño hermoso de alma y cuerpo fue convirtiéndose en cosa seria; todos la respetaron; su madre cifró en ella, más que su orgullo, su dicha futura: y sin obstáculo alguno, sin dudas propias ni vacilaciones de nadie, Juan de Dios entró en la carrera eclesiástica; del altar de su alcoba pasó al servicio del altar de veras, del altar *grande* con que tantas veces había soñado.

Su vida en el seminario fue una guirnalda de triunfos de la virtud, que él apreciaba en lo que valían, y de triunfos académicos que, con mal fingido disimulo, despreciaba. Sí; fingía estimar aquellas coronas que hasta en las cosas santas se tejen para la vanidad; y fingía por no herir el amor propio de sus maestros y de sus émulos. Pero, en realidad, su corazón era ciego, sordo y mudo para tal casta de placeres; para él, ser más que otros, valer más que otros, era una apariencia, una diabólica invención; nadie valía más que nadie; toda dignidad exterior, todo grado, todo premio eran fuegos fatuos, inútiles, sin sentido. Emular glorias era tan vano, tan soso, tan inútil como discutir; la fe defendida con argumentos, le parecía semejante a la fe defendida con la cimitarra o con el fusil. Atravesó por la filosofía escolástica y por la teología dogmática sin la sombra de una duda; supo mucho, pero a él todo aquello no le servía para nada. Había pedido a Dios, allá cuando niño, que la fe se la diera de granito, como una fortaleza que tuviese por cimientos las entrañas de la tierra, y Dios se lo había prometido con voces interiores, y Dios no faltaba a su palabra.

A pesar de su carrera brillante, excepcional, Juan de Dios, con humilde entereza, hizo comprender a su madre y a sus maestros y padrinos que con él no había que contar para convertirle en una *lumbrera*, para hacerle famoso y elevarle a las altas dignidades de la Iglesia. Nada de púlpito; bastante se había predicado a sí mismo desde el sillón de sus abuelos. La altura de la *cátedra* era como un despeñadero sobre una sima de tentación: el orgullo, la vanidad, la falsa ciencia estaban allí, con la boca abierta, monstruos terribles, en las oscuridades del abismo. No condenaba a nadie; respetaba la vocación de obispos y de Crisóstomos que tenían otros, pero él no quería ni medrar ni subir al púlpito. No quiso pasar de coadjutor de San Pedro, su parroquia. «¡Predicar!, ¡ah!, sí —pensaba—. Pero no a los creyentes. Predicar... allá... muy lejos, a los infieles, a los salvajes; no a las Hijas de María que pueden enseñarme a mí a creer y que me contestan con suspiros de piedad y cánticos cristianos: predicar ante una multitud que me contesta con flechas, con tiros, que me cuelga de un árbol, que me descuartiza.»

La madre, los padrinos, los maestros que habían visto claramente cuán natural era que el niño de aquella *fiesta*, de aquel altar, fuera sacerdote, no veían la última consecuencia, también muy natural, necesaria, de semejante vocación, de semejante vida..., el martirio: la sangre vertida por la fe de Cristo. Sí, ese era su destino, esa su elocuencia viril. El niño había predicado, jugando, con la boca; ahora el hombre debía predicar de una manera más seria, por las bocas de cien heridas...

Había que abandonar la patria, dejar a la madre; le esperaban las misiones de Asia; ¿cómo no lo habían visto tan claramente como él su madre, sus amigos?

La viuda, ya anciana, que se había resignado a que su Juan no fuera *más que santo*, no fuera una columna muy visible de la Iglesia, ni un gran sacerdote, al llegar este nuevo desengaño, se resistió con todas sus fuerzas de madre.

«¡El martirio no! ¡La ausencia no! ¡Dejarla sola, imposible!»

La lucha fue terrible; tanto más, cuanto que era lucha sin odios, sin ira, de amor contra amor: no había gritos, no había malas voluntades; pero sangraban las almas.

Juan de Dios siguió adelante con sus preparativos; fue procurándose la situación propia del que puede entrar en el servicio de esas avanzadas de la fe, que tienen casi seguro el martirio... Pero al llegar el momento de la separación, al arrancarle las entrañas a la madre viva..., Juan sintió el primer estremecimiento de la religiosidad humana, fue caritativo con la sangre propia, y no pudo menos de ceder, de sucumbir, como él se dijo.

IV

Renunció a las misiones de Oriente, al martirio probable, a la poesía de sus ensueños, y se redujo a buscar las grandezas de la vida buena ahondando en el alma, prescindiendo del espacio. *Por fuera* ya no sería nunca nada más que el coadjutor de San Pedro. Pero en adelante le faltaba un resorte moral a su vida interna; faltaba el imán que le atraía; sentía la nostalgia enervante de un porvenir desvanecido. «No siendo un mártir de la fe, ¿qué era él? Nada.» Supo lo que era melancolía, desequilibrio del alma, por la primera vez. Su estado espiritual era muy parecido al del amante verdadero que padece el desengaño de un único amor. Le rodeaba una especie de vacío que le espantaba; en aquella nada que veía en el porvenir cabían todos los misterios peligrosos que el miedo podía imaginar.

Puesto que no le dejaban ser mártir, verter la sangre, tenía terror al enemigo que llevaría dentro de sí, a lo que querría hacer la sangre que aprisionaba dentro de su cuerpo. ¿En qué emplear tanta vida? «Yo no puedo ser, pensaba, un ángel sin alas; las virtudes que yo podría tener necesitaban espacio; otros horizontes, otro ambiente: no sé portarme como los demás sacerdotes, mis compañeros. Ellos valen más que yo, pues saben ser buenos en una jaula.»

Como una expansión, como un ejercicio, buscó en la clase de trabajo profesional que más se parecía a su vocación abandonada una especie de consuelo: se dedicó principalmente a visitar enfermos de dudosa fe, a evitar que las almas se despidieran del mundo sin apoyar la frente el que moría en el hombro de Jesús, como San Juan en la sublime noche eucarística. Por dificultades materiales, por incuria de los fieles, a veces por escaso celo de los clérigos, ello era que muchos morían sin todos los Sacramentos. Infelices heterodoxos de superficial incredulidad, en el fondo cristianos; cristianos tibios, buenos creyentes descuidados, pasaban a otra vida sin los consuelos del *oleum infirmorum,* sin el aceite santo de la Iglesia... [3], y como Juan creía firmemente en la espiritual eficacia de los Sacramentos, su caridad fervorosa se empleaba en suplir faltas ajenas, multiplicándose en el servicio del Viático, vigilando a los enfermos de peligro y a los moribundos. Corría a las aldeas próximas, a donde alcanzaba la parroquia de San Pedro; aun iba más lejos, a procurar que se avivara el celo de otros sacerdotes en misión tan delicada e importante. Para muchos esta especialidad del celo religioso de Juan de Dios no ofrecía el aspecto de grande obra caritativa; para él no había mejor modo de reemplazar aquella otra gran empresa a que había renunciado por amor a su madre. Dar li-

---

[3] En la antigua Iglesia se llamaba a la Extremaunción «santo óleo de los enfermos».

mosna, consolar al triste, aconsejar bien, todo eso lo
hacía con estusiasmo...; pero lo principal era lo otro.
Llevar *el Señor* a quien lo necesitaba [4]. Conducir las
almas hasta la puerta de la salvación, darles para la
noche oscura del viaje eterno la antorcha de la fe, el
Guía Divino..., ¡el mismo Dios! ¿Qué mayor caridad
que ésta?

V

Mas no bastaba. Juan presentía que su corazón y su
pensamiento buscaban vida más fuerte, más llena, más
poética, más ideal. Las lejanas aventuras apostólicas
con una catástrofe santa por desenlace le hubieran satisfecho; la conciencia se lo decía: aquella poesía bastaba. Pero esto de acá no. Su cuerpo robusto, de hierro, que parecía predestinado a las fatigas de los
largos viajes, a la lucha con los climas enemigos, le
daba gritos extraños con mil punzadas en los sentidos.
Comenzó a observar lo que nunca había notado antes,
que sus compañeros luchaban con las tentaciones de la
carne. Una especie de remordimiento y de humildad
mal entendida le llevó a la aprensión de empeñarse en
sentir en sí mismo aquellas tentaciones que veía en
otros a quien debía reputar más perfectos que él.
Tales aprensiones fueron como una sugestión, y por
fin sintió la carne y triunfó de ella, como los más de
sus compañeros, por los mismos sabios remedios dic-
tados por una santa y tradicional experiencia. Pero sus
propios triunfos le daban tristeza, le humillaban. Él
hubiera querido vencer sin luchar; no saber en la vida
de semejante guerra. Al pisotear a los sentidos re-
beldes, al encadenarlos con crueldad refinada, les
guardaba rencor inextinguible por la traición que le
hacían; la venganza del castigo no le apagaba la ira

---

[4] Lo mismo que «el Viático», *el Señor* es la comunión que se ad-
ministra a los enfermos en peligro de muerte.

contra la carne. «Allá lejos —pensaba— no hubiera habido esto; mi cuerpo y mi alma hubieran sido una armonía.»

VI

Así vivía, cuando una tarde, paseando, ya cerca del oscurecer, por la plaza, muy concurrida, de San Pedro, sintió el choque de una mirada que parecía ocupar todo el espacio con una infinita dulzura. Por sitios de las entrañas que él jamás había sentido, se le paseó un escalofrío sublime, como si fuera precursor de una muerte de delicias: o todo iba a desvanecerse en un suspiro de placer universal, o el mundo iba a transformarse en un paraíso de ternuras inefables. Se detuvo; se llevó las manos a la garganta y al pecho. La misma conciencia, una muy honda, que le había dicho que *allá lejos* se habría satisfecho brindando con la propia sangre al amor divino, ahora le decía, no más clara: «O aquello o esto.» Otra voz, más profunda, menos clara, añadió: «Todo es uno.» Pero «no» —gritó el alma del buen sacerdote—: «Son dos cosas; esta más fuerte, aquella más santa. Aquella para mí, esta para otros.» Y la voz de antes, la más honda, replicó: «No se sabe.»

La mirada había desaparecido, Juan de Dios se repuso un tanto y siguió conversando con sus amigos, mientras de repente le asaltaba un recuerdo mezclado con la reminiscencia de una sensación lejana. Olió, *con la imaginación,* a agua de colonia, y vio sus manos blancas y pulidas extendiéndose sobre un grupo de fieles para que se las besaran. Él era un misacantano, y entre los que le besaban las manos perfumadas, las puntas de los dedos, estaba una niña rubia, de abundante cabellera de seda rizada en ondas, de ojos negros, pálida, de expresión de inocente picardía mezclada con gesto de melancólico y como vergonzante

pudor. Aquellos ojos eran los que acababan de mirarle. La niña era ya una joven esbelta, no muy alta,
delgada, de una elegancia como enfermiza, como una
diosa de la fiebre. El amor por aquella mujer tenía
que ir mezclado con dulcísima caridad. Se la debía
querer también para cuidarla. Tenía un novio que no
sabía de estas cosas. Era un joven muy rico, muy fa-
tuo, mimado por la fortuna y por sus padres. Tenía la
mejor jaca de la ciudad, el mejor tílburi, la mejor
ropa; quería tener la novia más bonita. Los diez y seis
años de aquella niña fueron como una salida del sol,
en que se fijó todo el mundo, que deslumbró a todos.
De los diez y seis a los diez y ocho la enfermedad que
de años atrás ayudaba tanto a la hermosura de la rubia, que tanto había sufrido, desapareció para dejar
paso a la juventud. Durante estos dos años Rosario,
así se llamaba, hubiera sido en absoluto feliz... si su
novio hubiese sido otro; pero el de la mejor jaca, el
del mejor coche la quiso por vanidad, para que le tuvieran envidia; y aunque para entrar en su casa (de
una viuda pobre también, como la madre de Juan,
también de costumbres cristianas) tuvo que prometer
seriedad, y muy pronto se vio obligado a prometer
próxima y segura coyunda, lo hizo aturdido, con la
vaga conciencia de que no faltaría quien le ayudara a
faltar a su palabra. Fueron sus padres, que querían
algo mejor (más dinero) para su hijo.

El pollo se fue a viajar, al principio de mala gana;
volvió, y al emprender el segundo viaje ya iba contento. Y así siguieron aquellas relaciones, con grandes
intermitencias de viajes, cada vez más largos. Rosario
estaba enamorada, padecía..., pero tenía que perdonar. Su madre, la viuda, disimulaba también, porque
si el caprichoso galán dejaba a su hija el desengaño
podía hacerla mucho mal; la enfermedad, acaso
oculta, podía reaparecer, tal vez incurable. A los diez
y ocho años Rosario era la rubia más espiritual, más

hermosa de su pueblo; sus ojos negros, grandes y apasionados dolorosamente, los más bellos, los más poéticos ojos...; pero ya no era el sol que salía. Estaba acaso más interesante que nunca, pero al vulgo ya no se lo parecía. «Se seca» —decían brutalmente los muchachos que la habían admirado, y pasaban ahora de tarde en tarde por la solitaria plazoleta en que Rosario vivía.

VII

Entonces fue cuando Juan de Dios tropezó con su mirada en la plaza de San Pedro. La historia de aquella joven llegó a sus oídos, a poco que quiso escuchar, por boca de los mismos amigos suyos, sacerdotes y todo. Estaba el novio ausente; era la quinta o sexta ausencia, la más larga. La enfermedad volvía. Rosario luchaba; salía con su madre porque no dijeran; pero la rendía el mal, y pasaba temporadas de ocho y quince días en el lecho.

Las tristezas de la niñez enfermiza volvían, mas ahora con la nueva amargura del amor burlado, escarnecido. Sí, escarnecido; ella lo iba comprendiendo; su madre también, pero se engañaban mutuamente. Fingían creer en la palabra y en el amor del que no volvía. Las cartas del ricacho escaseaban, y como era él poco escritor, dejaban ver la frialdad, la distracción con que *se redactaban*. Cada carta era una alegría al llegar, un dolor al leerla. Todo el bien que las recetas y los consejos higiénicos del médico podían causar en aquel organismo débil, que se consumía entre ardores y melancolías, quedaba deshecho cada pocos días por uno de aquellos infames papeles.

Y ni la madre ni la hija procuraban un rompimiento que aconsejaba la dignidad, porque cada una a su modo, temían una catástrofe. Había, lo decía el doctor, que evitar una emoción fuerte. Era menos malo dejarse matar poco a poco.

La dignidad se defendía a fuerza de engañar al público, a los maliciosos que acechaban.

Rosario, cuando la salud lo consentía, trabajaba junto a su balcón, con rostro risueño, desdeñando las miradas de algunos adoradores que pasaban por allí; pero no el trato del mundo como en los mejores días de sus amores y de su dicha. A veces la verdad podía más que ella y se quedaba triste y sus miradas pedían socorro para el alma...

Todo esto, y más, acabó por notarlo Juan de Dios, que para ir a muchas partes pasaba desde entonces por la plazoleta en que vivía Rosario. Era una rinconada cerca de la iglesia de un convento que tenía una torre esbelta, que en las noches de luna, en las de cielo estrellado y en las de vaga niebla, se destacaba romántica, tiñendo de poesía mística todo lo que tenía a su sombra, y sobre todo el rincón de casas humildes que tenía al pie como a su amparo.

VIII

Juan de Dios no dio nombre a lo que sentía, ni aun al llegar a verlo en forma de remordimiento. Al principio aturdido, subyugado con el egoísmo invencible del placer, no hizo más que gozar de su estado. Nada pedía, nada deseaba; sólo veía que ya había para qué vivir, sin morir en Asia.

Pero a la segunda vez que por casualidad su mirada volvió a encontrarse con la de Rosario, apoyada con tristeza en el antepecho de su balcón, Juan tuvo miedo a la intensidad de sus emociones, de aquella sensación dulcísima, y aplicó groseramente nombres vulgares a su sentimiento. En cuanto la palabra interior pronunció tales nombres, la conciencia se puso a dar terribles gritos, y también dictó sentencia con palabras terminantes, tan groseras e inexactas como los nombres aquellos. «Amor sacrílego, tentación de la carne.» «¡De la carne!» Y Juan estaba seguro de no haber deseado jamás ni un beso de aquella criatura: nada de aquella *carne,* que más le enamoraba cuanto más se desvanecía. «¡Sofisma, sofisma!», gritaba el moralista oficial, el teólogo..., y Juan se horrorizaba a sí mismo. No había más remedio. Había que confesarlo. ¡Esto era peor!

Si la plasticidad tosca, grosera, injusta con que se representaba a sí propio su sentir era ya cosa tan diferente de la verdad inefable, *incalificable* de su pasión, o lo que fuera, ¿cuánto más impropio, injusto, grosero, desacertado, incongruente había de ser el juicio que *otros* pudieran formar al *oírle* confesar lo que sentía, pero sin *oírle* sentir? Juan, confusamente, comprendía estas dificultades: que iba a ser injusto consigo mismo, que iba a alarmar excesivamente al padre espiritual... ¡No cabía explicarle la cosa bien! Buscó un compañero discreto, de experiencia. El compañero no le comprendió. Vio el pecado mayor, por lo mismo que era *romántico, platónico.* «Era que el diablo se disfrazaba bien; pero allí andaba el diablo.»

Al oír de labios ajenos aquellas imposturas que antes se decía él a sí mismo, Juan sintió voces interiores que salían a la defensa de su idealidad herida, profanada. Ni la clase de penitencia que se le imponía, ni los consejos de higiene moral que le daban, tenían nada que ver con su *nueva vida:* era otra cosa. Cambió de confesor y no cambió de sentencia ni de pronósticos. Más irritada cada vez la conciencia de la justicia en él, se revolvía contra aquella torpeza para entenderla. Y, sin darse cuenta de lo que hacía, cambió el rumbo de su confesión; presentaba el caso con nuevo aspecto, y los nuevos confesores llegaron a convencerse de que se trataba de una tontería sentimental, de una ociosidad seudomística, de una cosa tan insulsa como inocente.

Llegó día en que al abordar este capítulo el confesor le mandaba pasar a otra materia, sin oírle aquellos *platonismos*. Hubo más. Lo mismo Juan que sus sagrados confidentes, llegaron a notar que aquel ensueño difuso, inexplicable, coincidía, si no era causa, con una disposición más refinada en la moralidad del penitente; si antes Juan no caía en las tentaciones groseras de la carne, las sentía a lo menos; ahora no..., jamás. Su alma estaba más pura de esta mancha que en los mejores tiempos de su esperanza de martirio en Oriente. Hubo un confesor, tal vez indiscreto, que se detuvo a considerar el caso, aunque se guardó de convertir la observación en receta. Al fin, Juan acabó por callar en el confesonario todo lo referente a esta situación de su alma; y pues él solo en rigor podía comprender lo que le pasaba, porque lo sentía, él solo vino a ser juez y espía y director de sí mismo en tal aventura. Pasó tiempo, y ya nadie supo de la tentación, si lo era, en que Juan de Dios vivía. Llegó a abandonarse a su adoración como a una delicia lícita, edificante.

De tarde en tarde, por casualidad siempre, pensaba él, los ojos de la niña enferma, asomada a su balcón de la rinconada, se encontraban con la mirada furtiva, de relámpago, del joven místico, mirada en que había la misma expresión tierna, amorosa de los ojos del niño que algún día todos acariciaban en la calle, en el templo.

Sin remordimiento ya, saboreaba Juan aquella dicha sin porvenir, sin esperanza y sin deseos de mayor contento. No pedía más, no quería más, no podía haber más.

No ambicionaba correspondencia que sería absurda, que le repugnaría a él mismo, y que rebajaría a sus ojos la pureza de aquella mujer a quien adoraba idealmente como si ya estuviera allá en el cielo, en lo inasequible. Con amarla, con saborear aquellos rápidos choques de miradas tenía bastante para ver el mundo iluminado de una luz purísima, bañándose en una armonía celeste llena de sentido, de vigor, de promesas ultraterrenas. Todos sus deberes los cumplía con más ahínco, con más ansia; era un refresco espiritual sublime, de una virtud mágica, aquella adoración muda, inocente adoración que no era idolátrica, que no era un fetichismo, porque Juan sabía supeditarla al orden universal, al amor divino. Sí; amaba y veneraba las cosas por su orden y jerarquía, sólo que al llegar a la niña de la rinconada de las Recoletas, el amor que se debía a todo se impregnaba de una dulzura infinita que transcendía a los demás amores, al de Dios inclusive.

Para mayor prueba de la pureza de su idealidad, tenía el dolor que le acompañaba. ¡Ah, sí! Padecía ella, bien lo observaba Juan, y padecía él. Era, en lo profano (¡qué palabra! —pensaba Juan—) como el amor a la Virgen de las Espadas, a la Dolorosa. En rigor, todo el amor cristiano era así: amor doloroso, amor de luto, amor de lágrimas.

IX

«Bien lo veía él; Rosario iba marchitándose. Luchaba en vano, fingía en vano.» Juan la compadecía tanto como la amaba. ¡Cuántas noches, al mismo tiempo, estarían ella y él pidiendo a Dios lo mismo: que volviera aquel hombre por quien se moría Rosario! «¡Sí —se decía Juan—, que vuelva; yo no sé lo que será para mí verle junto a ella, pero de todo corazón le pido a Dios que vuelva. ¿Por qué no? Yo no aspiro a nada; yo no puedo tener celos; yo no quiero su cuerpo, ni aun de su alma más que lo que ella da sin querer en cada mirada que por azar llega a la mía. Mi

cariño sería infame si no fuera así.» Juan no maldecía
sus manteos; no encontraba una cadena en su estado;
no, cada vez era mejor sacerdote, estaba más contento
de su destino. Mucho menos envidiaba al clero protestante. Un discípulo de Jesús casado... ¡Ca! Imposible.
Absurdo. El protestantismo acabaría por comprender
que el matrimonio de los clérigos es una torpeza, una
fealdad, una falsedad que desnaturaliza y empeque-
ñece la idea cristiana y la misión eclesiástica. Nada;
todo estaba bien. Él no pedía nada para sí; todo para
ella.

Rosario debía de estar muy sola en su dolor. No tenía amigas. Su madre no hablaba con ella de la pena
en que pensaban siempre las dos. El mundo, la *gente,*
no compadecía, espiaba con frialdad maliciosa. Algunas voces de lástima humillante con que los vecinos
apuntaban la idea de que Rosario se quedaba sin novio, enferma y pobre, más valía, según Juan, que no
llegasen a oídos de la joven.

Sólo él compartía su dolor, sólo él sufría tanto como
ella misma. Pero la ley era que esto no lo supiera ella
nunca. El mundo era así. Juan no se sublevaba, pero
le dolía mucho.

Días y más días contemplaba los postigos del balcón
de Rosario, entornados. El corazón se le subía a la
garganta: «Era que guardaba cama; la debilidad la había vencido hasta el punto de postrarla.» Solía durar
semanas aquella tristeza de los postigos entornados;
entornados, sin duda, para que la claridad del día no
hiciese daño a la enferma. Detrás de los vidrios de
otro balcón, Juan divisaba a la madre de Rosario, a la
viuda enlutada, que cosía por las dos, triste, meditabunda, sin levantar cabeza. ¡Qué solas estaban! No
podían adivinar que él, un transeúnte, las acompañaba
en su tristeza, en su soledad, desde lejos... Hasta sería
una ofensa para todos que lo supieran.

Por la noche, cuando nadie podía sorprenderle,

Juan pasaba dos, tres, más veces por la rinconada; la
torre poética, misteriosa, o sumida en la niebla, o des-
tacándose en el cielo como con un limbo de luz este-
lar, le ofrecía en su silencio místico un discreto confidente; no diría nada del misterioso amor que presen-
ciaba, ella, canción de piedra elevada por la fe de las
muertas generaciones al culto de otro amor misterioso. En la casa humilde todo era recogimiento, silencio. Tal vez por un resquicio salía del balcón una raya
de luz. Juan, sin saberlo, se embelesaba contemplando
aquella claridad. «Si duerme ella, yo velo. Si vela...
¿quién le diría que un hombre, al fin soy un hombre,
piensa en su dolor y en su belleza espiritual, de ángel,
aquí, tan cerca... y tan lejos; desde la calle... y desde
lo imposible? No lo sabrá jamás, jamás. Esto es absoluto: jamás. ¿Sabe que vivo? ¿Se ha fijado en mí?
¿Puede sospechar lo que siento? ¿Adivinó ella esta
compañía de su dolor?» Aquí empezaba el pecado.
No, no había que pensar en esto. Le parecía, no sólo
sacrílega, sino ridícula la idea de ser querido..., a lo
menos así, como las mujeres solían querer a los hombres. No, entre ellos no había nada común más que la
pena de ella, que él había hecho suya.

X

Una tarde de julio un acólito de San Pedro buscó a
Juan de Dios, en su paseo solitario por las alamedas,
para decirle que corría prisa volver a la iglesia para
administrar el Viático. Era la escena de todos los días.
Juan, según su costumbre, poco conforme con la general, pero sí con las amonestaciones de la Iglesia, llevaba, además de la Eucaristía, los Santos Óleos [5]. El

---

[5]   Se lleva la Eucaristía al enfermo cuando éste no puede acudir
al templo. La Extremaunción o Santos Óleos es otro sacramento:

acólito que tocaba la campanilla delante del triste cortejo, guiaba. Juan no había preguntado *para quién era;* se dejaba llevar. Notó que el farol lo había cogido un caballero y que los cirios se habían repartido en abundancia entre muchos jóvenes conocidos de buen porte. Salieron a la plaza y las dos filas de luces rojizas que el bochorno de la tarde tenía como dormidas, se quebraron, paralelas, torciendo por una calle estrecha. Juan sintió una aprensión dolorosa; no podía ya preguntar a nadie, porque caminaba solo, aislado, por medio del arroyo, con las manos unidas para sostener las Sagradas Formas. Llegaron a la plazuela de las Descalzas, y las luces, tras el triste lamento de la esquila, guiándose como un rebaño de espíritus, místico y fúnebre, subieron calle arriba por la de Cereros. En los Cuatro Cantones Juan vio una esperanza: si la campanilla seguía de frente, bajando por la calle de Platerías, bueno; si tiraba a la derecha, también; pero si tomaba la izquierda... Tomó por la izquierda, y por la izquierda doblaban los cirios desapareciendo.

Juan sintió que la aprensión se le convertía en terrible presentimiento; en congoja fría, en temblor invencible. Apretaba convulso su sagrada carga para no dejarla caer; los pies se le enredaban en la ropa talar. El crepúsculo en aquella estrechez, entre casas altas, sombrías, pobres, parecía ya la noche. Al fin de la calle larga, angosta, estaba la plazuela de las Recoletas. Al llegar a ella miró Juan a la torre como preguntándole, como pidiéndole amparo... Las luces tristes descendían hacia la rinconada, y las dos filas se detuvieron a la puerta a que nunca había osado llegar Juan de Dios en sus noches de vigilia amorosa y sin pecado. La comitiva no se movía; era él, Juan, el sacerdote, el que

---

con óleo consagrado se unge al moribundo, confiriéndole así auxilios especiales.

tenía que seguir andando. Todos le miraban, todos le esperaban. Llevaba a Dios.

Por eso, porque llevaba en sus manos *el Señor,* la salud del alma, pudo seguir, aunque despacio, esperando a que un pie estuviera bien firme sobre el suelo para mover el otro. No era él quien llevaba el Señor, era el Señor quien le llevaba a él: iba agarrado al sacro depósito que la Iglesia le confiaba como a una mano que del cielo le tendieran. «¡Caer, no!» pensaba. Hubo un instante en que su dolor desapareció para dejar sitio al cuidado absorbente de no caer.

Llegó al portal, inundado de luz. Subió la escalera, que jamás había visto. Entró en una salita pobre, blanqueada, baja de techo. Un altarcico improvisado estaba enfrente, iluminado por cuatro cirios. Le hicieron torcer a la derecha, levantaron una cortina; y en una alcoba pequeña, humilde, pero limpia, fresca, santuario de casta virginidad, en un lecho de hierro pintado, bajo una colcha de flores de color de rosa, vio la cabeza rubia que jamás se había atrevido a mirar a su gusto, y entre aquel esplendor de oro vio los ojos que le habían transformado el mundo mirándole sin querer. Ahora le miraban fijos, a él, sólo a él. Le esperaban, le deseaban; porque llevaba el bien verdadero, el que no es barro, el que no es viento, el que no es mentira. ¡Divino Sacramento!, pensó Juan, que, a través de su dolor, vio como en un cuadro, en su cerebro, la última Cena y al apóstol de su nombre, al dulce San Juan, al bien amado, que desfalleciendo de amor apoyaba la cabeza en el hombro del Maestro que les repartía en un poco de pan su cuerpo.

El sacerdote y la enferma se hablaron por la vez primera en la vida. De las manos de Juan recibió Rosario la Sagrada Hostia, mientras a los pies del lecho, la madre, de rodillas, sollozaba.

Después de comulgar, la niña sonrió al que le había traído aquel consuelo. Procuró hablar, y con voz muy

dulce y muy honda dijo que le conocía, que recordaba
haberle besado las manos el día de su primera misa,
siendo ella muy pequeña; y después, que le había
visto pasar muchas veces por la plazuela.

—Debe usted de vivir por ahí cerca...

Juan de Dios contemplaba tranquilo, sin vergüenza,
sin remordimiento, aquellos pálidos, aquellos pobres
músculos muertos, aniquilados. «He aquí *la carne* que
yo adoraba, que yo adoro», pensó sin miedo, contento
de sí mismo en medio del dolor de aquella muerte. Y
se acordó de las velas como juncos que tan pronto se
consumían ardiendo en su altar de niño.

Rosario misma pidió la Extremaunción. La madre
dijo que era lo convenido entre ellas. Era malo esperar demasiado. En aquella casa no asustaban como
síntomas de muerte estos santos cuidados de la religión solícita. Juan de Dios comprendió que se trataba
de cristianas verdaderas, y se puso a administrar el último sacramento sin preparativos contra la aprensión y
el miedo; nada tenía que ver aquello con la muerte,
sino con la vida eterna. La presencia de Dios unía en
un vínculo puro, sin nombre, aquellas almas buenas.
Este tocado último, el supremo, lo hizo Rosario sonriente, aunque ya no pudo hablar más que con los
ojos. Juan la ayudó en él con toda la pureza espiritual
de su dignidad, sagrada en tal oficio. Todo lo mera-
mente humano estaba allí como en suspenso.

Pero hubo que separarse. Juan de Dios salió de la
alcoba, atravesó la sala, llegó a la escalera... y pudo
bajarla porque llevaba *el Señor* en sus manos. A cada
escalón temía desplomarse. Haciendo eses llegó al
portal. El corazón se le rompía. La transfiguración de
allá arriba había desaparecido. Lo humano, puro también a su modo, volvía a borbotones.

«¡No volvería a ver aquellos ojos!» Al primer paso
que dio en la calle, Juan se tambaleó, perdió la vista y
vino a tierra. Cayó sobre las losas de la acera. Le le-

vantaron; recobró el sentido. El *oleum infirmorum* corría lentamente sobre la piedra bruñida. Juan, aterrado, pidió algodones, pidió fuego; se tendió de bruces, empapó el algodón, quemó el líquido vertido, enjugó la piedra lo mejor que pudo. Mientras se afanaba, el rostro contra la tierra, secando la losa, sus lágrimas corrían y caían, mezclándose con el óleo derramado. Cesó el terror. En medio de su tristeza infinita se sintió tranquilo, sin culpa. Y una voz honda, muy honda, mientras él trabajaba para evitar toda profanación, frotando la piedra manchada de aceite, le decía en las entrañas:

«¿No querías el martirio por amor Mío? Ahí le tienes. ¿Qué importa en Asia o aquí mismo? El dolor y Yo estamos en todas partes.»

¡ADIÓS, «CORDERA»!

¡Eran tres: siempre los tres! Rosa, Pinín y la *Cordera*.

El *prao* Somonte era un recorte triangular de tercio-pelo verde tendido, como una colgadura, cuesta abajo por la loma. Uno de sus ángulos, el inferior, lo despuntaba el camino de hierro de Oviedo a Gijón. Un palo del telégrafo, plantado allí como pendón de conquista, con sus *jícaras* blancas [1] y sus alambres paralelos, a derecha e izquierda, representaba para Rosa y Pinín el ancho mundo desconocido, misterioso, temible, eternamente ignorado. Pinín, después de pensarlo mucho, cuando a fuerza de ver días y días el poste tranquilo, inofensivo, campechano, con ganas, sin duda, de aclimatarse en la aldea y parecerse todo lo posible a un árbol seco, fue atreviéndose con él, llevó la confianza al extremo de abrazarse al leño y trepar hasta cerca de los alambres. Pero nunca llegaba a tocar la porcelana de arriba, que le recordaba las *jícaras* que había visto en la rectoral de Puao [2]. Al verse tan cerca del misterio sagrado, le acometía un pánico de respeto, y se dejaba resbalar de prisa hasta tropezar con los pies en el césped.

---

[1]   Los aisladores de porcelana de los postes telegráficos, semejantes por su forma y materia a las jícaras o tazas en que se toma chocolate.

[2]   Debe de tratarse de Poago, una de las parroquias del concejo de Gijón.

Rosa, menos audaz, pero más enamorada de lo desconocido, se contentaba con arrimar el oído al palo
del telégrafo, y minutos, y hasta cuartos de hora, pasaba escuchando los formidables rumores metálicos
que el viento arrancaba a las fibras del pino seco en
contacto con el alambre. Aquellas vibraciones, a veces
intensas como las del diapasón, que, aplicado al oído,
parece que quema con su vertiginoso latir, eran para
Rosa los *papeles* que pasaban, las *cartas* que se escri-
bían por los *hilos*, el lenguaje incomprensible que lo
ignorado hablaba con lo ignorado; ella no tenía curiosidad por entender lo que los de allá, tan lejos, decían
a los del otro extremo del mundo. ¿Qué le importaba?
Su interés estaba en el ruido por el ruido mismo, por
su timbre y su misterio.

La Cordera, mucho más formal que sus compañeros, verdad es que, relativamente, de edad también
mucho más madura, se abstenía de toda comunicación
con el mundo civilizado, y miraba de lejos el palo del
telégrafo, como lo que era para ella, efectivamente,
como cosa muerta, inútil, que no le servía siquiera
para rascarse. Era una vaca que había vivido mucho.
Sentada horas y horas, pues, experta en pastos, sabía
aprovechar el tiempo, meditaba más que comía, gozaba del placer de vivir en paz, bajo el cielo gris y
tranquilo de su tierra, como quien alimenta el alma,
que también tienen los brutos; y si no fuera profanación, podría decirse que los pensamientos de la vaca
matrona, llena de experiencia, debían de parecerse
todo lo posible a las más sosegadas y doctrinales odas
de Horacio.

Asistía a los juegos de los pastorcicos encargados de
llindarla [3], como una abuela. Si pudiera, se sonreiría
al pensar que Rosa y Pinín tenían por misión en el

---

[3] *Llindar* o *llendar* es guardar los ganados cuidando de que no
dañen los plantíos ni pasen los linderos.

prado cuidar de que ella, la *Cordera*, no se extralimitase, no se metiese por la vía del ferrocarril ni saltara a la heredad vecina. ¡Qué había de saltar! ¡Qué se había de meter!

Pastar de cuando en cuando, no mucho, cada día menos, pero con atención, sin perder el tiempo en levantar la cabeza por curiosidad necia, escogiendo sin vacilar los mejores bocados, y, después, sentarse sobre el cuarto trasero con delicia, a rumiar la vida, a gozar el deleite del no padecer, del dejarse existir: esto era lo que ella tenía que hacer, y todo lo demás aventuras peligrosas. Ya no recordaba cuándo le había picado la mosca.

«El *xatu* (el toro) [4], los saltos locos por las praderas adelante... ¡todo esto estaba tan lejos!»

Aquella paz sólo se había turbado en los días de prueba de la inauguración del ferrocarril. La primera vez que la *Cordera* vio pasar el tren, se volvió loca. Saltó la sebe [5] de lo más alto del Somonte, corrió por prados ajenos, y el terror duró muchos días, renovándose, más o menos violento, cada vez que la máquina asomaba por la trinchera vecina. Poco a poco se fue acostumbrando al estrépito inofensivo. Cuando llegó a convencerse de que era un peligro que pasaba, una catástrofe que amenazaba sin dar, redujo sus precauciones a ponerse en pie y a mirar de frente, con la cabeza erguida, al formidable monstruo; más adelante no hacía más que mirarle, sin levantarse, con antipatía y desconfianza; acabó por no mirar al tren siquiera.

En Pinín y Rosa la novedad del ferrocarril produjo impresiones más agradables y persistentes. Si al principio era una alegría loca, algo mezclada de miedo supersticioso, una excitación nerviosa, que les hacía prorrumpir en gritos, gestos, pantomimas descabe-

---

4   *Xatu*, toro semental.
5   Cercado de estacas altas entretejidas con ramas largas.

lladas, después fue un recreo pacífico, suave, renovado varias veces al día. Tardó mucho en gastarse aquella emoción de contemplar la marcha vertiginosa, acompañada del viento, de la gran culebra de hierro, que llevaba dentro de sí tanto ruido y tantas castas de gentes desconocidas, extrañas.

Pero telégrafo, ferrocarril, todo eso, era lo de menos: un accidente pasajero que se ahogaba en el mar de soledad que rodeaba el *prao* Somonte. Desde allí no se veía vivienda humana; allí no llegaban ruidos del mundo más que al pasar el tren. Mañanas sin fin, bajo los rayos del sol a veces, entre el zumbar de los insectos, la vaca y los niños esperaban la proximidad del mediodía para volver a casa. Y luego, tardes eternas, de dulce tristeza silenciosa, en el mismo prado, hasta venir la noche, con el lucero vespertino por testigo mudo en la altura. Rodaban las nubes allá arriba, caían las sombras de los árboles y de las peñas en la loma y en la cañada, se acostaban los pájaros, empezaban a brillar algunas estrellas en lo más oscuro del cielo azul, y Pinín y Rosa, los niños gemelos, los hijos de Antón de Chinta, teñida el alma de la dulce serenidad soñadora de la solemne y seria Naturaleza, callaban horas y horas, después de sus juegos, nunca muy estrepitosos, sentados cerca de la *Cordera*, que acompañaba el augusto silencio de tarde en tarde con un blando son de perezosa esquila.

En este silencio, en esta calma inactiva, había amores. Se amaban los dos hermanos como dos mitades de un fruto verde, unidos por la misma vida, con escasa conciencia de lo que en ellos era distinto, de cuanto los separaba; amaban Pinín y Rosa a la *Cordera*, la vaca abuela, grande, amarillenta, cuyo testuz parecía una cuna. La *Cordera* recordaría a un poeta la *zavala* del Ramayana [6], la vaca santa; tenía

───────

[6] Antigua epopeya india que cuenta cómo el príncipe Rama, con

en la amplitud de sus formas, en la solemne serenidad de sus pausados y nobles movimientos, aires y contornos de ídolo destronado, caído, contento con su suerte, más satisfecha con ser vaca verdadera que dios falso. La *Cordera,* hasta donde es posible adivinar estas cosas, puede decirse que también quería a los gemelos encargados de apacentarla.

Era poco expresiva; pero la paciencia con que los toleraba cuando en sus juegos ella les servía de almohada, de escondite, de montura, y para otras cosas que ideaba la fantasía de los pastores, demostraba tácitamente el afecto del animal pacífico y pensativo.

En tiempos difíciles, Pinín y Rosa habían hecho por la *Cordera* los imposibles de solicitud y cuidado. No siempre Antón de Chinta había tenido el prado Somonte. Este regalo era cosa relativamente nueva. Años atrás, la *Cordera* tenía que salir *a la gramática,* esto es, a apacentarse como podía, a la buena ventura de los caminos y callejas de las rapadas y escasas praderías del común, que tanto tenían de vía pública como de pastos. Pinín y Rosa, en tales días de penuria, la guiaban a los mejores altozanos, a los parajes más tranquilos y menos esquilmados, y la libraban de las mil injurias a que están expuestas las pobres reses que tienen que buscar su alimento en los azares de un camino.

En los días de hambre, en el establo, cuando el heno escaseaba, y el narvaso para *estrar* [7] el lecho caliente de la vaca faltaba también, a Rosa y a Pinín debía la *Cordera* mil industrias que la hacían más suave la miseria. ¡Y qué decir de los tiempos heroicos del parto y la cría, cuando se entablaba la lucha necesaria

---

la ayuda del rey de los monos, recuperó a su esposa Sita, robada por un gigante.

[7] *Narvaso,* caña del maíz con su follaje, que se guarda para alimento del ganado vacuno. *Estrar,* esparcir por el suelo de modo que éste quede cubierto.

entre el alimento y regalo de la *nación,* y el interés de los Chintos, que consistía en robar a las ubres de la pobre madre toda la leche que no fuera absolutamente indispensable para que el ternero subsistiese! Rosa y Pinín, en tal conflicto, siempre estaban de parte de la *Cordera,* y en cuanto había ocasión, a escondidas, soltaban el recental, que, ciego, y como loco, a testaradas contra todo, corría a buscar el amparo de la madre, que le albergaba bajo su vientre, volviendo la cabeza agradecida y solícita, diciendo, a su manera:

—Dejad a los niños y a los recentales que vengan a mí.

Estos recuerdos, estos lazos, son de los que no se olvidan.

Añádase a todo que la *Cordera* tenía la mejor pasta de vaca sufrida del mundo. Cuando se veía emparejada bajo el yugo con cualquier compañera, fiel a la gamella, sabía someter su voluntad a la ajena, y horas y horas se la veía con la cerviz inclinada, la cabeza torcida, en incómoda postura, velando en pie mientras la pareja dormía en tierra.

*   *   *

Antón de Chinta comprendió que había nacido para pobre cuando palpó la imposibilidad de cumplir aquel sueño dorado suyo de tener un *corral* propio con dos yuntas por lo menos. Llegó, gracias a mil ahorros, que eran mares de sudor y purgatorios de privaciones, llegó a la primera vaca, la *Cordera,* y no pasó de ahí; antes de poder comprar la segunda se vio obligado, para pagar atrasos al *amo,* el dueño de la *casería* que llevaba en renta, a llevar al mercado a aquel pedazo de sus entrañas, la *Cordera,* el amor de sus hijos. Chinta había muerto a los dos años de tener la *Cordera* en casa. El establo y la cama del matrimonio estaban pared por medio, llamando pared a un tejido de ramas de castaño y de cañas de maíz. La Chinta, musa de la economía en aquel hogar miserable, había muerto mirando a la vaca por un boquete del destrozado tabique de ramaje, señalándola como salvación de la familia.

«Cuidadla, es vuestro sustento», parecían decir los ojos de la pobre moribunda, que murió extenuada de hambre y de trabajo.

El amor de los gemelos se había concentrado en la *Cordera*; el regazo, que tiene su cariño especial, que el padre no puede reemplazar, estaba al calor de la vaca, en el establo, y allá, en el Somonte.

Todo esto lo comprendía Antón a su manera, confusamente. De la venta necesaria no había que decir palabra a los *neños*. Un sábado de julio, al ser de día, de mal humor Antón, echó a andar hacia Gijón, llevando la *Cordera* por delante, sin más atavío que el collar de esquila. Pinín y Rosa dormían. Otros días había que despertarlos a azotes. El padre los dejó tranquilos. Al levantarse se encontraron sin la *Cordera*. «Sin duda, *mío pá* la había llevado al *xatu*.» No cabía otra conjetura. Pinín y Rosa opinaban que la vaca iba de mala gana; creían ellos que no deseaba más hijos, pues todos acababa por perderlos pronto, sin saber cómo ni cuándo.

Al oscurecer, Antón y la *Cordera* entraban por la *corrada* [8] mohínos, cansados y cubiertos de polvo. El padre no dio explicaciones, pero los hijos adivinaron el peligro.

No había vendido, porque nadie había querido llegar al precio que a él se le había puesto en la cabeza. Era excesivo: un sofisma del cariño. Pedía mucho por la vaca para que nadie se atreviese a llevársela. Los que se habían acercado a intentar fortuna se habían alejado pronto echando pestes de aquel hombre que

---

[8] Corral o corralada.

miraba con ojos de rencor y desafío al que osaba insistir en acercarse al precio fijo en que él se abroquelaba. Hasta el último momento del mercado estuvo Antón de Chinta en el Humedal, dando plazo a la fatalidad. «No se dirá, pensaba, que yo no quiero vender: son ellos que no me pagan la *Cordera* en lo que vale.» Y, por fin, suspirando, si no satisfecho, con cierto consuelo, volvió a emprender el camino por la carretera de Candás adelante, entre la confusión y el ruido de cerdos y novillos, bueyes y vacas, que los aldeanos de muchas parroquias del contorno conducían con mayor o menor trabajo, según eran de antiguo las relaciones entre dueños y bestias.

En el Natahoyo, en el cruce de dos caminos, todavía estuvo expuesto el de Chinta a quedarse sin la *Cordera*; un vecino de Carrió [9] que le había rondado todo el día ofreciéndole pocos duros menos de los que pedía, le dio el último ataque, algo borracho.

El de Carrió subía, subía, luchando entre la codicia y el capricho de llevar la vaca. Antón, como una roca. Llegaron a tener las manos enlazadas, parados en medio de la carretera, interrumpiendo el paso... Por fin, la codicia pudo más; el pico de los cincuenta los separó como un abismo; se soltaron las manos, cada cual tiró por su lado; Antón, por una calleja que, entre madreselvas que aún no florecían y zarzamoras en flor, le condujo hasta su casa.

* * *

Desde aquel día en que adivinaron el peligro, Pinín y Rosa no sosegaron. A media semana se *personó* el mayordomo en el *corral* de Antón. Era otro aldeano de la misma parroquia, de malas pulgas, cruel con los

---

[9] Una de las parroquias del concejo de Carreño, al norte de Oviedo.

caseros atrasados. Antón, que no admitía repri-
mendas, se puso lívido ante las amenazas de desa-
hucio.

El amo no esperaba más. Bueno, vendería la vaca a
vil precio, por una merienda. Había que pagar o quedarse en la calle.

Al sábado inmediato acompañó al Humedal Pinín a
su padre. El niño miraba con horror a los contratistas
de carnes, que eran los tiranos del mercado. La *Cordera* fue comprada en su justo precio por un rematante de Castilla. Se la hizo una señal en la piel y volvió a su establo de Puao, ya vendida, ajena, tañendo
tristemente la esquila. Detrás caminaban Antón de
Chinta, taciturno, y Pinín, con ojos como puños.
Rosa, al saber la venta, se abrazó al testuz de la *Cordera*, que inclinaba la cabeza a las caricias como al
yugo.

«¡Se iba la vieja!» —pensaba con el alma destrozada
Antón el huraño.

«Ella ser, era una bestia, pero sus hijos no tenían
otra madre ni otra abuela.»

Aquellos días en el pasto, en la verdura del Somonte, el silencio era fúnebre. La *Cordera,* que igno-
raba su suerte, descansaba y pacía como siempre, *sub
specie æternitatis,* como descansaría y comería un minuto antes de que el brutal porrazo la derribase
muerta. Pero Rosa y Pinín yacían desolados, tendidos
sobre la hierba, inútil en adelante. Miraban con rencor los trenes que pasaban, los alambres del telégrafo.
Era aquel mundo desconocido, tan lejos de ellos por
un lado y por otro, el que les llevaba su *Cordera.*

El viernes, al oscurecer, fue la despedida. Vino un
encargado del rematante de Castilla por la res. Pagó;
bebieron un trago Antón y el comisionado, y se sacó a
la *quintana* [10] la *Cordera.* Antón había apurado la bo-

---

[10]   Especie de plaza recogida.

tella; estaba exaltado; el peso del dinero en el bolsillo le animaba también. Quería aturdirse. Hablaba mucho, alababa las excelencias de la vaca. El otro sonreía, porque las alabanzas de Antón eran impertinentes. ¿Que daba la res tantos y tantos *xarros* de leche? ¿Que era noble en el yugo, fuerte con la carga? ¿Y qué, si dentro de pocos días había de estar reducida a chuletas y otros bocados suculentos? Antón no quería imaginar esto; se la figuraba viva, trabajando, sirviendo a otro labrador, olvidada de él y de sus hijos, pero viva, feliz... Pinín y Rosa, sentados sobre el montón de *cucho* [11], recuerdo para ellos sentimental de la *Cordera* y de los propios afanes, unidos por las manos, miraban al enemigo con ojos de espanto. En el supremo instante se arrojaron sobre su amiga; besos, abrazos: hubo de todo. No podían separarse de ella. Antón, agotada de pronto la excitación del vino, cayó como en un marasmo; cruzó los brazos, y entró en el *corral* oscuro. Los hijos siguieron un buen trecho por la calleja, de altos setos, el triste grupo del indiferente comisionado y la *Cordera,* que iba de mala gana con un desconocido y a tales horas. Por fin, hubo que separarse. Antón, malhumorado, clamaba desde casa:

—¡Bah, bah, *neños,* acá vos digo; basta de *pamemes!* —Así gritaba de lejos el padre con voz de lágrimas.

Caía la noche; por la calleja oscura que hacían casi negra los altos setos, formando casi bóveda, se perdió el bulto de la *Cordera,* que parecía negra de lejos. Después no quedó de ella más que el *tin tan* pausado de la esquila, desvanecido con la distancia, entre los chirridos melancólicos de cigarras infinitas.

—¡*Adiós, Cordera!* —gritaba Rosa deshecha en llanto— ¡Adiós, *Cordera* de *mío* alma!

---

[11]   Abono hecho con estiércol y materias vegetales en descomposición.

—¡Adiós, *Cordera!* —repetía Pinín, no más sereno.

—Adiós —contestó por último, a su modo, la esquila, perdiéndose su lamento triste, resignado, entre los demás sonidos de la noche de julio en la aldea...

* * *

Al día siguiente, muy temprano, a la hora de siempre, Pinín y Rosa fueron al *prao* Somonte. Aquella soledad no lo había sido nunca para ellos, triste; aquel día, el Somonte sin la *Cordera* parecía el desierto.

De repente silbó la máquina, apareció el humo, luego el tren. En un furgón cerrado, en unas estrechas ventanas altas o respiraderos, vislumbraron los hermanos gemelos cabezas de vacas que, pasmadas, miraban por aquellos tragaluces.

—¡Adiós, *Cordera!* —gritó Rosa, adivinando allí a su amiga, a la vaca abuela.

—¡Adiós, *Cordera!* —vociferó Pinín con la misma fe, enseñando los puños al tren, que volaba camino de Castilla.

Y, llorando, repetía el rapaz, más enterado que su hermana de las picardías del mundo:

—La llevan al Matadero... Carne de vaca, para comer los señores, los curas..., los indianos.

—¡Adiós, *Cordera!*

—¡Adiós, *Cordera!*

Y Rosa y Pinín miraban con rencor la vía, el telégrafo, los símbolos de aquel mundo enemigo, que les arrebataba, que les devoraba a su compañera de tantas soledades, de tantas ternuras silenciosas, para sus apetitos, para convertirla en manjares de ricos glotones...

—¡Adiós, *Cordera!*...

—¡Adiós, *Cordera!*...

* * *

Pasaron muchos años. Pinín se hizo mozo y se lo llevó el Rey. Ardía la guerra carlista [12]. Antón de Chinta era casero de un cacique de los vencidos; no hubo influencia para declarar inútil a Pinín, que, por ser, era como un roble.

Y una tarde triste de octubre, Rosa, en el *prao* Somonte sola, esperaba el paso del tren correo de Gijón, que le llevaba a sus únicos amores, su hermano. Silbó a lo lejos la máquina, apareció el tren en la trinchera, pasó como un relámpago. Rosa, casi metida por las ruedas, pudo ver un instante en un coche de tercera multitud de cabezas de pobres quintos que gritaban, gesticulaban, saludando a los árboles, al suelo, a los campos, a toda la patria familiar, a la pequeña, que dejaban para ir a morir en las luchas fratricidas de la patria grande, al servicio de un rey y de unas ideas que no conocían.

Pinín, con medio cuerpo fuera de una ventanilla, tendió los brazos a su hermana; casi se tocaron. Y Rosa pudo oír entre el estrépito de las ruedas y la gritería de los reclutas la voz distinta de su hermano, que sollozaba, exclamando, como inspirado por un recuerdo de dolor lejano:

—¡Adiós, Rosa!... ¡Adiós, *Cordera!*

—¡Adiós, Pinín! ¡Pinín de *mío* alma!...

«Allá iba, como la otra, como la vaca abuela. Se lo llevaba el mundo. Carne de vaca para los glotones, para los indianos; carne de su alma, carne de cañón para las locuras del mundo, para las ambiciones ajenas.»

Entre confusiones de dolor y de ideas, pensaba así la pobre hermana viendo al tren perderse a lo lejos, silbando triste, con silbido que repercutían los castaños, las vegas y los peñascos...

---

[12]   Alusión a la guerra carlista última (1872-1876).

¡Qué sola se quedaba! Ahora sí, ahora sí que era un desierto el *prao* Somonte.

—¡Adiós, Pinín! ¡Adiós, *Cordera!*

Con qué odio miraba Rosa la vía manchada de carbones apagados; con qué ira los alambres del telégrafo. ¡Oh!, bien hacía la *Cordera* en no acercarse. Aquello era el mundo, lo desconocido, que se lo llevaba todo. Y sin pensarlo, Rosa apoyó la cabeza sobre el palo clavado como un pendón en la punta del Somonte. El viento cantaba en las entrañas del pino seco su canción metálica. Ahora ya lo comprendía Rosa. Era canción de lágrimas, de abandono, de soledad, de muerte.

En las vibraciones rápidas, como quejidos, creía oír, muy lejana, la voz que sollozaba por la vía adelante:

—¡Adiós, Rosa! ¡Adiós, *Cordera!*

CAMBIO DE LUZ

A los cuarenta años era don Jorge Arial, para los que le trataban de cerca, el hombre más feliz de cuantos saben contentarse con una *acerada* medianía [1] y con la paz en el trabajo y en el amor de los suyos; y además era uno de los mortales más activos y que mejor saben estirar las horas, llenándolas de sustancia, de útiles quehaceres. Pero de esto último sabían, no sólo sus amigos, sino la gran multitud de sus lectores y admiradores y discípulos. Del mucho trabajar, que veían todos, no cabía duda; mas de aquella dicha que los íntimos leían en su rostro y observando su carácter y su vida, tenía don Jorge algo que decir para sus adentros, sólo para sus adentros, si bien no negaba él, y hubiera tenido a impiedad inmoralísima el negarlo, que todas las cosas perecederas le sonreían, y que el nido amoroso que en el mundo había sabido construirse, no sin grandes esfuerzos de cuerpo y alma, era que ni pintado para su modo de ser.

Las grandezas que no tenía, no las ambicionaba, ni soñaba con ellas, y hasta cuando en sus escritos tenía que figurárselas para describirlas, le costaba gran esfuerzo imaginarlas y *sentirlas*. Las pequeñas y discul-

---

[1] Modificación irónica de la «dorada medianía» (Horacio, *Odas* II, X, 5), que expresa un medio suficiente entre la riqueza y la pobreza.

pables vanidades a que su espíritu se rendía, como verbigracia, la no escasa estimación en que tenía el aprecio de los doctos y de los buenos, y hasta la admiración y simpatía de los ignorantes y sencillos, veíalas satisfechas, pues era su nombre famoso, con sólida fama, y popular; de suerte que esta popularidad que le aseguraba el renombre entre los muchos, no le perjudicaba en la estimación de los escogidos. Y por fin, su dicha grande, seria, era su casa, su mujer, sus hijos; tres cabezas rubias, y él decía también, tres almas *rubias, doradas, mi lira,* como los llamaba al pasar la mano por aquellas frentes blancas, altas, despejadas, que destellaban la idea noble que sirve ante todo para ensanchar el horizonte del amor.

Aquella esposa y aquellos hijos, una pareja; la madre hermosa, que parecía hermana de la hija, que era un botón de oro de quince abriles, y el hijo de doce años, remedo varonil y gracioso de su madre y de su hermana, y ésta, la *dominante* [2], como él decía, parecían, en efecto, estrofa, antistrofa y épodo de un himno perenne de dicha en la virtud, en la gracia, en la inocencia y la sencilla y noble sinceridad. «Todos sois mis hijos, pensaba don Jorge, incluyendo a su mujer; todos nacisteis de la espuma de mis ensueños.» Pero eran ensueños con dientes, y que apretaban de firme, porque como todos eran jóvenes, estaban sanos y no tenían remordimientos ni disgustos que robaran el apetito, comían que devoraban, sin llegar a glotones, pero pasando con mucho de ascetas. Y como no vivían sólo de pan, en vestirlos como convenía a su clase y a su hermosura, que es otra clase, y al cariño que el amo de la casa les tenía, se iba otro buen pico, sobre todo en los trajes de la *dominante.* Y mucho más que en cubrir y adornar el cuerpo de su gente

---

[2] *Dominante* es la nota musical que predomina y lo es también la persona que tiende a imponerse a otros.

gastaba el padre en vestir la desnudez de su cerebro y en adornar su espíritu con la instrucción y la educación más esmeradas que podía; y como este es artículo de lujo entre nosotros, en maestros, instrumentos de instrucción y otros accesorios de la enseñanza de su pareja se le iba a don Jorge una gran parte de su salario y otra no menos importante de su tiempo, pues él dirigía todo aquel negocio tan grave, siendo el principal maestro y el único que no cobraba. No crea el lector que apunta aquí el *pero* de la dicha de don Jorge; no estaba en las dificultades económicas la espina que guardaba para sus adentros Arial, siempre apacible. Costábale, sí, muchos sudores juntar los cabos del presupuesto doméstico; pero conseguía triunfar siempre gracias a su mucho trabajo, el cual era para él una sagrada obligación, además, por otros conceptos más filosóficos y *altruistas*, aunque no más santos, que el amor de los suyos.

Muchas eran sus ocupaciones y en todas se distinguía por la inteligencia, el arte, la asiduidad y el esmero. Siguiendo una vocación, había llegado a cultivar muchos estudios, porque ahondando en cualquier cosa se llega a las demás. Había empezado por enamorarse de la belleza que entra por los ojos, y esta vocación, que le hizo pintor en un principio, le obligó después a ser naturalista, químico, fisiólogo; y de esta excursión a las profundidades de la realidad física sacó en limpio, ante todo, una especie de religión de la *verdad plástica* que le hizo entregarse a la filosofía... y abandonar los pinceles. No se sintió gran maestro, no vio en sí un intérprete de esas dos grandes formas de la belleza que se llaman *idealismo y realismo*, no se encontró con las fuerzas de Rafael ni de Velázquez, y, suavemente y sin dolores del amor propio, se fue transformando en un pensador y en amador del arte; y fue un sabio en estética, un crítico de pintura, un profesor insigne; y después un artista de la pluma, un historiador del arte con el arte de un novelista. Y de todas estas habilidades y maestrías a que le había ido llevando la sinceridad con que seguía las voces de su vocación verdadera, los instintos de sus facultades, fue sacando sin violencia ni *simonía* provecho para la hacienda, cosa tan poética como la que más al mirarla como el medio necesario para tener en casa aquella dicha que tenía, aquellos amores, que, sólo en botas, le gastaban un dineral.

Al verle ir y venir, y encerrarse para trabajar, y después correr con el producto de sus encerronas a casa de quien había de pagárselo; siempre activo, siempre afable, siempre lleno de la realidad ambiente, de la vida que se le imponía con toda su seriedad, pero no tristeza, nadie, y menos sus amigos y su mujer y sus hijos, hubiera adivinado detrás de aquella mirada franca, serena, cariñosa, una pena, una llaga.

* * *

Pero la había. Y no se podía hablar de ella. Primero, porque era un deber guardar aquel dolor para sí; después, porque hubiera sido inútil quejarse; sus familiares no le hubieran comprendido, y más valía así.

Cuando en presencia de don Jorge se hablaba de los incrédulos, de los escépticos, de los poetas que *cantan* sus dudas, que se quejan de la musa del *análisis,* Arial se ponía de mal humor, y, cosa rara en él, se irritaba. Había que cambiar de conversación o se marchaba don Jorge. «Esos, decía, son males secretos que no tienen gracia, y en cambio entristecen a los demás y pueden contagiarse. El que no tenga fe, el que dude, el que vacile, que se aguante y calle y luche por vencer esa flaqueza. Una vez, repetía Arial en tales casos, un discípulo de San Francisco mostraba su tristeza delante del maestro [3], tristeza que nacía de sus escrúpulos de conciencia; del miedo de haber ofendido a Dios; y el santo le dijo: "Retiraos, hermano, y no turbéis la alegría de los demás; eso que os pasa son cuentas vuestras y de Dios: arregladlas con él a solas."»

A solas procuraba arreglar sus cuentas don Jorge, pero no le salían bien siempre, y esta era su pena. Sus estudios filosóficos, sus meditaciones y sus experimentos y observaciones de fisiología, de anatomía, de química, etc., habían desenvuelto en él, de modo excesivo, el espíritu del análisis empírico; aquel enamoramiento de la belleza plástica, aparente, visible y palpable, le había llevado, sin sentirlo, a cierto materialismo intelectual, contra el que tenía que vivir prevenido. Su corazón necesitaba fe, y la clase de filosofía y de ciencia que había profundizado le llevaban al dogma materialista de *ver y creer*. Las ideas predominantes en su tiempo entre los sabios cuyas obras él más tenía que estudiar; la índole de sus investigaciones de naturalista y fisiólogo y crítico de artes plásticas le habían llevado a una predisposición reflexiva que pugnaba con los anhelos más íntimos de su sensibilidad de creyente.

Don Jorge sentía así: «Si hay Dios, todo está bien. Si no hay Dios, todo está mal. Mi mujer, mi hijo, la *dominante,* la paz de mi casa, la belleza del mundo, el *divino* placer de entenderla, la tranquilidad de la conciencia..., todo eso, los mayores tesoros de la vida, si no hay Dios, es polvo, humo, ceniza, viento, nada... Pura apariencia, congruencia ilusoria, sustancia fingida; positiva sombra, dolor sin causa, pero seguro, lo único cierto. Pero si hay Dios, ¿qué importan todos los males? Trabajos, luchas, desgracias, desen-

---

[3] Tomás de Celano, *Vida de San Francisco de Asís,* II, cap. 12, número XCI: «Reprende a un religioso que estaba triste» (L. Alas, *Treinta relatos,* Madrid, Espasa Calpe, 1983, pág. 302, nota 10. Edición y anotación de Carolyn Richmond).

gaños, vejez, desilusión, muerte, ¿qué importan? Si hay Dios, todo está bien; si no hay Dios, todo está mal.»

Y el amor de Dios era el vapor de aquella máquina siempre activa; el amor de Dios, que envolvía, como los pétalos encierran los estambres, el amor a sus hijos, a su mujer, a la belleza, a la conciencia tranquila, le animaba en el trabajo incesante, en aquella suave asimilación de la vida ambiente, en la adaptación a todas las cosas que le rodeaban y por cuya realidad seria, evidente, se dejaba influir.

Pero a lo mejor, en el cerebro de aquel místico vergonzante, místico activo y alegre, estallaba, como una *estúpida* frase hecha, esta duda, esta pregunta del materialismo lógico de su ciencia de analista empírico:

«¿Y si no hay Dios? Puede que no haya Dios. Nadie ha visto a Dios. La ciencia de los *hechos* no prueba a Dios...»

Don Jorge Arial despreciaba al pobre diablo *científico, positivista*, que en el fondo de su cerebro se le presentaba con este *obstruccionismo;* pero a pesar de este desprecio, oía al miserable, y discutía con él, y unas veces tenía algo que contestarle, aun en el terreno de la *fría lógica*, de la mera *intelectualidad...*, y otras veces no.

Esta era la pena, este el tormento del señor Arial.

Es claro que gritase lo que gritase el materialista-escéptico, el que ponía a Dios en tela de juicio, don Jorge seguía trabajando de firme, afanándose por el pan de sus hijos y educándolos, y amando a toda su casa y cumpliendo como un justo con la infinidad de sus deberes...; pero la espina dentro estaba. «Porque, si no hubiera Dios, decía el corazón, todo aquello era inútil, apariencia, idolatría», y el *científico* añadía: «¡Y como puede no haberlo!...»

Todo esto había que callarlo, porque hasta ridículo hubiera parecido a muchos, confesado como un dolor cierto, serio, grande. «Cuestión de nervios», le hubieran dicho. «Ociosidad de un hombre feliz a quien Dios va a castigar por darse un tormento inútil cuando todo le sonríe.» Y en cuanto a los *suyos,* a quienes más hubiera don Jorge querido comunicar su pena, ¡cómo confesarles la causa! Si no le comprendían, ¡qué tristeza! Si le comprendían... ¡qué tristeza y qué pecado y qué peligro! Antes morir de aquel dolor. A pesar de ser tan activo, de tener tantas ocupaciones, le quedaba tiempo para consagrar la mitad de las horas que no dormía a pensar en su duda, a discutir consigo mismo. Ante el mundo su existencia corría con la monotonía de un destino feliz; para sus adentros su vida era una serie de batallas; ¡días de triunfo —¡oh, qué voluptuosidad espiritual entonces!— seguidos de horrorosos días de derrota, en que había que fingir la ecuanimidad de siempre, y amar lo mismo, y hacer lo mismo y cumplir los mismos deberes!

* * *

Para la mujer, los hijos y los amigos y discípulos queridos de don Jorge, aquel dolor oculto llegó a no ser un misterio, no porque adivinaran su causa, sino porque empezaron a sentir sus efectos: le sorprendían a veces preocupado sin motivo conocido, triste; y hasta en el rostro y en cierto desmayo de todo el cuerpo vieron síntomas del disgusto, del dolor evidente. Le buscaron causa y no dieron con ella. Se equivocaron al atribuirla al temor de un mal *positivo,* a una aprensión, no desprovista de fundamento por completo. Lo peor era que el miedo de un mal, tal vez remoto, tal vez incierto, pero terrible si llegaba, también les iba invadiendo a ellos, a la noble esposa sobre todo, y no era extraño que la aprensión que ellos tenían quisieran verla en las tristezas misteriosas de don Jorge.

Nadie hablaba de ello, pero llegó tiempo en que apenas se pensaba en otra cosa; todos los *silencios* de las animadas cháncharas en aquel nido de alegrías, aludían al temor de una desgracia, temor cuya presencia ocultaban todos como si fuese una vergüenza.

Era el caso que el trabajo excesivo, el abuso de las vigilias, el constante empleo de los ojos en lecturas nocturnas, en investigaciones de documentos de intrincados caracteres y en observaciones de menudísimos pormenores de laboratorio, y acaso más que nada, la gran excitación nerviosa, habían debilitado la vista del sabio, miope antes, y ahora incapaz de distinguir bien lo cercano... sin el consuelo de haberse convertido en águila para lo distante. En suma, no veía bien ni de cerca ni de lejos. Las jaquecas frecuentes que padecía le causaban perturbaciones extrañas en la visión: dejaba de ver los objetos con la intensidad ordinaria; los veía y no los veía, y tenía que cerrar los ojos para no padecer el tormento inexplicable de esta parálisis pasajera, cuyos fenómenos subjetivos no podía siquiera puntualizar a los médicos. Otras veces veía manchas ante los objetos, manchas móviles; en ocasiones puntos de color, azules, rojos...; muy a menudo, al despertar especialmente, lo veía todo tembloroso y como desmenuzado... Padecía bastante, pero no hizo caso: no era aquello lo que le preocupaba a él.

Pero a la familia sí. Y hubo consultas, y los pronósticos no fueron muy tranquilizadores. Como fue agravándose el mal, el mismo don Jorge tomó en serio la enfermedad, y, en secreto, como habían consultado por él, consultó a su vez, y la ciencia le metió miedo para que se cuidara y evitase el trabajo nocturno y otros excesos. Arial obedeció a medias y se asustó a medias también.

Con aquella nueva vida a que le obligaron sus precauciones higiénicas, coincidió en él un paulatino cambio del espíritu que sentía venir con hondo y oscuro

deleite. Notó que perdía afición al análisis de laboratorio, a las preciosidades de la miniatura en el arte, a
las delicias del pormenor en la crítica, a la claridad
plástica en la literatura y en la filosofía: el arte del di-
bujo y del color le llamaba menos la atención que
antes; no gozaba ya tanto en presencia de los cuadros
célebres. Era cada día menos activo y más soñador. Se
sorprendía a veces holgando, pasando las horas
muertas sin examinar nada, sin estudiar cosa alguna
concreta; y sin embargo, no le acusaba la conciencia
con el doloroso vacío que siempre nos delata la ociosidad verdadera. Sentía que el tiempo de aquellas vagas
meditaciones no era perdido.

Una noche, oyendo a un famoso sexteto de ínclitos
profesores interpretar las piezas más selectas del repertorio clásico, sintió con delicia y orgullo que a él le
había nacido algo en el alma para comprender y amar
la gran música. La sonata a Kreutzer [4], que siempre
había oído alabar sin penetrar su mérito como era debido, le produjo tal efecto, que temió haberse vuelto
loco; aquel hablar sin palabras, de la música serena,
graciosa, profunda, casta, seria, sencilla, noble; aquella revelación, que parecía extranatural, de las afinidades armónicas de las cosas, por el lenguaje de las
vibraciones íntimas; aquella elocuencia sin conceptos
del sonido sabio y sentimental, le pusieron en un estado místico que él comparaba al que debió experimentar Moisés ante la zarza ardiendo.

Vino después un oratorio de Händel [5] a poner el se-

---

[4] Sonata para violín y piano dedicada por Beethoven en 1803 al
violinista Kreutzer. Su carácter dramático inspiró a Tolstoy una novela de problemática sexual y matrimonial y de orientación ascética,
titulada *La Sonata a Kreutzer* (1890): una mujer es infiel a su esposo con un violinista que ensaya con ella la sonata famosa.
[5] La música coral de Georg Friedrich Händel (1685-1759), de la
cual son óptimos ejemplos sus oratorios (*El Mesías,* entre otros), se
distingue por una inspiración sublime.

llo religioso más determinado y más tierno a las impresiones anteriores. Un profundísimo sentimiento de humildad le inundó el alma; notó humedad de lágrimas bajo los párpados y escondió de las miradas profanas aquel tesoro de su misteriosa religiosidad estética, que tan pobre hubiera sido como argumento en cualquier discusión lógica y que ante su corazón tenía la voz de lo inefable.

En adelante buscó la música por la música, y cuando ésta era buena y la ocasión propicia, siempre obtuvo análogo resultado. Su hijo era un pianista algo mejor que mediano, empezó Arial a fijarse en ello, y venciendo la vulgaridad de encontrar detestable la música de las teclas, adquirió la fe de la música buena en malas manos, es decir, creyó que en poder de un pianista regular suena bien una gran música. Gozó oyendo a su hijo las obras de los maestros. Como sus ratos de ocio iban siendo cada día mayores, porque los médicos le obligaban a dejar en reposo la vista horas y horas, sobre todo de noche, don Jorge, que no sabía estar sin ocupaciones, discurrió, o mejor, fue haciéndolo sin pensarlo, sin darse cuenta de ello, tentar él mismo fortuna, dejando resbalar los dedos sobre las teclas. Para aprender música como Dios manda era tarde; además, leer en el pentagrama hubiese sido cansar la vista como con cualquier otra lectura. Se acordó de que en cierto café de Zaragoza había visto a un ciego tocar el piano primorosamente. Arial, cuando nadie le veía, de noche, a oscuras, se sentaba delante del Erard de su hijo [6], y cerrando los ojos, para que las tinieblas fuesen absolutas, por instinto, como él decía, tocaba a su manera melodías sencillas, mitad reminiscencias de óperas y de sonatas, mitad invención suya. La mano izquierda le daba mucho que

---

[6]   Tipo de piano construido en París por Sébastien Erard (1752-1831).

hacer y no obedecía al instinto del ciego voluntario;
pero la derecha, como no exigieran de ella grandes
prodigios, no se portaba mal. *Mi música* llamaba Arial
a aquellos conciertos solitarios, música *subjetiva* que
no podía ser agradable más que para él, que soñaba, y
soñaba llorando dulcemente a solas, mientras su fantasía y su corazón seguían la corriente y el ritmo de
aquella melodía suave, noble, humilde, seria y sentimental en su pobreza.

A veces tropezaban sus dedos, como con un tesoro,
con frases breves, pero intensas, que recordaban, sin
imitarlos, motivos de Mozart y otros maestros. Don
Jorge experimentaba un pueril orgullo, del que se reía
después, no con toda sinceridad. Y a veces al sorpren-
derse con estas pretensiones de músico que no sabe
música, se decía: «Temen que me vuelva ciego, y lo
que voy a volverme es loco.» A tanto llegaba esta que
él sospechaba locura, que en muchas ocasiones, mientras tocaba y en su cerebro seguía batallando con el
tormento metafísico de sus dudas, de repente una melodía nueva, misteriosa, le parecía una revelación, una
voz de lo *explicable* que le pedía llorando interpretación, traducción lógica, literaria... «Si no hubiera
Dios, pensaba entonces Arial, estas combinaciones de
sonidos no me dirían esto; no habría este rumor como
de fuente escondida bajo hierba, que me revela la
frescura del ideal que puede apagar mi sed. Un pesimista [7] ha dicho que la música habla de un mundo
que *debía* existir; yo digo que nos habla de un mundo
que *debe de* existir.»

Muchas veces hacía que su hija le leyera las lucu-
braciones en que Wagner [8] defendió sus sistemas, y

---

   [7]   Arthur Schopenhauer (1788-1860) escribe, en *El mundo como
voluntad y como representación*, que la música parece hablar a los
hombres de mundos diferentes y mejores.
   [8]   Richard Wagner (1813-1883) publicó numerosos estudios y ensayos acerca de la música, pronto traducidos a otros idiomas. Hacia

les encontraba un sentido muy profundo que no había visto cuando, años atrás, las leía con la preocupación de crítico de estética que ama la claridad plástica y aborrece el misterio nebuloso y los tanteos místicos.

En tanto, el mal crecía, a pesar de haber disminuido el trabajo de los ojos: la desgracia temida se acercaba.

Él no quería mirar aquel abismo de la noche eterna, anticipación de los abismos de ultratumba.

«Quedarse ciego, se decía, es como ser enterrado en vida.»

*   *   *

Una noche, la pasión del trabajo, la exaltación de la fantasía creadora pudo en él más que la prudencia, y a hurtadillas de su mujer y de sus hijos escribió y escribió horas y horas a la luz de un quinqué. Era el asunto de invención poética, pero de fondo religioso, metafísico; el cerebro vibraba con impulso increíble; la máquina, a todo vapor, movía las cien mil ruedas y correas de aquella fábrica misteriosa, y ya no era empresa fácil apagar los hornos, contener el vértigo de las ideas. Como tantas otras noches de sus mejores tiempos, don Jorge se acostó... sin dejar de trabajar, trabajando para el obispo, como él decía cuando, después de dejar la pluma y renunciar al provecho de sus ideas, éstas seguían gritando, engranándose, produciendo pensamiento que se perdía, que se esparcía inútilmente por el mundo. Ya sabía él que este tormento febril era peligroso, y ni siquiera le halagaba la vanidad como en los días de la petulante juventud. No era más que un dolor material, como el de muelas. Sin embargo, cuando al calor de las sábanas la excitación nerviosa, sin calmarse, se hizo placentera, se dejó

1890 se editó en Madrid un libro del gran compositor titulado *Mis ideas*.

embriagar como en una orgía de corazón y cabeza, y sintiéndose arrebatado como a una vorágine mística, se dejó ir, se dejó ir, y con delicia se vio sumido en un paraíso subterráneo luminoso, pero con una especie de luz eléctrica, no luz de sol, que no había, sino de las entrañas de cada casa, luz que se confundía disparatadamente con las vibraciones musicales: el timbre sonoro era, además, la luz.

Aquella luz prendió en el espíritu; se sintió iluminado y no tuvo esta vez miedo a la locura. Con calma, con lógica, con profunda intuición sintió filosofar a su cerebro y atacar de frente los más formidables fuertes de la ciencia atea; vio entonces la realidad de lo divino, no con evidencia matemática, que bien sabía él que ésta era relativa y condicional y precaria, sino con evidencia *esencial;* vio la verdad de Dios, el creador santo del Universo, sin contradicción posible. Una voz de convicción le gritaba que no era aquello fenómeno histérico, arranque místico; y don Jorge, por la primera vez después de muchos años, sintió el impulso de orar como un creyente, de adorar con el cuerpo también, y se incorporó en su lecho, y al notar que las lágrimas ardientes, grandes, pausadas, resbalaban por su rostro, las dejó ir, sin vergüenza, humilde y feliz, ¡oh!, sí, feliz para siempre. «Puesto que había Dios, todo estaba bien.»

Un reloj dio la hora. Ya debía de ser de día. Miró hacia la ventana. Por las rendijas no entraba luz. Dio un salto, saliendo del lecho, abrió un postigo y... el sol había abandonado a la aurora, no la seguía; el alba era noche. Ni sol ni estrellas. El reloj repitió la hora. El sol *debía* estar sobre el horizonte y no estaba. El cielo se había caído al abismo. «¡Estoy ciego!», pensó Arial mientras un sudor terrible le inundaba el cuerpo y un escalofrío azotándole la piel le absorbía el ánimo y el sentido. Lleno de pavor, cayó al suelo.

* * *

Cuando volvió en sí, se sintió en su lecho. Le rodeaban su mujer, sus hijos, su médico. No los veía; no veía nada. Faltaba el tormento mayor; tendría que decirles: no veo. Pero ya tenía valor para todo. «*Seguía habiendo Dios, y todo estaba bien.*» Antes que la pena de contar su desgracia a los suyos sintió la ternura infinita de la piedad cierta, segura, tranquila, sosegada, agradecida. Lloró sin duelo.

«Salid sin duelo, lágrimas, corriendo»,

tuvo serenidad para pensar, dando al verso de Garcilaso un sentido sublime [9].

«¿Cómo decirles que no veo... si en rigor sí veo? Veo de otra manera; veo las cosas por dentro; veo la verdad; veo el amor. Ellos sí que no me verán a mí...»

Hubo llantos, gritos, síncopes, abrazos locos, desesperación sin fin cuando, a fuerza de rodeos, Arial declaró su estado. Él procuraba tranquilizarlos con consuelos vulgares, con esperanzas de sanar, con el valor y la resignación que tenía, etc.; pero no podía comunicarles la fe en su propia alegría, en su propia serenidad íntimas. No le entenderían, no podían entenderle; creerían que los engañaba para mitigar su pena. Además, no podía delante de extraños hacer el papel de estoico, ni de Sócrates o cosa por el estilo. Más valía dejar al tiempo el trabajo de persuadir a las *tres cuerdas de la lira,* a aquella madre, a aquellos hijos, de que el amo de la casa no padecería tanto como ellos pensaban por haber perdido la luz; porque había descubierto otra. Ahora veía por dentro.

* * *

---

[9] En la «Égloga I» de Garcilaso de la Vega, «sin duelo» quiere decir «sin recelo, libremente». El sentido sublime que Arial da a esta expresión es «sin pena», con la serena alegría del que en su ceguera física ha visto la verdad y el amor.

Pasó el tiempo, en efecto, que es el lazarillo de ciegos y de linces, y va delante de todos abriéndoles camino.

En la casa de Arial había sucedido a la antigua alegría el terror, el espanto de aquella desgracia, dolor sin más consuelo que el no ser desesperado, porque los médicos dejaron vislumbrar lejana posibilidad de devolver la vista al pobre ciego. Más adelante la esperanza se fue desvaneciendo con el agudo padecer del infortunio todavía nuevo; y todo aquel sentir insoportable, de excitación continua, se trocó para la mujer y los hijos de don Jorge en taciturna melancolía, en resignación triste: el hábito hizo tolerable la desgracia; el tiempo, al mitigar la pena, mató el consuelo de la esperanza. Ya nadie esperaba en que volviera la luz a los ojos de Arial, pero todos fueron comprendiendo que podían seguir viviendo en aquel estado. Verdad es que más que el desgaste del dolor por el roce de las horas, pudo en tal lenitivo la convicción que fueron adquiriendo aquellos pedazos del alma del enfermo de que éste había descubierto, al perder la luz, mundos interiores en que había consuelos grandes, paz, hasta alegrías.

Por santo que fuera el esposo adorado, el padre amabilísimo, no podría fingir continuamente y cada vez con más arte la calma dulce con que había acogido su desventura. Poco a poco llegó a persuadirlos de que él seguía siendo feliz, aunque de otro modo que antes.

Los gastos de la casa hubo que reducirlos mucho, porque la mina del trabajo, si no se agotó, perdió muchos de sus filones. Arial siguió publicando artículos y hasta libros, porque su hija escribía por él, al dictado, y su hijo leía, buscaba datos en las bibliotecas y archivos.

Pero las obras del insigne crítico de estética pictórica, de historia artística, fueron tomando otro rumbo:

se referían a asuntos en que intervenían poco los testi-monios de la vista.

Los trabajos iban teniendo menos color y más alma. Es claro que, a pesar de tales expedientes, Arial ga-naba mucho menos. Pero, ¿y qué? La vida exigía ahora mucho menos también; no por economía sólo, sino principalmente por pena, por amor al ciego, ma-dre e hijos se despidieron de teatros, bailes, paseos, excursiones, lujo de ropa y muebles, ¿para qué? *¡Él* no había de verlo! Además, el mayor gasto de la casa, la educación de la querida pareja, ya estaba hecho; sa-bían lo suficiente, sobraban ya los maestros.

En adelante, amarse, juntarse alrededor del hogar y alrededor del cariño, cerca del ciego, cerca del fuego. Hacían una piña en que Arial pensaba por todos y los demás veían por él. Para no olvidarse de las formas y colores del mundo, que tenía grabado en la imagina-ción como un infinito museo, don Jorge pedía noticias de continuo a su mujer y a sus hijos: ante todo de ellos mismos, de los cabellos, de la *dominante,* del bozo que le había apuntado al chico..., de la primera cana de la madre. Después noticias del cielo, de los celajes, de los verdores de la primavera... «¡Oh!, des-pués de todo, siempre es lo mismo. ¡Como si lo viera!»

«Compadeced a los ciegos de nacimiento, pero a mí no. La luz del sol no se olvida: el color de la rosa es como el recuerdo de unos amores; su perfume me lo hace ver, como una caricia de la *dominante* me habla de las miradas primeras con que me enamoró su ma-dre. Y ¡sobre todo, está ahí la música!»

Y don Jorge, a tientas, se dirigía al piano, y como cuando tocaba a oscuras, cerrando los ojos de noche, tocaba ahora, sin cerrarlos, al mediodía... Ya no se reían los hijos y la madre de las melodías que improvi-saba el padre: también a ellos se les figuraba que que-rían decir algo, muy oscuramente... Para él, para don

Jorge, eran bien claras, más que nunca; eran todo un himnario de la fe inenarrable que él había creado para sus adentros; su religión de ciego; eran una dogmática en solfa, una teología en dos o tres octavas.

Don Jorge hubiera querido, para intimar más, mucho más, con los suyos, ya que ellos nunca se separaban de él, no separarse él jamás de ellos con el pensamiento, y para esto iniciarlos en sus ideas, en su dulcísima creencia...; pero un rubor singular se lo impedía. Hablar con su hija y con su mujer de las cosas misteriosas de la otra vida, de lo metafísico y fundamental, le daba vergüenza y miedo. No podrían entenderle. La educación, en nuestro país particularmente, hace que los más unidos por el amor estén muy distantes entre sí en lo más espiritual y más grave. Además, la fe racional y trabajada por el alma pensadora y tierna ¡es cosa tan personal, tan inefable! Prefería entenderse con los suyos por música. ¡Oh, de esta suerte, sí! Beethoven, Mozart, Händel, hablaban a todos cuatro de lo mismo. Les decían, bien claro estaba, que el pobre ciego tenía dentro del alma otra luz, luz de esperanza, luz de amor, de santo respeto al misterio sagrado... La poesía no tiene dentro ni fuera, fondo ni superficie; toda es transparencia, luz increada y que penetra al través de todo...; la luz material se queda en la superficie, como la explicación intelectual, lógica, de las realidades resbala sobre los objetos sin comunicarnos su esencia...

Pero la música que todas estas cosas decía a todos, según Arial, no era la suya, sino la que tocaba su hijo. El cual se sentaba al piano y pedía a Dios inspiración para llevar al alma del padre la alegría mística con el beleño de las notas sublimes; Arial, en una silla baja, se colocaba cerca del músico para poder palparle disimuladamente de cuando en cuando; al lado de Arial, tocándole con las rodillas, había de estar su compañera de luz y sombra, de dicha y de dolor, de vida y muerte..., y más cerca que todos, casi sentada sobre el regazo, tenía a la *dominante...*; y de tarde en tarde, cuando el amor se lo pedía, cuando el ansia de vivir, comunicándose con todo de todas maneras, le hacía sentir la nostalgia de la visión, de la luz física, del *verbo solar...*, cogía entre las manos la cabeza de su hija, se acariciaba con ella las mejillas... y la seda rubia, suave, de aquella flor con ideas en el cáliz, le metía en el alma con su contacto todos los rayos de sol que no había de ver ya en la vida... ¡Oh! En su espíritu, sólo Dios entraba más adentro.

EL CENTAURO

Violeta Pagés, hija de un librepensador catalán, opulento industrial, se educó, si aquello fue educarse, hasta los quince años, como el diablo quiso, y de los quince años en adelante como quiso ella. Anduvo por muchos colegios extranjeros, aprendió muchas lenguas vivas, en todas las cuales sabía expresar correctamente las herejías de su señor padre, dogmas en casa. Sabía más que un bachiller y menos que una joven recatada. Era hermosísima; su cabeza parecía destacarse en una medalla antigua, como aquellas sicilianas de que nos habla el poeta de los *Trofeos* [1]; su indumentaria, su figura, sus posturas, hablaban de Grecia al menos versado en las delicadezas del arte helénico; en su tocador, de gusto arqueológico, sencillo, noble, poético, Violeta parecía una pintura mural clásica, recogida en alguna excavación de las que nos descubrieron la elegancia antigua. En el Manual de arqueología de Guhl y Koner [2], por ejemplo, podréis ver grabados que parecen retratos de Violeta componiendo su tocado.

[1]   El libro *Les Trophées,* de José María de Hérédia (1842-1906), se publicó en París en 1893, el mismo año de la publicación del presente libro de cuentos de Clarín. El primer grupo de sonetos de *Les Trophées* se titula «La Grèce et la Sicile» y dentro de él hay varios consagrados a Hércules y los centauros.

[2]   Ernst Guhl (1819-1862) y Wilhelm David Koner (1817-1887) publicaron un gran libro acerca del arte antiguo, *Leben der Grie-*

Era pagana, no con el corazón, que no lo tenía, sino con el instinto imitativo, que le hacía remedar en sus ensueños las locuras de sus poetas favoritos, los modernos, los franceses, que andaban a vueltas con sus recuerdos de cátedra, para convertirlos en creencia poética y en inspiración de su musa *plástica* y afectadamente sensualista.

A fuerza de creerse pagana y leer libros de esta clase de caballerías, llegó Violeta a sentir, y, sobre todo, a imaginar con cierta sinceridad y fuerza, su manía seudoclásica.

Como, al fin, era catalana, no le faltaba el necesario buen sentido para ocultar sus caprichosas ideas, algunas demasiado extravagantes, ante la mayor parte de sus relaciones sociales, que no podían servirle de público adecuado, por lo poco bachilleras que son las señoritas en España, y lo poco eruditos que son la mayor parte de los bachilleres.

A mí, no sé por qué, a los pocos días de tratarme creyóme digno de oír las intimidades de su locura pagana. No fue porque yo hiciera ante ella alarde de conocimientos que no poseo; más bien debió de haber sido por haber notado la sincera y callada admiración con que yo contemplaba a hurtadillas, siempre que podía, su hermosura soberana, los divinos pliegues de su túnica, las graciosas líneas de su cuerpo, el resplandor tranquilo e ideal de sus ojos garzos. ¡Oh!, en aquella cabecita peinada por Praxiteles, había el fósforo necesario para hacer un poeta *parnasiano* de tercer orden [3]; pero, ¡qué templo el que albergaba aque-

---

chen und Römer, nach antiken Bildwerken dargestellt (Berlín, 1860-1864), que en 1893 alcanzaba su sexta edición.

[3] El «Parnaso» fue un movimiento poético francés derivado del magisterio de Théophile Gautier, que exaltaba los valores de forma, volumen y color. Hérédia, poeta francés nacido en Cuba, llevó el estilo parnasiano a su expresión más refinada.

llos pobres dioses falsos, recalentados y enfermizos! ¡Qué divino molde, qué elocuente *estatuaria!*

Violeta, como todas las mujeres de su clase, creería que por gustarme tanto su cuerpo, yo admiraba su talento, su imaginación, sus caprichos, traducidos de sus imprudentes lecturas...

Ello fue que una noche, en un baile, después de cenar, a la hora de la fatiga voluptuosa en que las vírgenes escotadas y excitadas parece que olfatean en el ambiente perfumado los misterios nupciales con que sueña la insinuante vigilia, Violeta, a solas conmigo en un rincón de un jardín, transformado en estancia palatina, me contó su secreto, que empezaba como el de cualquier romántica despreciable, diciendo:

«Yo estoy enamorada de un imposible.»

Pero seguía de esta suerte:

«Yo estoy enamorada de un Centauro. Este sueño de la mitología clásica es el mío; para mí todo hombre es poco fuerte, poco rápido y tiene pocos pies. Antes de saber yo de la fábula del hombre-caballo, desde muy niña sentí vagas inclinaciones absurdas y una afición loca por las cuadras, las dehesas, las ferias de ganado caballar, las carreras y todo lo que tuviera relación con el caballo. Mi padre tenía muchos, de silla y de tiro, y cuadras como palacios, y a su servicio media docena de robustos mozos, buenos jinetes y excelentes cocheros. Muy de madrugada, yo bajaba, y no levantaría un metro del suelo, a perderme entre las patas de mis bestias queridas, bosque de columnas movibles de un templo vivo de mi adoración idolátrica. No sin miedo, pero con deleite, pasaba horas enteras entre los cascos de los nobles brutos, cuyos botes, relinchos, temblores de la piel, me imponían una especie de pavor religioso y cierta precoz humildad femenil voluptuosa, que conocen todas las mujeres que aman al que temen. Me embriagaba el extraño perfume picante de la cuadra, que me sacaba lágrimas de los ojos y me hacía soñar, como el mijo a los espectadores del teatro persa.

»Soñaba con carreras locas por breñales y precipicios, saltando colinas y rompiendo vallas, tendida, como las amazonas de circo, sobre la reluciente espalda de mis héroes fogosos, fuertes y sin conciencia, como yo los quería. Fui creciendo y no menguó mi afición, ni yo traté de ocultarla; los primeros hombres que empezaron a ser para mí rivales de mis caballos fueron mis lacayos y mis cocheros, los hombres de mis cuadras. Bien lo conoció alguno de ellos, pero me libraron de su malicia mis desdenes, que al ver de cerca el amor humano lo encontraron ridículo por pobre, por débil, por hablador y sutil. El caballo no bastaba a mis ansias, pero el hombre tampoco. ¡Oh, qué dicha la mía, cuando mis estudios me hicieron conocer al Centauro! Como una mística se entrega al esposo ideal, y desprecia por mezquinos y deleznables los amores terrenos, yo me entregué a mis ensueños, desprecié a mis adoradores, y día y noche vi, y aún veo, ante mis ojos, la imagen del hombre bruto, que tiene cabeza humana y brazos que me abrazan con amor, pero tiene también la crin fuerte y negra, a que se agarran mis manos crispadas por la pasión salvaje; y tiene los robustos humeantes lomos, mezcla de luz y de sombra, de graciosa curva, de músculo amplio y férreo, lecho de mi amor en la carrera de nuestro frenesí, que nos lleva a través de montes y valles, bosques, desiertos y playas, por el ancho mundo. En el corazón me resuenan los golpes de los terribles cascos del animal, al azotar y dominar la tierra, de que su rapidez me da el imperio; y es dulce, con voluptuosidad infinita, el contraste de su vigor de bruto, de su energía de macho feroz, fiel en su instinto, con la suavidad apasionada de las caricias de sus manos y de los halagos de sus ojos...»

Calló un momento Violeta, entusiasmada de veras,

y hermosísima en su exaltación; miróme en silencio, miró con sonrisa de lástima burlona a un grupo de muchachos elegantes que pasaban, y siguió diciendo:

«¡Qué ridículos me parecen esos buenos mozos con su frac y sus pantalones!... Son para mí espectáculo cómico, y hasta repugnante, si insisto en mirarlos; les falta la mitad de lo que yo necesito en el hombre...; en el macho a quien yo he de querer y he de entregarme... Si me quieren robar, ¿cómo me roban? ¿Cómo me llevan a la soledad, lejos de todo peligro?... En ferrocarril o en brazos... ¡Absurdo! Mi Centauro, sin dejar de estrecharme contra su pecho, vuelto el tronco humano hacia mí, galoparía al arrebatarme, y el furor de su carrera encendería más y más la pasión de nuestro amor, con el ritmo de los cascos al batir el suelo... ¡Cuántos viajes de novios hizo así mi fantasía! ¡La de tierras desconocidas que yo crucé, tendida sobre la espalda de mi Centauro volador!... ¡Qué delicia respirar el aire que corta la piel en el vertiginoso escape!... ¡Qué delicia amar entre el torbellino de las cosas que pasan y se desvanecen mientras la caricia dura!... El mundo escapa, desaparece, y el beso queda, persiste...»

Como aquello del beso me pareció un poco fuerte, aunque fuese dicho por una señorita pagana, Violeta, que conoció en mi gesto mi extrañeza, suspendió el relato de sus locuras, y cerrando los ojos se quedó sola con su Centauro, entregándome a mí al brazo secular de su desprecio.

Un poco avergonzado, dejé mi asiento y salí del rincón de nuestra confidencia, contento con que ella, por tener cerrados los ojos, como he dicho, no contemplara mi ridícula manera de andar como el bípedo menos mitológico, como un gallo, por ejemplo.

* * *

Pasaron algunos años y he vuelto a ver a Violeta.
Está hermosa, a la griega, como siempre, aunque más
gruesa que antes. Hace días me presentó a su marido,
el Conde de La Pita, capitán de caballería, hombrachón
como un roble, hirsuto, de inteligencia de cerrojo, brutal, grosero, jinete insigne, enamorado exclusivamente
del *arma,* como él dice, pero equivocándose, porque al
decir el *arma* alude a su caballo. También se equivoca
cuando jura (¡y jura bien!), que para él no hay más
creencia que el espíritu de cuerpo; porque también entonces alude al cuerpo de su tordo, que sería su Pílades, si hubiera Pílades de cuatro patas, y si hombres
como el Conde de La Pita pudieran ser Orestes [4]. El
tiempo que no pasa a caballo lo da La Pita por perdido; y, en su misantropía de animal perdido en una
forma cuasi humana, declama, suspirando o relin-
chando, que no tiene más amigo verdadero que su
tordo.

Violeta, al preguntarle si era feliz con su marido,
me contestaba ayer, disimulando un suspiro: «Sí, soy
feliz... en lo que cabe... Me quiere..., le quiero...
Pero... el ideal no se realiza jamás en este mundo.
Basta con soñarlo y acercarse a él en lo posible. Entre
el Conde y su tordo... ¡Ah! Pero el ideal jamás se
cumple en la tierra.»

¡Pobre Violeta; le parece *poco Centauro* su marido!

---

[4]   Pílades, inseparable amigo de Orestes, el hijo y vengador del
rey Agamenón.

RIVALES

¿No ha llegado a notar el discreto lector que en las letras contemporáneas de los países que mejores y más espirituales las tienen, brillan por algún tiempo jóvenes de gran talento, de alma exquisita, promesas de genio, que poco a poco se cansan, se detienen, se oscurecen, vacilan, dejan de luchar por el primer puesto y consienten que otros vengan a ocupar la atención y a gozar iguales ilusiones, y a su vez experimentar el mismo desencanto? Un crítico perspicaz, fijándose en tal fenómeno, ha creído explicarlo atribuyéndolo a la poca fuerza de esas almas, genios abortados, superiores en cierto sentido (si no se atiende al resultado, a la obra acabada), a los mismos genios que tienen la virtud... y el *límite* de la idea fija, del propósito exclusivo y constante, pero inferiores en voluntad, en vigor, en facultades generales, en suma.

Leyendo al autor que eso dice, Víctor Cano cerró el volumen en que lo dice y se puso a pensar por su cuenta:

«Algo habrá de esto; pero yo, mejor que genios abortados, llamaría a esos hombres, como cierto novelista ruso, *genios sin cartera.* Como otros espíritus escogidos renuncian al placer, al mundo y sus vanidades, y renuncian a la acción, al buen éxito, a los triunfos del orgullo y del egoísmo, en nuestras letras contemporáneas hay quien no conserva, en la gran bancarrota espiritual moderna, en el naufragio de ideas y esperanzas, más que un vago pero acendrado amor a la tenue poesía del bien moral profundo, sin principios, sin sanciones, por dulce instinto, por abnegación melancólica y lánguidamente musical pudiera decirse. Al ver o presentir la nada de todo, menos la nobleza del corazón, ¿qué alma sincera insiste en luchar por cosas particulares, por empresas que, ante todo, son egoístas, por triunfos que, por de pronto, son de la vanidad? No se renuncia a la gloria por aquello del *genio no comprendido,* ni se insiste, como en los tiempos de los Heine y los Flaubert, en señalar con sarcasmos el abismo que separa al *artista* del *philistin* [1] o del *burgués,* sino que, como Carlos V junto a la tumba de Carlomagno se grita: *Perdono a tutti* [2]; y se declara a todos hermanos en la ceniza, en el polvo, en el viento, y se mata en el alma la ilusión literaria, la contumacia artística, y se renuncia a ser genio, porque ser genio cuesta mucho trabajo, y no es lo mismo ser genio que ser bueno, que ser humilde, que es lo que hay que ser; porque hay dos clases de humildes: los que hace Dios, que son los primeros, mejores y más seguros, y los que se hacen a sí mismos, a fuerza de pensar, de sentir, de observar, de amar y renunciar y *prescindir.* Sí, hoy existen hombres, especie de trapenses disfrazados, que se tonsuran la aureola del genio como se rasura el monje y que no dan más aprecio al bien efímero de que se despojan, la gloria, que el humilde re-

---

[1]   En francés, «filisteo» en el sentido de persona vulgar que no entiende de exquisiteces.

[2]   En el drama romántico de Victor Hugo, *Hernani* (1830), Carlos V, nombrado emperador en Aquisgrán, junto a la tumba de Carlomagno, perdona a los que se habían conjurado contra él, entre ellos Hernani, con estas palabras: «Je ne sais plus vos noms, messieurs. Haine et fureur / Je veux tout oublier. Allez, je vous pardonne!» (Acto IV: «Le tombeau en Aix-La-Chapelle»). Clarín toma la frase de la ópera de Verdi *Ernani* (1844), basada en el drama de Hugo.

ligioso al cabello que ve caer a sus pies. No importa
que estos modernos sectarios de la *prescindencia* sigan
figurando en el mundo, escribiendo poemas, novelas,
ensayos; todo eso es apariencia, tal vez un modo de
ganar el pan y las distracciones; pero en el fondo ya
no hay nada; no hay deseo, no hay plan, no hay orden
bello de vida que aspira a un fin determinado; no hay
nada de lo que había, por ejemplo, en el sistemático
Goethe, que metió el mundo en su cabeza para poder
ser egoísta pensando en lo que no era él [3]; por eso se
ve que tales hombres siguen figurando entre los artistas, entre los escritores; parece que siguen aspi-
rando al primer puesto... sin facultades suficientes.
Acaso no las tengan, pero no les importa; ni aunque
las tuvieran las emplearían con la constancia, la fe, el
entusiasmo, el orden que ellas exigen; por despreciar
la fama hasta consienten que se crea que aún aspiran
a ella. Insisten en escribir, por ejemplo, porque no saben hacer otra cosa; por inercia, porque es el pretexto
mejor para pensar y sentir... y sufrir.»

«Y si no, aquí estoy yo —seguía pensando Víctor,
pero esto más *piano* para no *oírse* a sí mismo, si era
posible—; aquí estoy yo, que no seré genio, pero soy
algo, y renuncio también a la *cartera,* a la gloria que
empezaba a sonreírme, aunque buenos sudores y be-
rrinches me costaba.»

Y no creía decirse esto a humo y pajas y por vana-
gloria, sino que tenía la vanidad de fundarlo en
hechos. Cierto era que en aquel mes de mayo que
acababa de pasar había entregado a un editor un libro; pero ¿cómo lo había entregado? Como quien
mete un hijo en el hospicio. El editor era novel, po-

---

[3] «Goethe consagró su existencia a la propia educación, pero tan
noble propósito es, siendo el principal objetivo, egoísta al cabo»,
escribía Leopoldo Alas en su prólogo a la segunda edición del libro
Goethe, de Urbano González Serrano (Madrid, 1892).

bre, no tenía amigos en la prensa ni apenas correspon-
sales; Cano había dado la obra por cuatro cuartos a
condición de que no se le molestara exigiéndole pro-
paganda; no quería *faire l'article;* nada de reclamos,
nada de regalos a los críticos, nada de sueltecitos autobiográficos; allá iba el libro, que viviera si podía. No
podría; ¿cómo había de poder? El autor era conocido;
cuatro o cinco novelas suyas habían llamado la atención; no pocos periódicos las habían puesto en los
cuernos de la luna; el público se había interesado por
aquel estilo, por aquella manera; había sido un poco
de fiebre momentánea de novedad. Al publicarse el
último volumen ya habían insinuado algunos malé-
volos la idea de decadencia; se había hablado de ex-
travío, de atrofia, de estancamiento, de esperanzas fa-
llidas, y, lo que era peor, se había mostrado claro,
matemático, el cansancio, el hastío, ante lo conocido y
repetido. Víctor, en vez de buscar un desquite, una
reparación en su obra reciente, con una especie de coquetería refinada, con el placer del *eautontimorumenos* [4], se había esmerado en escribir de suerte que
su libro tuviera que parecerle al vulgo vulgar, ano-
dino. Era un libro moral, sencillo, desprovisto de la
pimienta psicológica que en los anteriores había sabido emplear con tanto arte como cualquier *jeune maître* francés. En rigor, aquella ausencia de tiquismiquis
decadentistas, de misticismos diabólicos, era un refinamiento de voluptuosidad espiritual; la pretensión de
Víctor era sacarle nuevo y delicadísimo jugo al oprimido limón de la moral corriente, como se llama con
estúpido menosprecio a la moral producida siglo tras
siglo por lo más selecto del pensamiento y del corazón
humanos.

Como él esperaba, su libro, sincero, noble, leal a la

---

[4]   En griego, «verdugo de sí mismo», persona que gusta de atormentarse.

tradición de la sana piedad humana, no llamó la atención, porque nadie se tomó el trabajo de ayudar al buen éxito; dijeron de él cuatro necedades los críticos semigalos que creían seguir la moda con su desfachatado materialismo, con su procaz hedonismo de burdel y su estilo de falso *neurosismo;* pero ni la crítica digna, la que no hace alarde de ser cínica y de no pagar al sastre ni a la patrona, ni el público imparcial y desapasionado dieron cuenta de sí.

Aunque Víctor esperaba este resultado; aunque, en rigor, lo había provocado él mismo, sometiéndose a una especie de experimento en que quería probar el temple de su alma y la grosera estofa del sentido estético general en su patria, tuvo que confesarse que en algunos momentos de abandono sintió indignación ante la frialdad con que era acogida una obra que comenzaba por ser edificante, un rasgo de reflexión sana, continente.

Se consolaba de este desfallecimiento del ánimo, de esta contradicción entre sus ideas y anhelos de abnegación, de *prescindencia* efectiva, y la realidad de sus preocupaciones, de su vanidad herida de artista quisquilloso, pensando que la tal flaqueza era cosa de la parte baja de su ser, de centros viles del organismo que no había podido dominar todavía de modo suficiente la hegemonía del alma cerebral, del *yo* que reinaba desde la cabeza. Como gritan el hambre, el miedo, la lascivia en el cuerpo del asceta, del héroe, del casto, gritaba en él, a su juicio, la vanidad artística; pero el remedio estaba en despreciarla, en ahogar sus protestas.

* * *

Y lo mejor era ausentarse; salir de Madrid, de aquellas cuatro calles y de los cuatro rincones de murmuración seudoliteraria; huir, olvidar las letras de molde, vivir, en fin, de veras. Empezaba el verano, la emigración general. Se metió en el tren. ¿Adónde iba? A cualquier parte; al Norte, al mar. ¿Qué iba a hacer? No lo sabía. Dejaba a la casualidad que le prendiese el alma por donde quisiera. En una fonda de una estación, a la luz del petróleo, al amanecer, ante una mesa fría cubierta de hule, entre el ruido y el movimiento incómodos, antipáticos, de las prisas de los viajeros, vio de repente lo que iba a hacer aquel verano, si el azar lo permitía: iba a amar. Era lo mejor; la ilusión más ilusoria, pero, por lo mismo, más llena del encanto de la hermosa apariencia de la buena realidad. El amor era lo que mejor imitaba el mundo que debía haber. Enfrente de él, ante una gran taza de café con leche, una mujer meditaba a la *orilla* de aquel mar ceniciento, con los ojos pardos muy abiertos, las cejas muy pobladas, de arco de Cupido, en tirantez nerviosa, como conteniendo el peso de pensamientos que caían de la frente. No pensaba en el café, ni en el lugar donde estaba, ni en nada de cuanto tenía alrededor. Sonó fuera una campana, y la dama levantó los ojos y miró a Víctor, que se dio por enamorado, en lo que cabía, de aquella mujer, que de fijo no pensaba como un cualquiera. El marido de aquella señora la dio un suave codazo, que fue como despertarla; se levantaron, salieron y Víctor se fue detrás. Estaba resuelto a seguir a la dama meditabunda, metiéndose en el mismo coche que ella, si era posible, por lo menos en el mismo tren, aunque no fuera el suyo y tuviera que dejar en otra línea el equipaje y los enseres de primera necesidad que llevaba más cerca. Por fortuna, la dama viajaba en el mismo tren en que Víctor venía, en un coche contiguo al suyo. Cano tomó sus bártulos, cambió de departamento, y entró, con gran serenidad, donde el matrimonio desconocido. Nadie notó el cambio ni la persecución iniciada. A pesar del naciente amor, Víctor se durmió un poco, porque la madrugada le sumía siempre en un sopor de muerte. Mil veces se lo había dicho a sí mismo: «Yo moriré al salir el sol.» Cuando despertó, la mañana ya había entrado en calor; la luz alegraba el mundo, el tren volaba, el marido dormía, y la señora de las cejas de arco de amor leía con avidez en un rincón, olvidada del mundo entero: leía un libro en rústica, en octavo menor, forrado prosaicamente con medio periódico. Para ella no había esposo al lado, un desconocido de buen ver enfrente, una inmensa llanura en que apuntaban los verdores del trigo hasta tocar el horizonte, por derecha e izquierda; no había más que lo negro de las páginas que bebía. A veces debía de leer entre líneas, porque tardaba en dar vuelta a la hoja; pensaba, pero por sugestión de la lectura; para colmo de humillación, Víctor vio a la dama levantar algunas veces la cabeza, mirar al campo, a la red que tenía enfrente, como si pasara revista a los bultos que llevaba en ella; hasta mirarle a él, sin verle, lo que se llama verle en conciencia.

Con esto se encendía más lo que Víctor quería llamar su naciente amor: una mujer que no le hacía caso, ya tenía mucho adelantado para que él la idealizara y la pusiera en el altar de lo Imposible, su dios falso.

¿Qué demonio de libro sería aquél? Probablemente alguna novela de Daudet, o, a todo tirar, de Guy de Maupassant... [5] No quería pensar en la posibilidad de que fuese de algún autor español contemporáneo, de un amigo suyo sobre todo. ¡No lo permitiera Dios!

---

[5] De Alphonse Daudet (1840-1897) se habían traducido al español hacia 1893 más de veinte libros. De Maupassant (1850-1893) existían también por esas fechas media docena de obras traducidas. El narrador parece valorar más alto al pesimista Maupassant que al humorístico Daudet, ambos novelistas relacionados al principio con la narrativa del «naturalismo».

«Pero yo soy un texto vivo; yo valgo más que un folleto, que una lucubración pasajera: ese volumen dentro de un año será una hoja seca, olvidada; dentro de dos, un montón sucio de papel, y, moralmente, polvo; en el recuerdo de los lectores que tenga, nada... y yo seré yo todavía; un joven, viejo para la metafísica, pero rozagante, nuevo, siempre nuevo para el amor, que es un dulce engaño compatible con todos los nirvanas del mundo y con todas las obras pías.

»La literatura era una cosa *estúpida;* porque si era mala, era estúpida por sí, y si era buena, era necio, inútil, entregarla al vulgo que no puede comprenderla. Aquella señora, guapa y todo, con los ojos pensadores y sus cejas cargadas de ideas nobles y de poesía, sería, es claro, como las demás mujeres en el fondo; inteligente sólo en el rostro, no de veras, no por dentro. Si el libro era bueno, caso poco probable, no lo entendería, y si era malo, ¿por qué leerlo?»

Ello era que pasaban el tiempo y la campiña, y el marido no despertaba ni la mujer dejaba la lectura que tan absorta la tenía.

Víctor no pudo más, y fue a la montaña, ya que la montaña no venía a él. Buscó un pretexto para entablar conversación, o por lo menos hacerse oír, y dijo:

—Señora, ¿le molestará a usted el humo..., si...?

La dama levantó la cabeza, *vio,* en rigor por primera vez, a Cano; y reparándole bien, eso sí, contestó, sonriendo con una sonrisa inteligente, que, dijera él lo que quisiera, parecía hablar de inteligencia de dentro:

—En este departamento está prohibido fumar...

—¡Ah! ¡No había visto...!

—Sí; pero fume usted lo que quiera, porque mi marido en cuanto despierte no hará otra cosa en todo el día.

—¡Ah, no importa, yo no debo...!

La dama, dulcemente seria, con una mirada tan sincera por lo menos como la literatura de última hora de Víctor, replicó:

—Le aseguro a usted que el tabaco no me molesta absolutamente nada; fume usted lo que quiera.

Y volvió a la lectura.

Víctor se vio más humillado que antes y sin saber qué haría de aquella licencia que se le había otorgado, y que probablemente sería la última contravención al orden social a que le autorizaría aquella dama de la novela, o lo que fuese.

Cuando despertó el señor Carrasco, el digno esposo de la desconocida, la conversación prendió fuego más fácilmente; fumaron los dos españoles, y la señora de cuando en cuando dejaba la lectura y terciaba en el diálogo.

En cuanto supo Víctor que el distinguido académico de la Historia, señor Carrasco, y su esposa iban a baños a un puerto muy animado y pintoresco del Norte, dio una palmada de satisfacción, aplaudiendo la *feliz casualidad* de ir todos con igual destino; él también iba a veranear aquel año en Z... En efecto, en cuanto tuvo ocasión arregló en una de las estaciones del tránsito el cambio de itinerario y se aseguró de que su equipaje le acompañaría en el nuevo camino que seguía. Todo se arregla con dinero y buenas palabras.

Los de Carrasco no sospecharon la mentira, ni pensaron en tal cosa. Ello fue que en Z... siguieron tratándose, como era natural; pero es de advertir que Víctor, por suspicacia de autor, de artista, cuyo amor propio vive irritado, aun mucho después de que se le dé por muerto, no quiso decir a sus nuevos amigos su verdadero nombre; tomó el de un pariente muerto, y vivió en Z... como un malhechor o un conspirador que oculta su estado civil. Tuvo miedo de que al decir a la señora de Carrasco, Cristina: «Yo soy Víctor Cano», a ella no le sonaran a nada o le sonaran a poco estas dos palabras juntas. Muchas veces le había sucedido encontrarse con personas a quien se debía suponer regular ilustración y conocimiento mediano de las letras contemporáneas, que no sabían quién era Cano, o sabían muy poco de él y sus obras. Si Cristina recibía el nombre con indiferencia, ignorante de su fama, o teniendo de ella escasas noticias, Víctor comprendía que su amor propio padecería mucho, y para desagravio de sus fueros lastimados le obligaría a él, al enamorado Víctor, a tener en poco las luces naturales y adquiridas de una señora que no sabía quién era el autor de *Los Humildes,* su obra de más resonancia. Amó, pues, de incógnito, y de incógnito empezó a poner en planta un plan de seducción espiritual, al que se prestaba, como pronto pudo conocer con sorpresa y alegría, el carácter soñador y caviloso de la señora de Carrasco.

* * *

La parte material, el teatro, por decirlo así, de la aventura iniciada, puede figurárselo el lector que haya vivido en una playa en verano y haya tenido amoríos, o pretensiones a lo menos, en ocasión tan propicia; los que no, pueden recurrir al recuerdo de cien y cien novelas, y cuentos y comedias en que el mar, la arena, los marineros y demás partes de por medio y decoraciones adecuadas hacen el gasto.

El señor Carrasco, el eximio académico de la Historia, era tan aficionado como a sondar los arcanos de lo pasado, a sondar el fondo de las aguas donde podía sospecharse que había pesca; pescaba desde que Dios mandaba la luz al mundo, y cuando no podía, revolvía la arena en busca de conchas pintadas, restos de esos humildes animalitos que otros más fuertes persiguen y que por amor a la paz, a la tranquilidad, se resignan a vivir enterrados, bajo la arena, donde no estorban ni excitan la voracidad del fuerte. Mientras el académico penetraba con el tentáculo de la caña y el anzuelo en lo recóndito del agua, o revolvía con su bastón la blanda y deleznable arena, su mujer, paseando al borde de las espumas, sondaba los misterios del alma guiada por el inteligente buzo de oficio Víctor Cano.

Durante los primeros días de la estancia en Z..., Víctor había visto algunas veces a Cristina leyendo, ora en la playa, ora en un pinar cercano, ya en la galería del balneario, ya en el comedor de la fonda, un libro forrado con un periódico, el mismo probablemente que él había aborrecido en el tren. Pero notaba con satisfacción el galán audaz que la de Carrasco leía poco, y en llegando él pronto dejaba el volumen. Hasta la oyó quejarse, riéndose, de lo atrasada que llevaba la lectura dichosa. «Si sigo así, tengo con un libro para todo el verano.» Ni Víctor le preguntó jamás de qué obra se trataba (tanto era su desprecio y su horror a las letras por entonces), ni ella dejó nunca de ocultar el volumen en cuanto veía acercarse al nuevo amigo.

Por unos quince días la victoria indudablemente fue del texto vivo; Cristina olvidó por completo las letras de molde y oyó con atención seria, como meditaba aquella madrugada ante una taza de café, oyó las disquisiciones de moral extraordinaria y de psicología delicada y escogida con que Víctor iba preparándola para escuchar sin escándalo la declaración *sui generis* y de quintaesencia en que tenía que parar todo aquello.

Cano, con la mejor fe del mundo, persuadido, a fuerza de imaginación, de que estaba poética y místicamente enamorado, en la playa, en el pinar, en los maizales, en el prado oloroso, en todas partes, le recitaba a Cristina con fogosa elocuencia las teorías metafísico-amorosas de su penúltima *manera,* las que había vertido, como quien envenena un puñal, en la prosa de acero de su penúltimo libro. Según estas ideas, ha-

bía moral, claro que sí; el positivismo y sus consecuencias éticas eran groserías horrorosas; el cristianismo tenía razón a la larga y en conjunto...; pero la moral era
relativa, a saber: no había preceptos generales, abstractos, sino en corto número; lo más de la moral tenía que ser casuístico (y aquí una defensa del jesui-
tismo, aunque condicional, un panegírico de Ignacio
de Loyola y del Talmud) [6]. Los espíritus grandes, escogidos, no necesitaban los mismos preceptos que el
vulgo materialista y grosero; demasiado aborrecía la
carne el alma enferma de idealidad; lejos de hacérsela
odiosa, como un peligro, se la debía inclinar a transi-
gir con ella, con la carne, mediante los cosméticos del
arte, mediante el dogma de la santa alegría. En el
mundo estaba el amor, la redención perpetua; el amor
verdadero, que era cosa para muy pocos; cuando dos
almas capaces de comprenderlo y sentirlo se encontraban, la ley era amarse, por encima de obstáculos del
orden civil, buenos, en general, para contener las pasiones de la muchedumbre, pero inútiles, perniciosos,
ridículos, tratándose de quien no había de llevar tan
santa cosa como es la pasión única, animadora, por el
camino de la torpeza y la lascivia... Por ahí adelante,
y además por aquellos trigos de Dios (y si no trigos,
maizales y bosques de pinos), llevaba Víctor a Cristina, que oía y meditaba, y no sospechaba, o fingía no
sospechar, lo que venía detrás de tales lecciones.

Llegó él a creerla persuadida de que el matrimonio
era un accidente insignificante, tratándose de almas
místicas a la moderna. «Era absurdo proclamar el divorcio para facilitar la descomposición de la familia
vulgar, para dar pábulo a la licencia plebeya; todo estaba bien como estaba en la ley religiosa y en la civil;

---

[6]   Las interpretaciones rabínicas de la ley mosaica (Talmud) y las
interpretaciones jesuíticas de problemas morales como, por ejemplo, el pecado, son modelos de casuismo.

sólo que había excepciones que la grosera expresión legal, vulgar, no podía tener en cuenta, ni mucho menos puntualizar. ¿Cuándo llegaba el caso de la excepción? Los dignos de ella eran los encargados de revelarlo a su propia conciencia, mediante inspiración sentimental infalible.»

Todo esto lo iba diciendo Víctor, no así de golpe y con términos duros y abstractos, como lo digo yo que tengo prisa, sino entre párrafos de filosofía poética y ante las decoraciones de bosque y marina *propias* del caso.

* * *

Cuando la fruta le iba pareciendo ya muy madura y creía llegado el tiempo de la recolección, notó Cano que la de Carrasco empezaba a distraerse mientras él hablaba, y parecía meditar, no lo que él decía, sino otras cosas. Una tarde que él creía la oportuna para la declaración mística, encontró a Cristina dentro de una caseta, junto al agua, leyendo hacia el final del libro forrado con un periódico.

Desde entonces pudo ver que la conversión de la buena *burguesa* iba perdiendo terreno; oía ella con frialdad, a ratos con señalado disgusto. Comprendió Víctor que a la dama se le ocurrían objeciones que no exponía, pero que tenía presentes para su conducta. Estupefacto y airado vio el seductor una mañana a su discípula sentada junto al académico, que pescaba *panchos,* mientras su esposa leía el libro de siempre, y lo leía hacia la mitad. Es decir, que había vuelto a empezar la lectura, que repasaba lo leído. ¡Y con qué avidez leía! Los ojos le echaban chispas: las mejillas las tenía encendidas. Al llegar Víctor cerró el volumen de repente, lo escondió bajo el chal, y mirando a Carrasco con dulzura y simpatía, se le cogió del brazo que sujetaba la caña.

—Suelta, mujer, que me quitas el tiento— dijo el sabio.

Y ella soltó, sonriendo, pero no obedecía las señas de Víctor, que, como otras veces, pedían paseo filosófico, un poco de excursión peripatético-erótica.

Tanto terreno iba perdiendo el escritor abstinente, que llegó a la situación desairada del que tiene que apagar la caldera de la pasión elocuente por no caer en ridículo ante la frialdad que le rodea.

Llegó el día en que no pudo emplear siquiera el lenguaje fervoroso, transportado de su misticismo vidente; y entonces fue cuando con un realismo brutal, impropio de los antecedentes, declaró su amor desesperado, batiéndose en vergonzosa fuga...

Cristina tuvo lástima; y, clavándole los ojos pensativos y cargados de lectura con que le miraba hacía tantos días, le dijo:

—Mire usted, Flórez; le perdono, porque he tenido yo la culpa de que usted pudiera llegar a tal extremo. No ha sido coquetería; ha sido... que todos somos débiles; que usted ha sido elocuente, y yo iba haciéndome intrincada y *excepcional...*, porque sus palabras parecían un filtro de melodrama... Pero, francamente, llega usted tarde. Otro ha corrido más. No se asuste usted... Su rival... es un libro. Ni siquiera recuerdo el nombre del autor, porque yo, poco literata, hago como muchas mujeres, que no suelen enterarse del nombre de quien las deleita con sus invenciones. Pensaba este verano llenarme la cabeza de novelas; comencé en el tren una, la primera que cogí, y empezó a interesarme mucho; después... llegó usted... con sus novelas de viva voz, y, se lo confieso, por muchos días me hizo abandonar el libro; pero en la lucha, que era natural que dentro de mí mantuviera mi *vulgaridad* materialista y grosera de *burguesa honrada,* con la hembra excepcional que íbamos descubriendo, me acordé de lo que había visto en los primeros capítulos de aquel libro extraño... Volví a él... y poco a poco me llenó el alma; ahora lo entendía mejor, ahora le penetraba todo el sentido... Eran ustedes rivales..., y venció él. Porque él da por sabido todo eso que usted me cuenta..., lo entiende, lo siente... y no lo aprueba; va más allá, está de vuelta y me restituye a mi prosa de la vida vulgar honrada, me enseña el idealismo del deber cumplido, me hace odiar los ensueños que dan en el pecado, me revela la poesía de la *moral corriente,* que demuestra que el colmo del misticismo estético, de la quintaesencia psicológica, está cifrado en ser una persona decente, y que no lo es la mujer que falta a la fidelidad jurada a su marido. Todo esto, que yo digo tan mal, lo dice, con tanta o más poesía que usted sus cosas, este libro.

Cristina mostró el volumen de mi cuento, y añadió:

—Si de alguien pudiera yo enamorarme sería del autor de este libro; pero la mejor manera de rendirle el tributo de admiración que merece... es obedecer su doctrina... y, por consiguiente, enamorarse sólo del humilde y santo deber.

Víctor no pudo contenerse más, y tendiendo las manos hacia el regazo de Cristina, donde estaba el volumen que antes odiaba, gritó:

—¡Por Dios, señora, pronto; el nombre de ese libro..., el autor!...

Cristina se puso en pie, y rechazando a Víctor, como si temiera que el contacto de aquel hombre manchara el texto que veneraba, dio un paso atrás, y abriendo el libro por la primera hoja, leyó: «*El Concilio de Trento,* por Víctor Cano.» [7]

Tembló el literato de pies a cabeza; se sintió partido

---

[7] En el Concilio de Trento (1545-1563) se promulgaron las leyes canónicas que fijaban el procedimiento para contraer matrimonio: amonestaciones, testigos, etcétera.

en dos; pero pudo en él más la vanidad que la vergüenza, y sin tratar de reprimirse, exclamó:

—Señora, Víctor Cano soy yo; no soy Flórez; yo he
escrito esa novela.

En el rostro, que palideció de repente, de Cristina,
se pintó un gesto de dolor y repugnancia, de desengaño insoportable; y la dama seria, noble, de alma
sincera, dando algunos pasos para alejarse, dijo con
voz muy triste:

—Lo siento.

PROTESTO

Este don Fermín Zaldúa, en cuanto tuvo uso de razón, y fue muy pronto, por no perder el tiempo no pensó en otra cosa más que en hacer dinero. Como para los negocios no sirven los muchachos, porque la ley no lo consiente, don Fermín sobornó al tiempo y se las compuso de modo que pasó atropelladamente por la infancia, por la adolescencia y por la primera juventud, para ser cuanto antes un hombre en el pleno uso de sus derechos civiles; y en cuanto se vio mayor de edad, se puso a pensar si tendría él algo que reclamar por el beneficio de la restitución *in integrum* [1]. Pero ¡ca! Ni un ochavo tenía que restituirle alma nacida, porque, menor y todo, nadie le ponía el pie delante en lo de negociar con astucia en la estrecha esfera en que la ley hasta entonces se lo permitía. Tan poca importancia daba él a todos los años de su vida en que no había podido contratar, ni hacer grandes negocios, por consiguiente, que había olvidado casi por completo la inocente edad infantil y la que sigue con sus dulces ilusiones, que él no había tenido, para evitarse el disgusto de perderlas. Nunca perdió nada don Fermín, y así, aunque devoto y aun supersticioso, como luego veremos, siempre se opuso

---

[1] Beneficio consistente en el restablecimiento de algo en su estado primitivo.

terminantemente a aprender de memoria la oración de San Antonio. «¿Para qué? —decía él—. ¡Si yo estoy seguro de que no he de perder nunca nada!»

—Sí tal —le dijo en una ocasión el cura de su parroquia, cuando Fermín ya era muy hombre—, sí tal, puede usted perder una cosa..., el alma.

—De que eso no suceda —replicó Zaldúa— ya cuidaré yo a su tiempo. Por ahora a lo que estamos. Ya verá usted, señor cura, cómo no pierdo nada. Procedamos con orden. El que mucho abarca poco aprieta. Yo me entiendo.

Lo único de su niñez que Zaldúa recordaba con gusto y con provecho, era la gracia que desde muy temprano tuvo de hacer parir dinero al dinero y a otras muchas cosas. Pocos objetos hay en el mundo, pensaba él, que no tengan dentro algunos reales por lo menos; el caso está en saber retorcer y estrujar las cosas para que suden cuartos.

Y lo que hacía el muchacho era juntarse con los chicos viciosos, que fumaban, jugaban y robaban en casa dinero o prendas de algún valor. No los seguía por imitarlos, sino por sacarlos de apuros, cuando carecían de pecunia, cuando perdían al juego, cuando tenían que restituir el dinero cogido a la familia o las prendas empeñadas. Fermín adelantaba la plata necesaria...; pero era con interés. Y nunca prestaba, sino con garantías, que solían consistir en la superioridad de sus puños, porque procuraba siempre que fueran más débiles que él sus deudores y el miedo le guardaba la viña.

Llegó a ser hombre y se dedicó al único encanto que le encontraba a la vida, que era la virtud del dinero de parir dinero. Era una especie de Sócrates crematístico; Sócrates, como su madre Fenaretes, matrona partera, se dedicaba a ayudar a parir..., pero ideas. Zaldúa era comadrón del treinta por ciento.

Todo es según se mira: su avaricia era cosa de su genio; era él un genio de la ganancia. De una casa de banca ajena pronto pasó a otra propia; llegó en pocos años a ser el banquero más atrevido, sin dejar de ser prudente, más lince, más afortunado de la plaza, que era importante; y no tardó su crédito en ser cosa muy superior a la esfera de los negocios locales y aun provinciales, y aun nacionales; emprendió grandes negocios en el extranjero, fue su fama universal, y a todo esto él, que tenía el ojo puesto en todas las plazas y en todos los grandes negocios del mundo, no se movía de su pueblo, donde iba haciendo los necesarios gastos de ostentación, como quien pone mercancías en un escaparate. Hizo un palacio, gran palacio, rodeado de jardines; trajo lujosos trenes de París y Londres, cuando lo creyó oportuno, y lo creyó oportuno cuando cumplió cincuenta años, y pensó que ya era hora de ir preparando lo que él llamaba para sus adentros *el otro negocio.*

II

Aunque el cura aquel de su parroquia ya había muerto, otros quedaban, pues curas nunca faltan: y don Fermín Zaldúa, siempre que veía unos manteos se acordaba de lo que le había dicho el párroco y de lo que él le había replicado.

Ese era *el otro negocio.* Jamás había perdido ninguno, y las canas le decían que estaba en el orden empezar a preparar el terreno para que, por no perder, ni siquiera el alma se le perdiese.

No se tenía por más ni menos pecador que otros cien banqueros y prestamistas. Engañar, había engañado al lucero del alba. Como que sin engaño, según Zaldúa, no habría comercio, no habría cambio. Para que el mundo marche, en todo contrato ha de salir perdiendo uno, para que haya quien gane. Si los nego-

cios se hicieran tablas como el juego de damas, se acababa el mundo. Pero, en fin, no se trataba de hacerse
el inocente; así como jamás se había forjado ilusiones
en sus cálculos para negociar, tampoco ahora quería
forjárselas en el *otro negocio:* «A Dios —se decía—
no he de engañarle, y el caso no es buscar disculpas,
sino remedios. Yo no puedo restituir a todos los que
pueden haber dejado un poco de lana en mis zarzales.
¡La de letras que yo habré descontado! ¡La de prés-
tamos hechos! No puede ser. No puedo ir buscando
uno por uno a todos los perjudicados; en gastos de co-
rreos y en indagatorias se me iría más de lo que les
debo. Por fortuna, hay un Dios en los cielos, que es
acreedor de todos; todos le deben todo lo que son,
todo lo que tienen; y pagando a Dios lo que debo a
sus deudores, unifico mi deuda, y para mayor comodidad me valgo del banquero de Dios en la tierra, que
es la Iglesia. ¡Magnífico! Valor recibido y andando.
Negocio hecho.»

Comprendió Zaldúa que para festejar al clero, para
gastar parte de sus rentas en beneficio de la Iglesia,
atrayéndose a sus sacerdotes, el mejor reclamo era la
opulencia; no porque los curas fuesen generalmente
amigos del poderoso y cortesanos de la abundancia y
del lujo, sino porque es claro que, siendo misión de
una parte del clero pedir para los pobres, para las
causas pías, no han de postular donde no hay de qué,
ni han de andar oliendo dónde se guisa. Es preciso
que se vea de lejos la riqueza y que se conozca de
lejos la buena voluntad de dar. Ello fue que, en
cuanto quiso, Zaldúa vio su palacio lleno de levitas y
tuvo oratorio en casa; y, en fin, la piedad se le entró
por las puertas tan de rondón, que toda aquella riqueza y todo aquel lujo empezó a oler así como a in-
cienso; y los tapices y la plata y el oro labrados de aquel
palacio, con todos sus jaspes y estatuas y grandezas de
mil géneros, llegaron a parecer magnificencias de una

catedral, de esas que enseñan con tanto orgullo los sa-
cristanes de Toledo, de Sevilla, de Córdoba, etc.

Limosnas abundantísimas y aun más fecundas por la
sabiduría con que se distribuyeron siempre; funda-
ciones piadosas de enseñanza, de asilo para el vicio
arrepentido, de pura devoción y aun de otras clases,
todas santas; todo esto y mucho más por el estilo,
brotó del caudal fabuloso de Zaldúa como de un ma-
nantial inagotable.

Mas, como no bastaba pagar con los bienes, sino
que se había de contribuir con prestaciones personales, don Fermín, que cada día fue tomando más en
serio el negocio de la salvación, se entregó a la práctica devota, y en manos de su director espiritual y *ad-
ministrador* místico don Mamerto, maestrescuela de la
Santa Iglesia Catedral, fue convirtiéndose en paulino,
en siervo de María, en cofrade del Corazón de Jesús;
y lo que importaba más que todo, ayunó, frecuentó
los Sacramentos, huyó de lo que le mandaron huir,
creyó cuanto le mandaron creer, aborreció lo aborreci-
ble; y, en fin, llegó a ser el borrego más humilde y dócil
de la diócesis; tanto, que don Mamerto, el maestrescuela, hombre listo, al ver oveja tan sumisa y de tantos
posibles, le llamaba para sus adentros «el *Toisón
de Oro*» [2].

III

Todos los comerciantes saben que sin buena fe, sin
honradez general en los del oficio, no hay comercio
posible; sin buena conducta no hay confianza, a la
larga; sin confianza no hay crédito; sin crédito no hay

---

[2] *Toisón* es el vellocino o lana de la res esquilada. En la leyenda
griega Jasón y los argonautas robaron el «vellocino de oro» o «toisón de oro» custodiado en la Cólquida por un dragón.

negocio. Por propio interés ha de ser el negociante
limpio en sus tratos; una cosa es la ganancia, con su
engaño necesario, y la trampa es otra cosa. Así pensaba Zaldúa, que debía gran parte de su buen éxito a
esta honradez formal; a esta seriedad y buena fe en
los negocios, una vez emprendidos los de ventaja.
Pues bien, el mismo criterio llevó a su *otro negocio*.
Sería no conocerle pensar que él había de ser hipócrita, escéptico: no; se aplicó de buena fe a las prác-
ticas religiosas, y si, modestamente, al sentir el dolor
de sus pecados, se contentó con el de atrición, fue
porque comprendió con su gran golpe de vista, que no
estaba la Magdalena para tafetanes y que a don Fermín Zaldúa no había que pedirle la contrición, porque
no la entendía. Por temor al castigo, a *perder* el alma,
fue, pues, devoto; pero este temor no fue fingido, y la
creencia ciega, absoluta, que se le pidió para salvarse,
la tuvo sin empacho y sin el menor esfuerzo. No comprendía cómo había quien se empeñaba en condenarse
por el capricho de no querer creer cuanto fuera necesario. Él lo creía todo, y aun llegó, por una propen-
sión común a los de su laya, a creer más de lo conve-
niente, inclinándole al fetichismo disfrazado y a las
más claras supersticiones.

En tanto que Zaldúa edificaba el alma como podía,
su palacio era emporio de la devoción ostensible y aun
ostentosa, eterno jubileo, basílica de los negocios píos
de toda la provincia, y a no ser profanación excusable,
llamáralo lonja de los contratos ultratelúricos.

Mas sucedió a lo mejor, y cuando el caudal de don
Fermín estaba recibiendo los más fervientes y abun-
dantes bocados de la piedad solícita, que el diablo, o
quien fuese, inspiró un sueño, endemoniado, si fue del
diablo, en efecto, al insigne banquero.

Soñó de esta manera. Había llegado la de vámonos;
él se moría, se moría sin remedio, y don Mamerto, a
la cabecera de su lecho, le consolaba diciendo:

—Ánimo, don Fermín, ánimo, que ahora viene la época de cosechar el fruto de lo sembrado. Usted se muere, es verdad, pero ¿qué? ¿Ve usted este papelito? ¿Sabe usted lo que es? —Y don Mamerto sacudía ante los ojos del moribundo una papeleta larga y estrecha.

—Eso... parece una letra de cambio.

—Y eso es, efectivamente. Yo soy el librador y usted es el tomador; usted me ha entregado a mí, es decir, ha entregado a la Iglesia, a los pobres, a los hospitales, a las ánimas, la cantidad... equis.

—Un buen pico.

—¡Bueno! Pues bueno; ese pico mando yo, que tengo fondos colocados en el cielo, porque ya sabe usted que ato y desato, que se lo paguen a su espíritu de usted en el otro mundo, en buena moneda de la que corre allí, que es la gracia de Dios, la felicidad eterna. A usted le enterramos con este papelito sobre la barriga, y por el correo de la sepultura esta letra llega a poder de su alma de usted, que se presenta a cobrar ante San Pedro; es decir, a recibir el cacho de gloria, a la vista, que le corresponda, sin necesidad de antesalas, ni plazos ni *fechas* de purgatorio...

Y en efecto; siguió don Fermín soñando que se había muerto, y que sobre la barriga le habían puesto, como una recomendación o como uno de aquellos viáticos en moneda y comestibles que usaban los paganos para enterrar sus muertos, le habían puesto la letra a la vista que su alma había de cobrar en el cielo.

Y después él ya no era él, sino su alma, que con gran frescura se presentaba en la portería de San Pedro, que además de portería era un Banco, a cobrar la letra de don Mamerto.

Pero fue el caso que el Apóstol, arrugado el entrecejo, leyó y releyó el documento, le dio mil vueltas, y por fin, sin mirar al portador, dijo malhumorado:

—¡Ni pago ni acepto!

El alma de Zaldúa hizo ni más ni menos lo que su propietario don Fermín hubiera hecho en la tierra en situación semejante. No gastó el tiempo en palabras vanas, sino que inmediatamente se fue a buscar un notario, y antes de la puesta del sol del día siguiente, se extendió el correspondiente protesto [3], con todos los requisitos de la sección octava del título décimo del libro segundo del Código de Comercio vigente; y don Fermín, su alma, dejó copia de tal protesto, en papel común, al príncipe de los apóstoles.

Y el cuerpo miserable del avaro, del capitalista devoto, ya encentado por los gusanos, se encontró en su sepultura con un papel sobre la barriga; pero un papel de más bulto y de otra forma que la letra de cambio que él había mandado al cielo.

Era el protesto.

Todo lo que había sacado en limpio de sus afanes por el *otro negocio*.

Ni siquiera le quedaba el consuelo de presentarse en juicio a exigir del librador, del pícaro don Mamerto, los gastos del protesto ni las demás responsabilidades, porque la sepultura estaba cerrada a cal y canto, y además los pies los tenía ya hechos polvo.

IV

Cuando despertó don Fermín, vio a la cabecera de su cama al maestrescuela, que le sonreía complaciente y aguardaba su despertar para recordarle la promesa de pagar toda la obra de fábrica de una nueva y costosísima institución piadosa.

---

[3] Es *protesto* el acta notarial en que se requiere formalmente a la persona a cuyo cargo está girada la letra para que la acepte o pague, o manifieste la razón que tiene para no hacerlo, protestándole que si no verifica lo uno o lo otro serán de su cuenta los gastos y perjuicios que se ocasionen.

—Dígame usted, amigo don Mamerto —preguntó Zaldúa, cabizbajo y cejijunto como el San Pedro que no había aceptado la letra—, ¿debe creerse en aquellos sueños que parecen providenciales, que están compuestos con imágenes que pertenecen a las cosas de nuestra sacrosanta religión, y nos dan una gran lección moral y sano aviso para la conducta futura?

—¡Y cómo si debe creerse! —se apresuró a contestar el canónigo, que en un instante hizo su composición de lugar, pero trocando los frenos y equivocándose de medio a medio, a pesar de que era tan listo—. Hasta el pagano Homero, el gran poeta, ha dicho que los sueños vienen de Júpiter. Para el cristiano vienen del único Dios verdadero. En la Biblia tiene usted ejemplos respetables del gran valor de los sueños. Ve usted primero a Josef interpretando los sueños del Faraón, y más adelante a Daniel explicándole a Nabucodonosor...

—Pues este Nabucodonosor que tiene usted delante, mi señor don Mamerto, no necesita que nadie le explique lo que ha soñado, que harto lo entiende. Y como yo me entiendo, a usted sólo le importa saber que en adelante pueden usted y todo el cabildo, y cuantos hombres se visten por la cabeza, contar con mi amistad..., pero no con mi bolsa. Hoy no se fía aquí, mañana tampoco.

Pidió don Mamerto explicaciones, y a fuerza de mucho rogar logró que don Fermín le contase el sueño del protesto.

Quiso el maestrescuela tomarlo a risa; pero al ver la seriedad del otro, que ponía toda la fuerza de su fe supersticiosa en atenerse a la lección del protesto, quemó el canónigo el último cartucho diciendo:

—El sueño de usted es falso, es satánico; y lo pruebo probando que es inverosímil. Primeramente, niego que haya podido hacerse en el cielo un protesto..., porque es evidente que en el cielo no hay es-

cribanos. Además, en el cielo no puede cumplirse con
el requisito de extender el protesto antes de la puesta
del sol del día siguiente..., porque en el cielo no hay
noche ni día, ni el sol se pone, porque todo es sol, y
luz y gloria, en aquellas regiones.

Y como don Fermín insistiera en su superchería,
moviendo a un lado y a otro la cabeza, don Mamerto,
irritado, y echándolo a rodar todo, exclamó:

—Y por último..., niego... el portador. No es posible que su alma de usted se presentara a cobrar la letra... ¡porque los usureros no tienen alma!

—Tal creo —dijo don Fermín, sonriendo muy contento y algo socarrón—; y como no la tenemos, mal
podemos perderla. Por eso, si viviera el cura aquel de
mi parroquia, le demostraría que yo no puedo perder
nada. Ni siquiera he perdido el dinero que he em-
pleado en cosas devotas, porque la fama de santo
ayuda al crédito. Pero como ya he gastado bastante en
anuncios, ni pago esa obra de fábrica... ni aprendo la
oración de San Antonio.

LA YERNOCRACIA

Hablaba yo de política días pasados con mi buen amigo Aurelio Marco [1], gran filósofo *fin de siècle* y padre de familia no tan *filosófico,* pues su blandura doméstica no se aviene con los preceptos de la modernísima pedagogía, que le pide a cualquiera, en cuanto tiene un hijo, más condiciones de capitán general y de hombre de Estado, que a Napoleón o a Julio César.

Y me decía Aurelio Marco:

—Es verdad; estamos hace algún tiempo en plena yernocracia: como a ti, eso me irritaba tiempo atrás, y ahora... me enternece. Qué quieres; me gusta la sinceridad en los afectos, en la conducta; me entusiasma el entusiasmo verdadero, sentido realmente; y en cambio, me repugna el *pathos** falso, la piedad y la virtud fingidas. Creo que el hombre camina muy poco a poco del brutal egoísmo primitivo, sensual, instintivo, al espiritual, reflexivo altruismo. Fuera de las rarísimas excepciones de unas cuantas docenas de santos, se me antoja que hasta ahora en la humanidad nadie ha querido de veras... a la sociedad, a esa abstracción fría

---

[1] El nombre Aurelio Marco invierte el del emperador romano Marco Aurelio (121-180), filósofo estoico autor de *Meditaciones,* cuyo tema fundamental es la buena conducta.

* Pongo yo la *h,* ya que la habían de poner los cajistas, pero bien sabe Dios que sobra.

que se llama *los demás,* el prójimo, al cual se le dan
mil nombres para dorarle la píldora del menosprecio
que nos inspira.

El patriotismo, a mi juicio, tiene de sincero lo que
tiene de egoísta; ya por lo que en él va envuelto de
nuestra propia conveniencia, ya de nuestra vanidad.
Cerca del patriotismo anda la gloria, quintaesencia del
egoísmo, colmo de la *autolatría;* porque el egoísmo
vulgar se contenta con adorarse a sí propio él solo, y
el egoísmo que busca la gloria, el egoísmo heroico...,
busca la adoración de los demás: que el mundo entero
le ayude a ser egoísta. Por eso la gloria es deleznable... claro, como que es contra naturaleza, una paradoja, el sacrificio del egoísmo ajeno en aras del propio
egoísmo.

Pero no me juzgues, por esto, pesimista, sino cauto;
creo en el progreso; lo que niego es que hayamos llegado, así, en masa, como obra social, al *altruismo* sincero. El día que cada cual quisiera a sus conciuda-
danos de verdad, como se quiere a sí mismo, ya no
hacía falta la política, tal como la entendemos ahora.
No, no hemos llegado a eso; y por elipsis o hipocresía,
como quieras llamarlo, convenimos todos en que
cuando hablamos de sacrificios por amor al país...
mentimos, tal vez sin saberlo, es decir, no mentimos
acaso, pero no decimos la verdad.

—Pero... entonces —interrumpí— ¿dónde está el
progreso?

—A ello voy. La evolución del amor humano no ha
llegado todavía más que a dar el primer paso sobre el
abismo moral insondable del amor *a otros.* ¡Oh, y es
tanto eso! ¡Supone tanta idealidad! ¡Pregúntale a un
moribundo que ve cómo le dejan irse los que se quedan, si tiene gran valor espiritual el esfuerzo de amar
de veras a lo que no es *yo* mismo!

—¡Qué lenguaje, Aurelio!

—No es pesimista, es la sinceridad pura. Pues bien;

el primer paso en el amor de los demás lo ha dado parte de la humanidad, no de un salto, sino por el camino... del cordón umbilical...; las madres han llegado a amar a sus hijos, lo que se llama amar. Los padres dignos de ser madres, los padres-madres, hemos llegado también, por la misteriosa unión de la sangre, a amar de veras a los hijos. El amor familiar es el único progreso serio, grande, *real,* que ha hecho hasta ahora la *sociología positiva.* Para los demás círculos sociales la coacción, la pena, el convencionalismo, los *sistemas,* los equilibrios, las fórmulas, las hipocresías necesarias, la *razón de Estado,* lo del *salus populi* [2] y otros arbitrios sucedáneos del amor verdadero; en la familia, en sus primeros grados, ya existe el amor cierto, la argamasa que puede unir las piedras para los cimientos del edificio social futuro. Repara cómo nadie es utopista ni revolucionario en su casa; es decir, nadie que haya llegado al amor real de la familia; porque fuera de este amor quedan los solterones empedernidos y los muchísimos mal casados y los no pocos padres descastados. No; en la familia buena nadie habla de corregir los defectos domésticos con *ríos de sangre,* ni de *reformar* sacrificando miembros *podridos,* ni se conoce en el hogar de hoy la pena de muerte, y puedes decir que no hay familia *real* donde, habiendo hijos, sea posible el divorcio.

¡Oh, lo que debe el mundo al cristianismo en este punto, no se ha comprendido bien todavía!

—Pero... ¿y la yernocracia?

—Ahora vamos. La yernocracia ha venido después del *nepotismo*, debiendo haber venido antes; lo cual prueba que el nepotismo era un falso progreso, por venir fuera de su sitio; un egoísmo disfrazado de al-

---

[2] *Razón de estado:* razón fundada en la conveniencia política. *Salus populi:* «Salus populi suprema lex», «el bien del pueblo es la ley suprema» (Cicerón, *De legibus,* III, 3, 8).

truismo familiar. Así y todo, en ciertos casos el nepotismo ha sido simpático, por lo que se parecía al verdadero amor familiar; simpático del todo cuando, en
efecto, se trataba de hijos a quien por decoro había
que llamar sobrinos. El nepotismo eclesiástico, el de
los Papas, acaso principalmente, fue por esto una *sinceridad* disfrazada, se llevaba a la política el amor
familiar, filial, por el rodeo fingido del lazo colateral.
En el rigor etimológico, el nepotismo significaría la influencia política del amor a los hijos de los hijos, porque en buen latín *nepos*, es el nieto; pero en el latín
de baja latinidad, *nepos* pasó a ser el sobrino; en la
realidad, muchas veces el *nepotismo* fue la protección
del hijo a quien la sociedad negaba esta gran categoría, y había que compensarle con otros honores.

Nuestra hipocresía social no consiente la *filiocracia*
franca, y después del nepotismo, que era o un disfraz
de la *filiocracia* o un disfraz del egoísmo, aparece la
yernocracia..., que es el gobierno de la hija, matriz
sublime del amor paternal.

¡La hija, mi Rosina!

* * *

Calló Aurelio Marco, conmovido por sus recuerdos,
por las imágenes que le traía la asociación de ideas.

Cuando volvió a hablar, noté que en cierto modo
había perdido el hilo, o por lo menos, volvía a tomarlo de atrás, porque dijo:

—El nepotismo es generalmente, cuando se trata de
verdaderos sobrinos, la familia refugio, la familia im-
posición; algo como el dinero para el avaro viejo; una
mano a que nos agarramos en el trance de caducar y
morir. El sobrino imita la familia real que no tuvimos
o que perdimos; el sobrino finge amor en los días de
decadencia; el sobrino puede imponerse a la debilidad
senil. Esto no es el verdadero amor familiar; lo que se

hace en política por el sobrino suele ser egoísmo, o
miedo, o precaución, o pago de servicios: egoísmo.

Sin embargo, es claro que hay casos interesantes, que
enternecen, en el nepotismo. El ejemplo de Bossuet lo
prueba [3]. El hombre integérrimo, independiente, que
echaba al rey-sol en cara sus manchas morales, no
pudo en los días tristes de su vejez extrema abstenerse
de solicitar el favor cortesano. Sufría, dice un historiador, el horrible mal *de piedra*, y sus indignos sobrinos,
sabiendo que no era rico y que, según él decía, «sus
parientes no se aprovecharían de los bienes de la Iglesia», no cesaban de torturarle, obligándole continuamente a trasladarse de Meaux a la corte para implorar
favores de todas clases; y el grande hombre tenía que
hacer antesalas y sufrir desaires y burlas de los cortesanos; hasta que en uno de estos tristes viajes de pre-
tendiente murió en París en 1704. Ese es un caso de
nepotismo que da pena y que hace amar al buen sacerdote. Bossuet fue puro, sus sobrinos eran sobrinos.

—Pero... ¿y la yernocracia?

—A eso voy. ¿Conoces a Rosina? Es una reina de
Saba [4] de tres años y medio, el sol a domicilio; parece un
gran juguete de lujo... con alma. Sacude la cabellera de
oro, con aire imperial, como Júpiter maneja el rayo;
de su vocecita de mil tonos y registros hace una gama
de edictos, decretos y rescriptos, y si me mira airada,
siento sobre mí la excomunión de un ángel. Es carne
de mi carne, ungida con el óleo sagrado y misterioso
de la inocencia amorosa; no tiene, por ahora, rudi-
mentos de buena crianza, y su madre y yo, grandes
pecadores, pasamos la vida tomando vuelo para edu-
car a Rosina; pero aún no nos hemos decidido ni a

[3]   Jacques-Bénigne Bossuet (1627-1704), obispo de Meaux, ex-
celso orador en tiempos de Luis XIV de Francia.
[4]   La reina de Saba (Yemen, Arabia) visitó a Salomón trayén-
dole oro, aromas y piedras preciosas (1 *Reyes:* 10).

perforarle las orejitas para engancharle pendientes, ni a perforarle la voluntad para engancharle los grillos de la educación. A los dos años se erguía en su silla de brazos, a la hora de comer, y no cejaba jamás en su empeño de ponerse en pie sobre el mantel, pasearse entre los platos y aun, en solemnes ocasiones, metió un zapato en la sopa, como si fuera un charco. Deplorable *educación...*, pero adorable criatura. ¡Oh, si no tuviera que crecer, no la educaba; y pasaría la vida metiendo los pies en el caldo! Más que a su madre, más que a mí, quiere a ratos la reina de Saba a *Maolito*, su novio, un vecino de siete años, mucho más hermoso que yo y sin barbas que piquen al besarle.

Maolito es nuestro eterno convidado; Rosina le sienta junto a sí, y entre cucharada y cucharada le admira, le adora... y le palpa, untándole la cara de grasa y otras lindezas. No cabe duda; mi hija está enamorada a su manera, a lo ángel, de *Maolito*.

Una tarde, a los postres, Rosina gritó con su tono más imperativo y más *apasionado* y elocuente, con la voz a que yo no puedo resistir, a que siempre me rindo...:

—Papá... yo quere que papá sea rey (rey lo dice muy claro) y que haga ministo y general a Maolito, que quere a mí...

—No, tonta —interrumpió *Maolito,* que tiene la precocidad de todos los españoles—; tu papá no puede ser rey; di tú que quieres que sea ministro y que me haga a mí subsecretario.

*   *   *

Calló otra vez Aurelio Marco y suspiró, y añadió después, como hablando consigo mismo:

—¡Oh, qué remordimientos sentí oyendo aquel antojo de mi tirano, de mi Rosina! ¡Yo no podía ser rey ni ministro! Mis ensueños, mis escrúpulos, mis aficiones, mis estudios, mi filosofía, me habían apartado de la ambición y sus caminos; era inepto para político, no podía ya aspirar a nada... ¡Oh, lo que yo hubiera dado entonces por ser hábil, por ser ambicioso, por no tener escrúpulos, por tener influencia, distrito, cartera, y sacrificarme por el país, plantear economías, reorganizarlo todo, salvar a España y hacer a *Maolito* subsecretario!

UN VIEJO VERDE

Oíd un cuento... ¿Que no le queréis naturalista?
¡Oh, no!, será *idealista*, imposible..., romántico.

* * *

Monasterio [1] tendió el brazo, brilló la batuta en un
rayo de luz verde, y al conjuro, surgieron como con-
vocadas, de una lontananza ideal, las hadas invisibles
de la armonía, las notas misteriosas, gnomos del aire,
del bronce y de las cuerdas. Era el alma de Beethoven, ruiseñor inmortal, poesía eternamente insepulta,
como larva de un héroe muerto y olvidado en el
campo de batalla; era el alma de Beethoven lo que vibraba, llenando los ámbitos del Circo [2] y llenando los
espíritus de la ideal melodía, edificante y seria, de su
música única; como un contagio, la poesía sin palabras, el ensueño místico del arte, iba dominando a los
que oían, cual si un céfiro musical, volando sobre la
sala, subiendo de las butacas a los palcos y a las gale-
rías, fuese, con su dulzura, con su perfume de so-

---

[1] Jesús de Monasterio (1836-1903), violinista, compositor y director de orquesta español, de prestigio internacional.
[2] En el Teatro y Circo del Príncipe Alfonso, del paseo de Reco-
letos de Madrid, dirigió Monasterio varios conciertos en 1876.
(C. Richmond, ed., *Treinta relatos*, pág. 125, nota 4.)

nidos, infundiendo en todos el suave adormecimiento de la vaga contemplación extática de la belleza rítmica.

El sol de fiesta de Madrid penetraba disfrazado de mil colores por las altas vidrieras rojas, azules, verdes, moradas y amarillas; y como polvo de las alas de las mariposas iban los corpúsculos iluminados de aquellos haces alegres y mágicos a jugar con los matices de los graciosos tocados de las damas, sacando lustre azul, de pluma de gallo, al negro casco de la hermosa cabeza desnuda de la morena de un palco, y más abajo, en la sala, dando reflejos de aurora boreal a las flores, a la paja, a los tules de los sombreros graciosos y pintorescos que anunciaban la primavera como las margaritas de un prado.

*   *   *

Desde un palco del centro oía la música, con más atención de la que suelen prestar las damas en casos tales, Elisa Rojas, especie de Minerva con ojos de esmeralda, frente purísima, solemne, inmaculada, con la cabeza de armoniosas curvas, que, no se sabía por qué, hablaban de inteligencia y de pasión, peinada como por un escultor en ébano. Aquellas ondas de los rizos anchos y fijos recordaban las volutas y las hojas de los chapiteles jónicos y corintios y estaban en dulce armonía con la majestad hierática del busto, de contornos y movimientos canónicos, casi simbólicos, pero sin afectación ni monotonía, con sencillez y hasta con gracia. Elisa Rojas, la de los cien adoradores, estaba enamorada del modo de amar de algunos hombres. Era coqueta como quien es coleccionista. Amaba a los escogidos entre sus amadores con la pasión de un bibliómano por los ejemplares raros y preciosos. Amaba, sobre todo, sin que nadie lo sospechara, la constancia ajena: para ella un adorador antiguo era un *incunable*. A su lado tenía aquella tarde en otro palco, lleno de oscuridad, todo de hombres, su *biblia de Gutenberg* [3], es decir, el ejemplar más antiguo, el amador cuyos platónicos obsequios se perdían para ella en la noche de los tiempos.

Aquel señor, porque ya era un señor como de treinta y ocho a cuarenta años, la quería, sí, la quería, bien segura estaba, desde que Elisa recordaba tener malicia para pensar en tales cosas; antes de vestirse ella de largo ya la admiraba él de lejos, y tenía presente lo pálido que se había puesto la primera vez que la había visto arrastrando cola, grave y modesta al lado de su madre. Y ya había llovido desde entonces. Porque Elisa Rojas, sus amigas lo decían, ya no era niña, y si no empezaba a parecer desairada su prolongada soltería, era sólo porque constaba al mundo entero que tenía los pretendientes a patadas, a hermosísimas patadas de un pie cruel y diminuto; pues era cada día más bella y cada día más rica, gracias esto último a la prosperidad de ciertos buenos negocios de la familia.

Aquel señor tenía para Elisa, además, el mérito de que no podía pretenderla. No sabía Elisa a punto fijo por qué; con gran discreción y cautela había procurado indagar el estado de aquel misterioso adorador, con quien no había hablado más que dos o tres veces en diez años y nunca más de algunas docenas de palabras, entre la multitud, acerca de cosas insignificantes, del momento. Unos decían que era casado y que su mujer se había vuelto loca y estaba en un manicomio; otros que era soltero, mas que estaba ligado a cierta dama por caso de conciencia y ciertos compromisos legales...; ello era que a la de Rojas le constaba que *aquel señor* no podía pretender amores lícitos, los únicos posibles con ella, y le constaba porque él

---

[3] La *Biblia* de Gutenberg, terminada en 1455 por el inventor de la imprenta, es el primer «incunable», nombre con el que se designa a todo libro impreso hasta principios del siglo XVI.

mismo se lo había dicho en el único papel que se había atrevido a enviarle en su vida.

Elisa tenía la costumbre, o el vicio, o lo que fuera, de alimentar el fuego de sus apasionados con miradas intensas, largas, profundas, de las que a cada amador de los predilectos le tocaba una cada mes, próximamente. *Aquel señor*, que al principio no había sido de los más favorecidos, llegó a fuerza de constancia y de humildad a merecer el privilegio de una o dos de aquellas miradas en cada ocasión en que se veían. Una noche, oyendo música también, Elisa, entregada a la gratitud amorosa y llena de recuerdos de la contemplación callada, dulce y discreta del hombre que se iba haciendo viejo adorándola, no pudo resistir la tentación, mitad apasionada, mitad picaresca y maleante, de clavar los ojos en los del triste caballero y ensayar en aquella mirada una diabólica experiencia que parecía cosa de algún fisiólogo de la Academia de Ciencias del infierno: consistía la gracia en querer decir con la mirada, sólo con la mirada, todo esto que en aquel momento quiso ella pensar y sentir con toda seriedad: «Toma mi alma; te beso el corazón con los ojos en premio a tu amor verdadero, compañía eterna de mi vanidad, esclavo de mi capricho; fíjate bien, este mirar es besarte, idealmente, como lo merece tu amor, que sé que es purísimo, noble y humilde. No seré tuya más que en este instante y de esta manera; pero ahora toda tuya, entiéndeme por Dios, te lo dicen mis ojos y el acompañamiento de esa música, toda amores.» Y *casi* firmaron los ojos: Elisa, *tu* Elisa. Algo debió de comprender *aquel señor;* porque se puso muy pálido y, sin que lo notara nadie más que la de Rojas, se sintió desfallecer y tuvo que apoyar la cabeza en una columna que tenía al lado. En cuanto le volvieron las fuerzas se marchó del teatro en que esto sucedía. Al día siguiente Elisa recibió, bajo un sobre, estas palabras: «¡Mi divino imposible!» Nada más, pero era él, estaba segura. Así supo que tal amante no podía pretenderla, y si esto por una temporada la asustó y la obligó a esquivar las miradas ansiosas de *aquel señor*, poco a poco volvió a la acariciada costumbre y, con más intensidad y frecuencia que nunca, se dejó adorar y pagó con los ojos aquella firmeza del que no esperaba nada. Nada. Llegó la ocasión de ver el personaje *imposible*, pretendientes no mal recibidos al lado de su ídolo, y supo hacer, a fuerza de sinceridad y humildad y cordura, compatible con la dignidad más exquisita, que Elisa, en vez de encontrar desairada la situación del que la adoraba de lejos, sin poder decir palabra, sin poder *defenderse*, viese nueva gracia, nuevas pruebas en la resignación necesaria, fatal, del que no podía en rigor llamar rivales a los que aspiraban a lo que él no podía pretender. Lo que no sabía Elisa era que *aquel señor* no veía las cosas tan claras como ella, y sólo a ratos, por ráfagas, creía no estar en ridículo. Lo que más le iba preocupando cada mes, cada año que pasaba, era naturalmente la edad, que le iba pareciendo impropia para tales contemplaciones. Cada vez se retraía más; llegó tiempo en que la de Rojas comprendió que *aquel señor* ya no la buscaba; y sólo cuando se encontraban por casualidad aprovechaba la feliz coyuntura para admirarla, siempre con discreto disimulo, por no *poder otra cosa*, porque no tenía fuerza para no admirarla. Con esto crecía en Elisa la dulce lástima agradecida y apasionada, y cada encuentro de aquellos lo empleaba ella en acumular amor, locura de amor, en aquellos pobres ojos que tantos años había sentido acariciándola con adoración muda, seria, absoluta, eterna.

Mas era costumbre también en la de Rojas jugar con fuego, poner en peligro los afectos que más la importaban, poner en caricatura, sin pizca de sinceridad, por alarde de paradoja sentimental, lo que admiraba, lo que quería, lo que respetaba. Así, cuando veía al amador *incunable* animarse un poco, poner gesto de satisfacción, de esperanza loca, disparatada, ella, que no tenía por tan absurdas como él mismo tales ilusiones, se gozaba en torturarle, en *probarle,* como el bronce de un cañón, para lo que le bastaba una singular sonrisa, fría, semiburlesca.

* * *

La tarde de mi cuento era solemne para *aquel señor;* por primera vez en su vida el azar le había puesto en un palco codo con codo, junto a Elisa. Respiraba por primera vez en la atmósfera de su perfume. Elisa estaba con su madre y otras señoras, que habían saludado al entrar a alguno de los caballeros que acompañaban al *otro.* La de Rojas se sentía a su pesar exaltada; la música y la presencia tan cercana de aquel hombre la tenían en tal estado, que necesitaba, o marcharse a llorar a solas *sin saber por qué,* o hablar mucho y destrozar el alma con lo que dijera y atormentarse a sí propia diciendo cosas que no sentía, despreciando lo digno de amor..., en fin, como otras veces. Tenía una vaga conciencia, que la humillaba, de que hablando formalmente no podría decir nada digno de la *Elisa ideal que aquel hombre* tendría en la cabeza. Sabía que era él un artista, un soñador, un hombre de imaginación, de lectura, de reflexión...; que ella, *a pesar de todo,* hablaba como *las demás,* punto más punto menos. En cuanto a él..., tampoco hablaba apenas. Ella le oiría... y tampoco creía digno de aquellos oídos nada de cuanto pudiera decir en tal ocasión él, que había sabido callar tanto...

Un rayo de sol, atravesando allá arriba, cerca del techo, un cristal verde, vino a caer sobre el grupo que formaban Elisa y su adorador, tan cerca uno de otro por la primera vez en la vida. A un tiempo sintieron y pensaron lo mismo, los dos se fijaron en aquel lazo de luz que los unía tan idealmente, en pura ilusión óptica, como la paz que simboliza el arco iris. El hombre no pensó más que en esto, en la luz; la mujer pensó, además, en seguida, en el color verde. Y se dijo: «Debo de parecer una muerta», y de un salto gracioso salió de la brillante aureola y se sentó en una silla cercana y en la sombra. *Aquel señor* no se movió. Sus amigos se fijaron en el matiz uniforme, fúnebre que aquel rayo de luz echaba sobre él. Seguía Beethoven en el uso de la orquesta y no era discreto hablar mucho ni en voz alta. A las bromas de sus compañeros el enamorado caballero no contestó más que sonriendo. Pero las damas que acompañaban a Elisa notaron también la extraña apariencia que la luz verde daba al caballero aquel.

La de Rojas sintió una tentación invencible, que después reputó criminal, de decir, en voz bastante alta para que su adorador pudiera oírla, *un chiste,* un retruécano, o lo que fuese, que se le había ocurrido, y que para ella y para él tenía más alcance que para los demás.

Miró con franqueza, con la sonrisa diabólica en los labios, al infeliz caballero que se moría por ella…, y dijo, como para los de su palco solo, pero segura de ser oída por él:

—Ahí tenéis lo que se llama… *un viejo verde.*

Las amigas celebraron el chiste con risitas y miradas de inteligencia.

El *viejo verde,* que se había oído bautizar, no salió del palco hasta que calló Beethoven. Salió del rayo de luz y entró en la oscuridad para no salir de ella en su vida.

Elisa Rojas no volvió a verle.

* * *

Pasaron años y años; la de Rojas se casó con cualquiera, con la mejor *proporción* de las muchas que se le ofrecieron. Pero antes y después del matrimonio sus ensueños, sus melancolías y aun sus remordimientos fueron en busca del amor más antiguo, del *imposible*. Tardó mucho en olvidarle, nunca le olvidó del todo: al principio sintió su ausencia más que un rey destronado la corona perdida, como un ídolo pudiera sentir la desaparición de su culto. Se vio Elisa como un *dios en el destierro* [4]. En los días de crisis para su alma, cuando se sentía humillada, despreciada, lloraba la ausencia de aquellos ojos siempre fieles, como si fueran los de un amante verdadero, los ojos amados. *«¡Aquel señor sí que me quería, aquél sí que me adoraba!»*

Una noche de luna, en primavera, Elisa Rojas, con unas amigas inglesas, visitaba el cementerio civil, que también sirve para los protestantes, en cierta ciudad marítima del Mediodía de España. Está aquel jardín, que yo llamaré santo, como le llamaría religioso el derecho romano, en el declive de una loma que muere en el mar. La luz de la luna besaba el mármol de las tumbas, todas pulcras, las más con inscripciones de letra gótica, en inglés o en alemán.

En un modesto pero elegante sarcófago, detrás del cristal de una urna, Elisa leyó, sin más luz que aquella de la noche clara, al rayo de la luna llena, sobre el mármol negro del nicho, una breve y extraña inscripción, en relieve, con letras de serpentina. Estaba en español y decía: *«Un viejo verde.»*

De repente sintió la seguridad absoluta de que *aquel*

---

[4]   De 1879 es la novela de Alphonse Daudet *Les rois en exil*, sobre un rey destronado que vive en París una vida de disipación y al que una pequeña corte de aduladores intenta conservarle la ilusión del regreso, nunca logrado. En la hipérbole «dios en el destierro» aplicada a la bella Elisa, parece haber una alusión a esa novela, traducida al español en 1880.

viejo verde era el suyo. Sintió esta seguridad porque, al mismo tiempo que el de su remordimiento, le estalló en la cabeza el recuerdo de que una de las poquísimas veces que *aquel señor* la había oído hablar, había sido en ocasión en que ella describía aquel *cementerio protestante* que ya había visto otra vez, siendo niña, y que la había impresionado mucho.

«¡Por mí, pensó, se enterró como un pagano! Como lo que era, pues yo fui su diosa.»

Sin que nadie la viera, mientras sus amigas inglesas admiraban los efectos de luna en aquella soledad de los muertos, se quitó un pendiente, y con el brillante que lo adornaba, sobre el cristal de aquella urna, detrás del que se leía: «Un viejo verde», escribió a tientas y temblando: «Mis amores.»

*   *   *

Me parece que el cuento no puede ser más romántico, más *imposible*...

CUENTO FUTURO

La humanidad de la tierra se había cansado de dar vueltas mil y mil veces alrededor de las mismas ideas, de las mismas costumbres, de los mismos dolores y de los mismos placeres. Hasta se había cansado de dar vueltas alrededor del mismo sol. Este cansancio último lo había descubierto un poeta lírico del género de los desesperados que, no sabiendo ya qué inventar, inventó eso: el *cansancio del sol*. El tal poeta era francés, como no podía menos, y decía en el prólogo de su libro, titulado *Heliofobe:* «C'est bête de tourner toujours comme ça. A quoi bon cette sottise éternelle?... Le soleil, ce bourgeois, m'embête avec ses platitudes...», etc.

El traductor español de este libro decía: «*Es bestia* esto de dar siempre vueltas así. ¿*A qué bueno* esta tontería eterna? El sol, ese burgués, me *embiste* con sus *platitudes* enojosas. *Él* cree hacernos un gran favor quedándose ahí plantado, sirviendo de fogón en esta gran cocina económica que se llama el sistema planetario. Los planetas son los pucheros puestos a la lumbre; y el himno de los astros, que Pitágoras creía oír, no es más que el *grillo del hogar,* el prosaico chisporroteo del carbón y el bullir del agua de la caldera... ¡Basta de olla podrida! Apaguemos el sol, aventemos las cenizas del hogar. El gran hastío de la luz meridiana ha inspi-

rado este *pequeño libro.* ¡Que él es sincero! ¡Que él es
la expresión fiel de un orgullo noble que desprecia favores que no ha solicitado, halagos de los rayos lumí-
nicos que le parecen cadenas insoportables!

»*Él tendrá bello* el sol obstinándose en ser benéfico;
al fin es un tirano; la emancipación de la humanidad
no será completa hasta el día que desatemos este yugo
y dejemos de ser satélites de ese reyezuelo miserable
del día, vanidoso y fanfarrón, que después de todo no
es más que un esclavo que sigue la carrera triunfal de
un señor invisible.»

El prólogo seguía diciendo disparates que no hay
tiempo para copiar aquí, y el traductor seguía soltando
galicismos.

Ello fue que el libro *hizo furor,* sobre todo en el
África Central y en el Ecuador, donde todos aseguraban que el sol ya los tenía fritos.

Se vendieron 800 millones de ejemplares franceses y
300 ejemplares de la traducción española; verdad es
que éstos no en la Península, sino en América, donde
continuaban los libreros haciendo su agosto sin necesidad de entenderse con la antiquísima metrópoli.

Después del poeta vinieron los filósofos y los políticos sosteniendo lo que se llamaba universalmente la
Heliofobia.

La ciencia discutió en Academias, Congresos y *sección de variedades* en los periódicos: 1.º si la vida sería
posible separando la Tierra del Sol y dejándola correr
libre por el vacío hasta engancharse con otro sistema;
2.º si habría medio, dado lo mucho que las ciencias fí-
sicas habían adelantado, de romper el yugo de Febo y
dejarse caer en lo infinito.

Los sabios dijeron que sí y que no, y que qué sabían ellos, respecto de ambas cuestiones.

Algunos especialistas prometieron romper la fuerza
centrípeta como quien corta un pelo; pero pedían una
subvención, y la mayor parte de los Gobiernos seguían

con el agua al cuello y no estaban para subvencionar estas cosas. En España, donde también había Gobierno y especialistas, se redujo a prisión a varios arbitristas que ofrecieron romper toda relación solar en un dos por tres.

Las oposiciones, que eran tantas como cabezas de familia había en la nación, pusieron el grito en el cielo: dijeron los Perezistas y los Alvarezistas y los Gomezistas, etc., que era preciso derribar aquel Gobierno opresor de la ciencia, etcétera.

Los obispos, contra los cuales hasta la fecha no habían prevalecido las puertas del infierno, ensalzaban a todos los sabios e ignorantes que se declaraban *heliófilos*.

«Bueno estaba que se acabase el mundo; que poco valía, pero debía acabarse como en el texto sagrado se tenía dicho que había de acabar, y no por enfriamiento, como sería seguro que concluiría si en efecto nos alejábamos del sol...»

Una revista científica y retrógrada, que se llamaba *La Harmonía*, recordaba a los *heliófobos* una porción de textos bíblicos, amenazándoles con el fin del mundo.

Decía el articulista:

«¡Ah, miserables! Queréis que la Tierra se separe del Sol, huya del día, para convertirse en la *estrella errática,* a la cual está reservada eternamente la oscuridad y las tinieblas, como dice San Judas Apóstol en su Epístola Universal, v. 13 [1]. Queréis lo que ya está anunciado, queréis la muerte; pero oíd la palabra de verdad:

»"Y en aquellos días buscarán los hombres la

---

[1] «Ondas furiosas de la mar, que arrojan las espumas de su abominación, estrellas errantes: para las que está reservada la tempestad de las tinieblas eternas» (Epístola del apóstol San Judas, 13. *La Sagrada Biblia*, trad. de F. Scío, Barcelona, 1845).

muerte, y no la hallarán; y desearán morir, y la
muerte huirá de ellos *(Apocalipsis,* cap. IX, v. 6).
Porque vuestro tormento es como tormento de escorpión; vuestro mortal hastío, vuestro odio de la luz,
vuestro afán de tinieblas, vuestro cansancio de pensar
y sentir, es tormento de escorpión; y queréis la muerte
por huir de las *langostas de cola metálica con aguijones
y con cabello de mujer,* por huir de las huestes de
Abaddón. En vano, en vano buscáis la muerte del
mundo antes de que llegue su hora, y por otros caminos de los que están anunciados. Vendrá la muerte,
sí, y bien pronto; se acabará el tiempo, como está escrito; los cuatro ángeles vendrán en su día para matar
la tercera parte de los hombres. Pero no habéis de ser
vosotros, mortales, quien dé las señales del exterminio. ¡Ah, teméis al sol! Sí, teméis que de él descienda
el castigo; teméis que el sol sea la copa de fuego que
ha de derramar el ángel sobre la tierra; teméis que-
maros con el calor, y morís blasfemando y sin arre-
pentiros, como está anunciado *(Apocalipsis,* 16-9). En
vano, en vano queréis huir del sol, porque está escrito
que esta miserable Babilonia será quemada con fuego
(Ibíd., 18-8)''» [2].

Los sabios y los filósofos nada dijeron a *La Harmonía,* que no leían siquiera. Los periódicos satíricos con
caricaturas fueron los que se encargaron de contestar
al periodista *babilónico,* como le llamaron ellos, po-
niéndolo como ropa de pascua, y en caricaturas de colores.

Un sabio muy acreditado, que acababa de descubrir
el *bacillus del hambre,* y libraba a la humanidad do-

---

[2]   La primera localización de lo citado del *Apocalipsis* (cap. IX,
v. 6) es exacta. La segunda (16-9) no lo es, ya que lo citado forma
un mosaico de textos extraídos, por el siguiente orden de: cap. IX,
v. 5, 7-8, 10-11; cap. X, v. 6; cap. IX, v. 15, y cap. XVI, v. 11. La
tercera localización (18-8) es exacta, pero el texto aducido no reproduce literalmente las palabras de San Juan (cap. XVIII, v. 8).

liente con inoculaciones de *caldo gordo,* sabio aclamado por el mundo entero, y que ya tenía en todos los continentes más estatuas que pelos en la cabeza, el doctor Judas Adambis, natural de Mozambique, emporio de las ciencias a la sazón, Atenas moderna, Judas Adambis tomó cartas en el asunto y escribió una *Epístola Universal,* cuya primera edición vendió por una porción de millones.

Un periódico popular de la época, conservador todavía, daba cuenta de la carta del doctor Adambis, copiando los párrafos culminantes.

El periódico, que era español, decía:

«Sentimos no poder publicar íntegra esta interesantísima epístola, que está llamando la atención de todo el mundo civilizado, desde la Patagonia a la Mancha, y *desde el helado hasta el ardiente polo* [3]; pero no podemos concederle más espacio, porque hoy es día de toros y de lotería, y no hemos de prescindir ni de la lista grande, ni de la corrida, la cual no pasó de mediana, entre paréntesis. Dice así el doctor Judas Adambis:

»"... Yo creo que la humanidad de la tierra debe, en efecto, romper las cadenas que la sujetan a este sistema planetario, miserable y mezquino para los vuelos de la ambición del hombre. La solución que el poeta francés nos propuso es magnífica, sublime...; pero no es más que poesía. Hablemos claro, señores. ¿Qué es lo que se desea? Romper un yugo ominoso, como dicen los políticos avanzados de la cáscara amarga. ¿Es que no puede llamarse la tierra libre e independiente, mientras viva sujeta a la cadena impalpable que la ata al sol y la luna dé vueltas alrededor del astro tiránico, como el mono que, montado en un perro y con el cor-

---

[3] Es ejemplo célebre de disparate poético el endecasílabo «desde el helado hasta el ardiente polo», que llama «ardiente» al Polo Sur aunque sea tan gélido como el Polo Norte.

del al cuello, describe circunferencias alrededor de su dueño haraposo? ¡Ah, no, señores! No es esto. Aquí hay algo más que esto. No negaré yo que esta dependencia del sol nos humilla; sí, nuestro orgullo padece con semejante sujeción. Pero eso es lo de menos. Lo que quiere la humanidad es algo más que librarse del sol..., es librarse de la vida.

»"Lo que causa hastío insoportable a la humanidad no es tanto que el sol esté plantado en medio del corro, haciéndonos dar vueltas a la pista con sus latigazos de fuego, que una antigüedad remota llamó las flechas de Apolo, como las vueltas mismas; esto, esto es lo tedioso: este volteo por lo infinito. Hubo un tiempo, los sabios pueden decirlo, feliz para el mundo: fue el tiempo en que se creyó en el progreso indefinido.

»"La ignorancia de tales épocas hacía creer a los pensadores que los adelantos que podían notar en la vida humana, refiriéndose a los ciclos históricos a que su escasa ciencia les permitía remontarse, eran buena prueba de que el progreso era constante. Hoy nuestro conocimiento de la historia del planeta no nos consiente formarnos semejantes ilusiones; los cientos de siglos que antiguamente se atribuían a la vida humana como hipótesis atrevida, hoy son perfectamente conocidos, con todos los pormenores de su historia; hoy sabemos que el hombre vuelve siempre a las andadas, que nuestra descendencia está condenada a ser salvaje, y sus descendientes remotos a ser, como nosotros, hombres aburridos de puro civilizados. Este es el volteo insoportable, aquí está la broma pesada, lo que nos iguala al mísero histrión del circo ecuestre... No se trata de una de tantas filosofías pesimistas, *charlatanas* y cobardes que han apestado al mundo. No se trata de una teoría, se trata de un hecho viril: del suicidio universal. La ciencia y las relaciones internacionales permiten hoy llevar a cabo tal intento. El que suscribe sabe cómo puede realizarse el suicidio de todos los habitantes del globo en un mismo segundo. ¿Lo acepta la humanidad?"»

II

La idea de Judas Adambis era el secreto deseo de la mayor parte de los humanos. Tanto se había progresado en psicología, que no había un mal zapatero de viejo que no fuera un Schopenhauer perfeccionado. Ya todos los hombres, o casi todos, eran almas superiores aparte, *d'elite, dilettanti,* como ahora pueden serlo Ernesto Renan o Ernesto García Ladevese [4]. En siglos remotos algunos literatos parisienses habían convenido en que ellos, unos diez o doce, eran los únicos que tenían dos dedos de frente; los únicos que sabían que la vida era una bancarrota, *un aborto,* etc. Pues bueno; en tiempos de Adambis, la inmensa mayoría de la humanidad estaba al cabo de la calle; casi todos estaban convencidos de eso, de que esto debía dar un estallido. Pero, ¿cómo estallar? Esta era la cuestión.

El doctor Adambis, no sólo había encontrado la fórmula de la aspiración universal, sino que prometía facilitar el medio de poner en práctica su grandiosa idea. El suicidio individual no resolvía nada; los suicidios menudeaban; pero los partos felices mucho más. Crecía la población que era un gusto, y por ahí no se iba a ninguna parte.

El suicidio en grandes masas se había ensayado varias veces, pero no bastaba. Además, las sociedades de suicidas o *voluntarios de la muerte,* que se habían creado en diferentes épocas, daban pésimos resul-

---

[4] Ernesto García Ladevese (1850-1914), poeta a la zaga de Bécquer, novelista y político republicano. Publicó baladas, cantares, novelas y un par de libros sobre su destierro en Francia.

tados; siempre salíamos con que los accionistas y los comanditarios de buena fe pagaban el pato, y los gestores sobrevivían y quedaban gastándose los fondos de la sociedad. El caso era encontrar un medio para realizar el suicidio universal.

Los Gobiernos de todos los países se entendieron con Judas Adambis, el cual dijo que lo primero que necesitaba, era un gran empréstito, y además, la seguridad de que todas las naciones aceptaban su proyecto, pues sin esto no revelaría su secreto ni comenzarían los trabajos preparatorios de tan gran empresa.

Aunque ya no había Inglaterra hacía mucho tiempo, pues se la había tragado el mar siglos atrás, no faltaban políticos anglómanos, y hubo quien sacó a relucir el *habeas corpus* [5] como argumento en contra. Otros, no menos atrasados, hablaron de la *representación de las minorías*. Ello era que no todos, absolutamente todos los hombres, aceptaban la muerte voluntaria.

El Papa, que vivía en Roma, ni más ni menos que San Pedro, dijo que ni él ni los Reyes podían estar conformes con lo del suicidio universal; que así no se podían cumplir las profecías. Un poeta muy leído por el bello sexo, aseguró que el mundo era excelente, y que por lo menos, mientras él, el poeta, viviese y cantase, el querer morir era prueba de muy mal gusto.

Triunfó, a pesar de estas protestas y de las corruptelas de algunos políticos atrasados, la genuina interpretación de la *soberanía nacional*. Se puso a votación en todas las asambleas legislativas del mundo el suicidio universal, y en todas ellas fue aprobado por gran mayoría.

---

[5]   Frase latina comenzada a usar en Inglaterra en 1679 que designa el derecho de los ciudadanos a ser juzgados dentro de un plazo límite después de su detención, para que el juez decida de la procedencia o improcedencia de ésta.

Pero, ¿qué se hizo con las minorías? Un escritor de la época dijo que era imposible que el suicidio universal se realizase desde el momento que existía una minoría que se oponía a ello. «No será suicidio, será asesinato, por lo que toca a esa minoría.»

«¡Sofisma! ¡Sofisma! ¡Metafísica! ¡Retórica!» —gritaron las mayorías furiosas— «Las minorías, advirtió el doctor Adambis en otro folleto, cuya propiedad vendió en cien millones de pesetas, las minorías no *se suicidarán*, es verdad; *¡pero las suicidaremos!* Absurdo, se dirá. No, no es absurdo. Las minorías no se suicidarán, en cuanto individuos, o *per se;* pero como de lo que se trata es del suicidio de la humanidad, que en cuanto colectividad es persona jurídica, y la persona jurídica, ya desde el derecho romano, manifiesta su voluntad por la votación en mayoría absoluta, resulta que la minoría, en cuanto parte de la humanidad, también se suicidará, *per accidens.*»

Así se acordó. En una Asamblea universal, para elegir cuyos miembros hubo terribles disturbios, palos, pedradas, tiros (de modo y manera que por poco se acaba la gente sin necesidad del suicidio); digo que en una Asamblea universal se votó definitivamente el fin del mundo, por lo que tocaba a los hombres, y se dieron plenos poderes al doctor Adambis para que cortara y rajara a su antojo.

El empréstito se había cubierto una vez y cuartillo (menos que el de Panamá) [6], porque la humanidad de entonces, como la de ahora, se prestaba a entusiasmarse, a suicidarse; se prestaba a todo menos a prestar dinero.

Con auxilio de los Gobiernos pudo Adambis llevar

---

[6] La construcción del Canal de Panamá dio lugar a complicados proyectos y empréstitos. La compañía fundada por el ingeniero Lesseps, que comenzó sus trabajos en 1879, se declaró en bancarrota en 1889, y ello ocasionó en 1892-93 un escandaloso proceso.

a cabo su obra magna; que por medio de aplicaciones mecánicas de condiciones químicas hoy desconocidas, puso a todos los hombres de la tierra en contacto con la muerte.

Se trataba de no sé qué diablo de fuerza recientemente descubierta que, mediante conductores de no se sabe ahora qué género, convertía el globo en una gran red que encerraba en sus mallas mortíferas a todos los hombres, *velis nolis*. Había la seguridad de que ni uno solo podría escaparse del estallido universal. Adambis recordó al público en otro folleto, al revelar su intención, que ya un sabio antiquísimo que se llamaba, no estaba seguro si Renan o Fustigueras [7], había soñado con un poder que pusiera en manos de los sabios el destino de la humanidad, merced a una fuerza destructora descubierta por la ciencia. Aquel sueño de Fustigueras iba a realizarse; él, Adambis, dictador del exterminio, gracias al gran plebiscito que le había hecho verdugo del mundo, tirano de la agonía, iba a destruir a todos los hombres, a hacerlos reventar en un solo segundo, sin más que colocar un dedo sobre un botón.

Sin hacer caso de los gritos y protestas de la minoría, se dispuso en todos los países civilizados, que eran todos los del mundo, cuanto era necesario para la última hora de la humanidad doliente. El ceremonial del tremendo trance costó muchas discusiones y disgustos, y por poco fracasa el gran proyecto por culpa de la etiqueta. ¿En qué traje, en qué postura, qué día y a qué hora debía estallar la humanidad?

Se aprobó que el traje fuese el de etiqueta rigurosa

---

[7] Sea errata (Fustigueras por Fustegueras), sea una leve deformación intencionada, el autor alude a Alberto Bosch y Fustegueras (1848-1900), matemático y político fiel a Cánovas, que ocupó altos cargos, fue alcalde de Madrid, académico y autor de libros sobre trigonometría, geometría, astronomía y política. Clarín se burla del nombre en su folleto *Cánovas y su tiempo* (1887).

entre las clases altas, y en las demás el traje nacional. Se desechó una proposición de suicidarse en el traje de Adán, antes de las hojas de higuera. El que esto propuso se fundaba en que la humanidad debía terminar como había empezado; pero como lo de Adán no era cosa segura, no se aprobó la idea. Además, era indecorosa. En cuanto a la postura, cada cual podía adoptar la que creyese más digna y elegante. ¿Día? Se designó el primero de año, por aquello de año nuevo, vida nueva. ¿Hora? Las doce del día, para que el sol aborrecido presidiese, y pudiera dar testimonio de la suprema resolución de los humanos.

El doctor Adambis pasó un atento B. L. M. a todos los habitantes del globo, avisándoles la hora y demás circunstancias del lance. Decía así el documento:

«EL DOCTOR JUDAS ADAMBIS

B. L. M.

al Sr. D...
y tiene el gusto de anunciarle que el día de año nuevo, a las doce de la mañana, por el meridiano de tal, sentirá una gran conmoción en la espina dorsal, seguida de un tremendo estallido en el cerebro. No se asuste el Sr. D..., porque la muerte será instantánea, y puede tener el consuelo de que no quedará nadie para contarlo. Ese estallido será el símbolo del supremo momento de la humanidad. Conviene tener hecha la digestión del almuerzo para esa hora.

El doctor Judas Adambis aprovecha esta ocasión para ofrecer... etc., etc., etc.»

Llegó el día de año nuevo, y a las once y media de la mañana el doctor Judas, acompañado de su digna y bella esposa, Evelina Apple [8], se presentó en el palacio

---

[8] *Apple* es, en inglés, «manzana», atributo de Eva.

en que residía la Comisión internacional organizadora del suicidio universal.

Vestía el doctor riguroso traje de luto, frac y corbata negra y gasa en el sombrero. Evelina Apple, rubia, alta, de anchas caderas y vientre arrogante, de negro también, escotada y con manga corta, daba el brazo a su digno esposo. La comisión en masa, de frac y corbata negra también, salió a recibirlos al vestíbulo. Entraron en el salón del *Gran Aparato,* sentáronse los esposos en un trono, en sendos sillones; alrededor los comisionados, y, en silencio todos, esperaron a que sonaran las doce en un gran reloj de cuco, colocado detrás del trono. Delante de éste había una mesa pequeña, cuadrada, con tabla de marfil. En medio de ésta, un botón negro, sencillísimo, atraía las miradas de todos los presentes.

El reloj era una primorosa obra de arte.

Estaba fabricado con material de un extraño pedrusco que la ciencia actual permitía asegurar que era procedente del planeta Marte. No cabía duda; era el proyectil de un cañonazo que nos habían disparado desde allá, no se sabía si en son de guerra o por ponerse al habla. De todas suertes, la Tierra no había hecho caso, votado como estaba ya el suicidio de todos.

La bala o lo que fuera se aprovechó para hacer el reloj en que había de sonar la hora suprema. El cuco era un esqueleto de este pajarraco. Entonces se le dio cuerda. No daba las medias horas ni los cuartos. De modo que sonaría por primera y última vez a las doce.

Judas miró a Evelina con aire de triunfo a las doce menos un minuto. Entre los comisionados ya había cinco o seis muertos de miedo. Al comisionado español se le ocurrió que iba a perder la corrida del próximo domingo (los toros de invierno eran ya tan buenos como los de verano y viceversa) y se levantó diciendo... que él adoptaba el retraimiento y se retiraba. Adambis, sonriendo, le advirtió que era inútil, pues lo mismo estallaría su cerebro en la calle que en el puesto de honor. El español se sentó, dispuesto a morir como un valiente.

¡Plin! Con un estallido estridente se abrió la portezuela del reloj y apareció el esqueleto del cuco.

—¡Cucú, cucú!

Gritó hasta seis veces, con largos intervalos de silencio.

—¡Una, dos!

Iba contando el doctor.

Evelina Apple fue la que miró entonces a su marido con gesto de angustia y algo desconfiada.

El doctor sonrió, y por debajo de la mesa que tenía delante dio a su mujer la mano. Evelina se asió a su marido como a un clavo ardiendo.

—¡Cucú...! ¡Cucú!

—¡Tres!... ¡Cuatro!

—¡Cucú! ¡Cucú!

—¡Cinco! ¡Seis!... —Adambis puso el dedo índice de la mano derecha sobre el botón negro.

Los comisionados internacionales que aún vivían, cerraron los ojos por no ver lo que iba a pasar, y se dieron por muertos.

Sin embargo, el doctor no había oprimido el botón.

La yema del dedo, de color de pipa culotada, permanecía sin temblar rozando ligeramente la superficie del botón frío de hierro.

—¡Cucú! ¡Cucú!

—¡Siete! ¡Ocho!

—¡Cucú! ¡Cucú!

—¡Nueve! ¡Diez!

III

—¡Cucú!

—¡Once! —exclamó con voz solemne Adambis; y mientras el reloj repetía:

—¡Cucú!

En vez de decir: «¡Doce!», Judas calló y oprimió el botón negro.

Los comisionados permanecieron inmóviles en su respectivo asiento. El doctor y su esposa se miraron: pálido él y serio; ella, pálida también, pero sonriente.

—Te confieso —dijo Evelina— que al llegar el momento terrible, temía que me jugaras una mala pasada. —Y apretó la mano de su marido, que tenía cogida por debajo de la mesa.

—¡Ya estamos solos en el mundo! —exclamó el doctor con voz de bajo profundo, ensimismado.

—¿Crees tú que no habrá quedado nadie más?...

—Absolutamente nadie.

Evelina se acercó a su marido. Aquella soledad del mundo le daba miedo.

—De modo que, por lo pronto, todos esos señores...

—Cadáveres. Ven, acércate.

—¡No, gracias!

El doctor descendió de su trono y se acercó a los bancos de los comisionados. Ninguno se había movido. Todos estaban perfectamente muertos.

—Los más de ellos dan señales de haber sucumbido antes de la descarga, de puro miedo. Lo mismo habrá pasado a muchos en el resto del mundo.

—¡Qué horror! —gritó Evelina, que se había asomado a un balcón, del que se retiró corriendo. Adambis miró a la calle, y en la gran plaza que rodeaba el palacio vio un espectáculo tremendo, con el que no había contado, y que era, sin embargo, naturalísimo.

La multitud, cerca de 500.000 seres humanos, que llenaba el círculo grandioso de la plaza, formando una masa compacta, apretada, de carne, no eran ya más que un inmenso montón de cadáveres, casi todos en pie. Un millón de ojos abiertos, inmóviles, se fijaban con expresión de espanto en el balcón, cuyos balaustres oprimía el doctor con dedos crispados. Casi todas las bocas estaban abiertas también. Sólo habían caído a tierra los de las últimas filas, en las bocacalles; sobre éstos se inclinaban otros que habían penetrado algo más en aquel mar de hombres, y más adentro ya no había sino cadáveres tiesos, en pie, como cosidos unos a otros; muchos estaban todavía de puntillas, con las manos apoyadas en los hombros del que tenían delante. Ni un claro había en toda la plaza. Todo era una masa de carne muerta.

Balcones, ventanas, buhardillas y tejados, estaban cuajados de cadáveres también, y en las ramas de algunos árboles y sobre los pedestales de las estatuas yacían pilluelos muertos, supinos, o de bruces, o colgados. El doctor sentía terribles remordimientos. —¡Había asesinado a toda la humanidad!— Dígase en su descargo, él había obrado de buena fe al proponer el suicidio universal.

¡Pero su mujer!... Evelina le tenía en un puño.

Era la hermosa rubia de la minoría en aquello del suicidio; no tanto por horror a la muerte como por llevarle la contraria a su marido.

Cuando vio que lo de morir todos iba de veras, tuvo una encerrona con su caro esposo; a la hora de acostarse, y en paños menores, con el pelo suelto, le puso las peras a cuarto; y unas veces llorando, otras riendo, ya altiva, ya humilde, ora sarcástica, ora patética, apuró los recursos de su influencia para obligar a su Judas, si no a volverse atrás de lo prometido, a cometer la felonía de hacer una excepción en aquella matanza.

—¿No tienes medio de salvarnos a ti y a mí?...

El doctor, aunque lo negó al principio, tuvo que confesar al fin que sí; que podían salvarse ellos, pero sólo ellos.

Evelina no tenía amantes; se conformó con salvarse sola, pues su marido no era nadie para ella.

Adambis, que era celoso, casi sin motivo, pues su mujer no pasaba nunca de ciertas coqueterías sin consecuencia, experimentó gran consuelo al pensar que se iba a quedar solo con Evelina en el mundo.

Merced a ciertos menjurjes, el doctor se aisló de la corriente mortífera; mas, para probar la fe de Evelina, no quiso untarla a ella con el salvador ingrediente, y la obligó a confiar en su palabra de honor. Llegado el momento terrible, Adambis, mediante el simple contacto de las manos, comunicó a su esposa la virtud de librarse de la conmoción mortal que debía acabar con el género humano.

Evelina estaba satisfecha de su marido. Pero aquello de quedarse a solas en el mundo con él, era muy aburrido.

—¿Y cómo vamos a salir de aquí? Imposible atravesar esa plaza; esa muralla de carne humana nos lo impedirá...

El doctor sonrió. Sacó del bolsillo del chaleco un pedacito de tela muy sutil; lo estiró entre los dedos, lo dobló varias veces y lo desdobló, como quien hace una pajarita de papel; resultó un poliedro regular; por un agujero que tenía la tela sopló varias veces; después de meterse una pastilla en la boca, el poliedro fue hinchándose, se convirtió en esfera y llegó a tener un diámetro de dos metros; era un globo de bolsillo, mueble muy común en aquel tiempo.

—¡Ah! —dijo Evelina—, has sido previsor, te has traído el globo. Pues volemos, y vamos lejos; porque el espectáculo de tantos muertos, entre los que habrá muchos conocidos, no me divierte.

La pareja entró en el globo, que tenía por dentro todo lo necesario para la dirección del aparato y para la comodidad de dos o tres viajeros.

Y volaron.

Se remontaron mucho.

Huían, sin decirse nada, de la tierra en que habían nacido.

Sabía Adambis que donde quiera que posase el vuelo, encontraría un cementerio. ¡Toda la humanidad muerta, y por obra suya!

Evelina, en cuanto calculó que estarían ya lejos de su país, opinó que debían descender. Su repugnancia, que no llegaba a remordimiento, se limitaba al espectáculo de la muerte en tierra conocida... «Ver *cadáveres extranjeros* no la espantaría.» Pero el doctor no sentía así. Después de su gran crimen (pues aquello había sido un crimen), ya sólo encontraba tolerable el aire; la tierra no. Flotar entre nubes por el diáfano cielo azul..., menos mal; pero tocar en el suelo, ver el mundo sin hombres..., eso no; no se atrevía a tanto. «¡Todos muertos! ¡Qué horror!» Cuantas más horas pasaban, más aumentaba el miedo de Adambis a la tierra.

Evelina, asomada a una ventanilla del globo, iba ya distraída contemplando el *paisaje*. El fresco la animaba; un vientecillo sutil, que jugaba con los rizos de su frente, la hacía cosquillas. «No se estaba mal allí.»

Pero de repente se acordó de algo. Volvióse al doctor, y dijo:

—Chico, tengo hambre.

El doctor, sin decir palabra, tomó del bolsillo del frac una especie de petaca, y de ésta sacó un rollo que semejaba un cigarro puro. Era una quintaesencia alimenticia, invención del doctor mismo. Con aquel *cigarro-comestible* se podía pasar perfectamente dos o tres días sin más alimento.

—No; quiero comer de veras. Vuestra comida quí-

mica me apesta, ya lo sabes. Yo no como por susten-
tar el cuerpo; como por comer, por gusto; el hambre
que yo tengo no se quita con alimentarse, sino satisfa-
ciendo el paladar; ya me entiendes, quiero comer
bien. Descendamos a la tierra; en cualquier parte en-
contraremos provisiones; todo el mundo es nuestro.
Ahora se me antoja ir a comer el almuerzo o la cena
que tuvieran preparados el Emperador y la Empera-
triz de Patagonia; ¡ea, guía hacia la Patagonia; anda, y
a escape, a toda máquina...!

Adambis, pálido de emoción, con voz temblorosa, a
la que en vano procuraba dar tonos de energía, se
atrevió a decir:

—Evelina, ya sabes... que siempre he sido esclavo
voluntario de tus caprichos..., pero en esta ocasión...
perdóname si no puedo complacerte. Primero me
arrojaré de cabeza desde este globo que descender a
la tierra... a robarle la comida a cualquiera de mis víc-
timas. Asesino fui, pero no seré ladrón.

—¡Imbécil! Todo lo que hay en la tierra es tuyo; tú
serás el primer ocupante...

—Evelina, pide otra cosa. Yo no bajo.

—Y entonces... ¿nos vamos a morir aquí de hambre?

—Aquí tienes mis cigarros de alimento.

—Pero ¿y en concluyéndolos?

—Con un poco de agua y de aire, y de dos o tres
cuerpos simples, que yo buscaré en lo más alto de algunas montañas poco habitadas, tendré lo suficiente
para componer sustancia de la que hay en estos ex-
tractos.

—Pero eso es muy soso.

—Pero basta para no morirse.

—¿Y vamos a estar siempre en el aire?

—No sé hasta cuándo. Yo no bajo.

—¿De modo que yo no voy a ver el mundo entero?
¿No voy a apoderarme de todos los tesoros, de todos

los museos, de todas las joyas, de todos los tronos de
los grandes de la tierra? ¿De modo que en vano soy la
mujer del *Dictador in articulo mortis* de la humanidad? ¿De modo que me has convertido en una pajarita... después de ofrecerme el imperio del mundo?...

—Yo no bajo.

—¿Pero, por qué? ¡Imbécil!

—Porque tengo miedo.

—¿A quién?

—A mi conciencia.

—¿Pero hay conciencia?

—Por lo visto.

—¿No estaba demostrado que la conciencia es una
aprensión de la materia orgánica en cierto estado de
desarrollo?

—Sí estaba.

—¿Y entonces?

—Pero hay conciencia.

—¿Y qué te dice tu conciencia?

—Me habla de Dios.

—¡De Dios! ¿De qué Dios?

—¡Qué sé yo! De Dios.

—Estás *incapaz*, hijo. No hay quien te entienda.
Explícate. ¿No te burlabas tú de mí porque *predicaba*,
porque iba a misa, y me confesaba a veces? Yo era y
soy católica, como casi todas las señoras del mundo
habían llegado a serlo. Pero eso no me impedía reconocer que tú, como casi todos los hombres del mundo,
tendrías tus razones para ser ateo y racionalista, y re-
cordarás que nunca te armé ningún caramillo por motivos religiosos.

—Es cierto.

—Pero ahora, cuando menos falta hace, te vienes tú
con la conciencia... y con Dios... Y a buena hora,
cuando ya no hay quien te absuelva, porque las mujeres no podemos meternos en eso. Eres tonto, Judas,
siempre lo he dicho, eres un sabio muy tonto.

—Pues yo no bajo.

—Pues yo no fumo. Yo no me alimento con esas porquerías que tú fabricas. Todo eso debe de ser veneno a la larga. A lo menos, hombre, descendamos donde no haya gente..., en alguna región donde haya buena fruta..., espontánea, ¡qué sé yo!; tú, que lo sabes todo, sabrás dónde hay de eso. Guía.

—¿Te contentarías con eso..., con buena fruta?

—Por ahora..., sí, puede.

Adambis se quedó pensativo. Él recordaba que entre los modernísimos comentaristas de la *Biblia,* tanto católicos como protestantes, se había tratado, con gran erudición y copia de datos, la cuestión geográfico-teológica del lugar que ocuparía en la Tierra el Paraíso.

Él, Adambis, que no creía en el Paraíso, había seguido la discusión por curiosidad de arqueólogo, y hasta había tomado partido, a reserva de pensar que el Paraíso no podía estar en ninguna parte, porque no lo había habido. Pero era lo cierto que, hipotéticamente, suponiendo fidedignos los datos del Génesis, y concordándolos con modernos descubrimientos hechos en Asia, resultaba que tenían razón los que colocaban el Jardín de Adán en tal paraje, y no los que le ponían en tal otro sitio. La conclusión de Adambis era: que «si el Paraíso hubiera existido, sin duda hubiera estado donde decían los doctores A. y B., y no donde aseguraban los PP. X. y Z.».

De esta famosa discusión y de sus opiniones acerca de ella, le hicieron acordarse las palabras de su mujer. «¡Si la Biblia tuviera razón! ¿Si todo eso hubiera sido verdad? ¡Quién sabe! Por si acaso, busquemos.»

Y después de pensar así, dijo en voz alta:

—Ea, Evelina, voy a darte gusto. Voy a buscar eso que pides: una región no habitada que produce espontáneos frutos y frutas de lo más delicado.

Y seguía pensando el doctor: «Dado que el Paraíso exista y que yo dé con él, ¿será lo que fue?

»¿Seguirá Dios haciéndole producir tan sabrosos frutos? ¿No se habrá estropeado algo con las aguas del diluvio? Lo que es indudable, si la Biblia dice bien, es que allí no ha vuelto a poner su planta ser humano. Esos mismos sabios que han discutido dónde estaba el Paraíso no han tenido la ocurrencia de precisar el lugar, de ir allá, buscarlo, como yo voy a hacer.

»Ellos decían: debió de estar hacia tal parte, cerca de tal otra; pero no fueron a buscarle. Tal vez yo lo encuentre. Y bajando en globo, aunque los ángeles sigan a la puerta con espadas de fuego, no me impedirán la entrada.

»¡Oh, sí, busquemos el Paraíso! Paraíso para mí, porque será el único lugar de la tierra desierto: es decir, que no sea un cementerio; único lugar donde no encontraré el espectáculo horrendo de la humanidad muerta e insepulta.»

Abreviemos. Buscando, buscando desde el aire con un buen anteojo, comparando sus investigaciones con sus recuerdos de la famosa discusión teológico-geográfica, Adambis llegó a una región del Asia Central, donde, o mucho se engañaba, o estaba lo que buscaba. Lo primero que sintió fue una satisfacción del amor propio... La teoría de los *suyos* era la cierta... El Paraíso existía y estaba allí, donde él creía. Lo raro era que existiese el Paraíso.

El amor propio por este lado salía derrotado.

Y todavía quería defenderse gritándole a Judas en la cabeza:

—¡Mira, no sea que te equivoques! No sea eso una gran huerta de algún mandarín chino o de un bajá de siete colas... [9].

---

[9] *Bajá*, dignatario turco cuya insignia era una cola de caballo. Había el bajá de una cola, el de dos y el de tres colas (este último, el más alto en jerarquía).

El paisaje era delicioso; la frondosidad, como no la había visto jamás Adambis.

Cuando él dudaba así, de repente Evelina, que también observaba con unos anteojos de teatro, gritó:

—¡Ah, Judas, Judas!, por aquel prado se pasea un señor..., muy alto, sí, parece alto..., de bata blanca..., con muchas barbas, blancas también...

—¡Cáscaras! —exclamó el doctor, que sintió un escalofrío mortal.

Y dirigiendo su catalejo hacia la parte a que apuntaba Evelina, dijo con voz de espanto:

—No hay duda..., es él. ¡Él, mejor dicho!

—Pero ¿quién?

—¡Yova Elhoim! ¡Jehová! ¡El Señor Dios! ¡El Dios de nuestros mayores!...

IV

El autor de toda esta farsa necesita, al llegar a este punto de su narración, interrumpirla, aunque lo sienta y mortifique a esas pléyades de jóvenes naturalistas *en román paladino,* que no pueden ver sin disgusto que aparezca en la novela o cuento, o lo que sea, la personalidad del escritor. Yo, de buena gana, continuaría siendo tan *objetivo* como hasta aquí; pero no tengo más remedio que sacar a plaza mi humilde personalidad, aunque sea pecando contra todos los cánones y *Falsas Decretales* del naturalismo traducido al *vulgapuck* (lengua universal del vulgo) [10].

Esas pléyades de naturalistas imberbes (y no digo pléyade, en singular, porque pléyades no tiene ni puede tener singular [11], aunque lo olviden la mayor

---

[10]   La designación cómica *vulga-puck* es un calco de «volapük», lengua universal inventada por el alemán J. M. Schleyer en 1880, anterior al «esperanto» del polaco Ludwig Zamenhof (1887).
[11]   Aunque el *Diccionario de Autoridades* considera *pléyades*

parte de nuestros periodistas) me dispensarán; pero al
presentar en escena nada menos que al *Deus ex ma-
china* de la Biblia, necesito hacer algunas manifestaciones.

Pintar a Jehová (así lo llama el vulgo) tal como es,
sin *idealizarlo* ni nada de eso, es empresa superior a
mis fuerzas, porque yo nunca le he visto.

Discuten los sabios si el mismo Moisés llegó a verlo
cara a cara; algunos afirman que sólo una vez gozó de
su presencia; pero yo, sin ser sabio, me inclino al parecer de los que piensan que ni Moisés ni nadie puso
en él los ojos en la vida. Otra cosa es aquello de sentir el Espíritu del Señor que pasa, el soplo divino que
hiere el rostro, etc. Eso es posible.

Más fácil me sería, una vez presentado en escena
Jehová, hacer que su carácter *fuera sostenido* desde el
principio hasta el fin, como piden los preceptistas, que
de camino son gacetilleros, a los autores de dramas y
novelas. Para sostener el carácter de Jehová me basta
con los documentos bíblicos, pues se ve en ellos que
su energía no decae ni un momento y que en él no
hay contradicciones; porque el haber hecho el mundo,
y arrepentirse después, no es una contradicción, toda
vez que, si a eso fuéramos, ahí está Cánovas, que primero fue revolucionario y después se arrepintió, y la
energía de Cánovas, sin embargo, está fuera de toda
discusión. Y me alegro de haber citado a este personaje, porque si ustedes quieren buscarle a Jehová, según le presenta la Biblia, un parecido, el mayor que
encontrarán en la historia, para tener idea del *Zeus* bíblico, será ése, Cánovas, el *Feus* malagueño [12].

---

como un nombre solamente plural (siete estrellas), la voz *pléyade*,
en singular, se ha venido usando durante siglos para indicar un conjunto de personalidades brillantes.

[12]   Antonio Cánovas del Castillo (1828-1897) en sus comienzos
como político tomó parte en los preparativos del movimiento militar
de 1854, satirizó en la prensa negocios de mala ley e intervino en el

Y ahora tengo que entendérmelas con los timoratos y escrupulosos en materia religiosa, que acaso quieran ver ribetes de impiedad en mi cuento. No hay tal impiedad; primero y principalmente, porque sólo se trata de una broma, y yo aquí no quiero probar nada, ni acabar con la Iglesia de Pedro, ni siquiera con los abusos del clero madrileño. Ni yo soy clérigo de *El Resumen,* ni siquiera redactor de *Las Dominicales,* ni ese es el camino. Por no ser, ni soy, como el autor de *Namouna,* adorador de Cristo y además de Ahura-Mazda y de Brahma y de Apis y de Vichnú, etcétera [13]. Estos eclecticismos religiosos no se han hecho para mí. Lo que puedo jurar es que respeto a Jehová, escríbase como se escriba, tanto como el que más, y que en este cuento no pretendo reemplazar la religión de nuestros mayores por otra de mi invención. Para significar ese respeto precisamente, prescindo de los procedimientos naturalistas, y en vez de presentar al nuevo personaje obrando y hablando, como quiere la buena retórica, pasaré como sobre ascuas sobre todo lo que se refiere a sus relaciones con Adambis, mi héroe, valiéndome de una narración indirecta y no de una descripción directa y plástica.

Apresúrome a decir que la bata que Evelina creyó haber visto pendiente de los hombros del que se paseaba por aquel prado del Paraíso, no debía de ser tal

---

llamado Manifiesto de Manzanares por el cual el general O'Donnell prometía restablecer la Milicia Nacional. Había nacido en Málaga y su fisonomía era poco agraciada: mirada algo estrábica, testa melenuda y gesto autoritario y hosco. Por eso se le llama aquí *Feus*, en juego con Zeus.

[13]   *El Resumen*, periódico de izquierda liberal que empezó a publicarse en 1885: cultivó el sensacionalismo, dando importancia especial a la crónica de crímenes. *Las Dominicales del Libre Pensamiento*, semanario republicano considerado como órgano de la masonería. *Namouna*, poema de Alfred de Musset (1810-1857), subtitulado «conte oriental».

bata, ni las barbas, barbas; pero ya saben ustedes que las mujeres todo lo materializan.

Ello es que aquel era Jehová, efectivamente, y que se estaba paseando por aquel prado del Paraíso, como solía todas las tardes que hacía bueno; costumbre que le había quedado desde los tiempos de Adán.

Adambis, aturdido con la presencia del Señor, de que no dudaba, pues si hubiese sido un hombre como los demás hubiera muerto a las doce de la mañana, Adambis, lleno de terror y de vergüenza, perdió los estribos... del globo, como si dijéramos; es decir, trocó los frenos, o de otro modo, dejó que la máquina de dirigir el aerostático se descompusiese, y el globo comenzó a bajar rápidamente y se enredó en las ramas de un árbol.

Evelina gritaba, espantando las aves del Paraíso, que volaban en grandes círculos alrededor de los inesperados viajeros.

Levantó el Señor la cabeza al oír tanto ruido, y viendo el trance, acudió a salvar a los náufragos del aire.

A presencia de Jehová, el doctor Judas permanecía silencioso y avergonzado. Evelina miraba al Señor con curiosidad, pero sin asombro. Encontrarse con un Dios personal de manos a boca, le parecía tan natural, como le hubiera parecido la demostración matemática de que Dios no existe. Lo que ella quería era tomar algo.

Con arreglo a lo dicho, se renuncia a copiar aquí el diálogo que medió entre Jehová y el sabio de Mozambique. Pero se dirá la sustancia.

El Señor no abusó, como hubiera hecho Júpiter, o *El Siglo Futuro,* de su situación, que le daba una superioridad incontestable. Nada de pullas, ni de sarcasmos mucho menos. Demasiado sabía él que Adambis, desde que había estudiado Anatomía comparada, se había pasado la vida negando la posibilidad de un Dios personal. Los dos sabían esto. ¿Para qué hablar de ello?

Judas se creyó en el deber de humillarse y de confesar su error. Pero Jehová, con una delicadeza que nunca tuvieron los Nocedales en sus palizas a *La Unión*, hizo que la conversación cambiase de rumbo. [14]

Lo pasado, pasado. Ahora se trataba de reformar la humanidad por segunda vez. Lo de Adán había salido mal; el remedio del diluvio tampoco había probado; tal vez el mal habría estado en dejar vivos a tantos parientes; un mundo que comienza entre suegros y cuñadas, no puede ir bien. Además, lo primero que había hecho Noé, pasada la borrasca, había sido emborracharse... Jehová esperaba más formalidad por parte de Judas Adambis. Judas había acabado con la humanidad... Corriente. Poco se había perdido.

El pesimismo era la tontería que menos podía tolerar Elhoim; la humanidad se había hecho pesimista...; bien muerta estaba. Ahora se trataba de otro ensayo: Adambis iba a repoblar el mundo, y si esta nueva cría salía mal también, bastaba de ensayos; la tierra se quedaría en barbecho por ahora.

El matrimonio de Adambis y Evelina había sido hasta entonces infecundo; pero con las aguas del Paraíso, Jehová prometía que la fecundidad visitaría el seno de aquella señora.

—No serán ustedes inocentes —vino a decir Jehová— porque eso ya no puede ser. Pero esto mismo me conviene. Inocente y todo, Adán hizo lo que hizo. Usted, señor Adambis, es un sabio verdadero, a pesar de sus errores teológicos, y quiero ver si me conviene

---

[14]   Cándido Nocedal (1821-1885), neocatólico y carlista, dirigió el periódico *El Siglo Futuro*, sucedido por su hijo Ramón Nocedal. *La Unión*, diario democrático publicado en los años 1878 a 1880 y en el que Clarín colaboró con mucha frecuencia.

más la suprema malicia que la suprema inocencia. Desde hoy llevan ustedes en arrendamiento todo este jardín amenísimo. La renta que me han de pagar serán sus buenas obras. Todo lo que ustedes ven es de ustedes.

—¿Absolutamente todo? —exclamó Evelina.

Y Jehová, aunque con otras palabras, vino a decir:

—Sí, señora..., sin más excepción que una... insignificante. Pongo por condición... la misma que puse al otro. No se ha de tocar a este manzano, que en un tiempo fue el árbol de la ciencia del bien y del mal, y que ahora no es más que un manzano de la acreditada clase de los que producen las ricas manzanas de Balsaín [15]. Por comer de esos manzanos no sabrán ustedes ni más ni menos de lo que saben, ni serán como dioses, ni nada de eso. Si Satanás se presenta otra vez y quiere tentar a esta señora, no le haga caso ninguno. Como este manzano los hay a porrillo en todo el Paraíso. Pero yo me entiendo, y no quiero que se toque en ese árbol. Si coméis de esas manzanas... vuelta a empezar; os echo de aquí, tendréis que trabajar, parirá esta señora con dolor, etc. En fin, ya saben ustedes el programa. Y no digo más.

Y desapareció Jehová Elhoim.

Y casi me alegro, porque ahora ya puedo copiar el diálogo textualmente.

Evelina encogió los hombros y dijo:

—Tú, Judas, ¿qué opinas de todo esto?

—¡Figúrate!

—Valiente sabio estabas tú. Mira qué bien hacía yo en ir a misa, por un si acaso. Tú eres un tonto, que por poco nos haces condenarnos a los dos. Afortunadamente, el Señor parece un señor muy amable...

—¡Oh! La Bondad infinita...

---

[15]   Balsaín o Valsaín, pueblo próximo a La Granja, en la provincia de Segovia.

—Sí, pero...

—El Sumo Bien...

—Sí, pero...

—La Sabiduría infinita...

—Sí, pero...

—¿Pero qué, hija?

—Pero algo raro.

—Y tan raro, como que es el único.

—No, no quiero decir raro en ese sentido, sino en el de... ¡Mira tú que prohibirnos comer de esas manzanas como si fuéramos unos chiquillos!...

—Y no comeremos.

—Claro que no, hombre. No te pongas tan fiero. Pues por eso digo que es raro. ¿Qué trabajo nos cuesta a nosotros ponernos formales, y, escarmentados, prescindir de unas pocas manzanas que son como las demás?

—Mira, en eso no nos metamos. Dios es Dios, ¿estás?, y lo que Él hace, bien hecho está.

—Pero confiesa que eso es un capricho.

—No confieso tal, ni tú tampoco; y te prohíbo blasfemar en adelante. Por lo pronto, no pienses más en tales manzanas..., que el diablo las carga.

—¡Qué ha de cargar, infeliz! Buena soy yo. A propósito, tengo sed..., deseo de eso, de eso..., de fruta..., de manzanas precisamente, y de Balsaín.

—¡Mujer!

—¡Bobalicón! ¿No ha dicho que de esa clase hay aquí a porrillo? Pues vamos a buscar otro árbol igual, y me das un hartazgo. ¿Conoces tú el Balsaín?

—Sí, Evelina. *(Busca.)* Aquí tienes otro árbol igual que ese prohibido. Toma. ¿Ves qué hermosa manzana? Balsaín legítimo.

Evelina clavó los blancos y apretados dientes en la manzana que le ofrecía su esposo.

Mientras Judas volvía la espalda y buscaba otro

ejemplar de la hermosa fruta, una voz, como un silbido, gritó al oído de Evelina.

—¡Eso no es Balsaín!

Tomó ella el aviso por voz interior, por revelación del paladar, y gritó irritada:

—Mira, Judas, a mí no me la das tú. ¡Esto no es Balsaín!

Un sudor frío, como el de las novelas, inundó el cuerpo de Adambis.

—Buenos estamos —pensó—. ¡Si Evelina empieza a desconfiar... no va a haber Balsaín en todo el Paraíso!

Así fue... A cien árboles se arrancó fruta y la voz siempre gritaba al oído de la esposa:

—¡Eso no es Balsaín!

—No te canses, Judas —dijo ella ya fatigada—. No hay más manzanas de Balsaín en todo el Paraíso que las del árbol prohibido.

Hubo una pausa.

—Pues hija... —se atrevió a decir Adambis—, ya ves..., no hay más remedio... Si te empeñas en que no hay más que ésas... tienes que quedarte sin ellas.

—¡Bien, hombre, bien; me quedaré! Pero no es esa manera de decírselo a una.

La voz de antes gritó al oído de Evelina:

—¡No te quedarás!

—Otro sería más... enamorado que tú. Claro, un sabio no sabe lo que es pasión...

—¿Qué quieres decir, Evelina?...

—Que Adán, con ser Adán, era más cumplido amador que tú.

—Tengamos la fiesta en paz, y renuncia al Balsaín.

—¡Bueno! Pues tú... ya que prefieres cumplir un capricho de quien hace una hora negabas que existiese, a satisfacer un deseo de tu mujer..., tú, mameluco, renuncia a lo otro.

—¿Qué es lo otro?

—¿No se nos ha dicho que seré fecunda en adelante?

—Sí, hija mía; de eso iba a hablarte...

—Pues no hay de qué. Nada de fecundidad.

—Pero, hija...

—Nada, que no quiero.

—¡Así, perfectamente! —dijo la voz que le hablaba al oído a Evelina.

Volvióse ella y vio al diablo en figura de serpiente, enroscado en el tronco del árbol prohibido.

Evelina contuvo una exclamación, a una señal del diablo, que comprendió perfectamente; se dirigió a su marido y le dijo sonriente:

—Pues mira, pichón; si quieres que seamos amigos, corre a pescarme truchas de aquel río que serpentea allá abajo...

—Con mil amores...

Y desapareció el sabio a todo escape.

Evelina y la serpiente quedaron solos.

—Supongo que usted será el demonio... como la otra vez.

—Sí, señora; pero créame usted a mí: debe usted comer de estas manzanas y hacer que coma su marido. No digo que después serán ustedes iguales que dioses; nada de eso. Pero la mujer que no sabe imponer su voluntad en el matrimonio, está perdida. Si ustedes comen, perderán ustedes el Paraíso; ¿y qué? Fuera tiene usted las riquezas de todo el mundo civilizado a su disposición... Aquí no haría usted más que aburrirse y parir...

—¡Qué horror!

—Y eso por una eternidad...

—¡Jesús! No lo quiera Dios. Venga, venga —y Evelina se acercó al árbol, arrancó una, dos, tres manzanas, y las fue hincando el diente con apetito de fiera hambrienta.

Desapareció la serpiente, y a poco volvió Adambis...
sin truchas.

—Perdóname, mona mía, pero en ese río... no hay
truchas...

Evelina echó los brazos al cuello de su esposo.

Él se dejó querer.

Una nube de voluptuosidad los envolvió luego.

Cuando el doctor se atrevió a solicitar las más íntimas caricias, Evelina le puso delante de la boca media manzana ya mordida por ella, y con sonrisa capaz
de seducir a Saia Muní [16], dijo:

—Pues come...

—¡*Vade retro!* —gritó Judas poniéndose a salvo de
un brinco—. ¿Qué has hecho, desdichada?

—Comer, perderme... Pues ahora piérdete conmigo, come... y yo te haré feliz..., mi adorado
Judas...

—Primero me ahorcan. No, señora, no como. Yo
no me pierdo. Tú no sabes cómo las gasta Jehová. No
como.

Irritóse Evelina, y fue en vano. No sirvieron ruegos,
ni amenazas, ni tentaciones. Judas no comió.

Así pasaron aquel día y la noche, riñendo como
energúmenos. Pero Judas no comió la fruta del árbol
prohibido.

Al día siguiente, muy de madrugada, se presentó
Jehová en el huerto.

—¿Qué tal, habéis comido bien? —vino a preguntar.

En fin, hubo explicaciones. Jehová lo supo todo.

—Pues ya sabéis la pena cuál es —vino a decir,
pero sin incomodarse—. Fuera de aquí, y a ganarse la
vida...

—Señor —observó Adambis—, debo advertir a

---

[16] Uno de los nombres de Buda, que supo resistir victoriosa-
mente las tentaciones de la carne y del demonio. La forma más habitual es Sakya-Muni.

vuestra Divina Majestad que yo no he comido del fruto prohibido... Por consiguiente, el destierro no debe ir conmigo.

—¿Cómo? ¿Y me dejarás marchar sola? —gritó ella furiosa.

—Ya lo creo. Hasta aquí hemos llegado. A perro viejo no hay tus tus.

—De modo —vino a decir el Señor— que lo que tú quieres es el divorcio... *quo ad thorum et habitationem* [17].

—Justo, eso; la *separación de cuerpos,* que decimos los clásicos.

—Pero entonces se va a acabar la humanidad en muriendo tu esposa...; es decir, no quedará más hombre que tú..., que por ti solo no puedes procrear —vino a decir Jehová.

—Pues que se acabe. Yo quiero quedarme aquí.

Y en efecto, se quedó Adambis en el Paraíso.

Y salió Evelina, arrastrada por dos ángeles de guardia.

Renuncio a describir el furor de la desdeñada esposa al verse sola fuera del Paraíso. La Historia no dice de ella sino que vivió sola algún tiempo como pudo. Una leyenda la supone entregada al feo vicio de Pasífae [18], y otra más verosímil cuenta que acabó por entregar sus encantos al demonio.

En cuanto al prudente Adambis, se quedó, por lo pronto, como en la gloria, en el Paraíso.

—¡Ahora sí que es esto Paraíso! ¡Dos veces Paraíso! ¡Todo es mío, todo... menos mi mujer!... ¡Qué mayor felicidad!...

Pasaron siglos y siglos, y Adambis llegó a cansarse del jardín amenísimo. Intentó varias veces el suicidio,

---

[17] Separación «en cuanto al lecho y la morada».
[18] De la cópula de Pasífae con un toro nació el Minotauro, mitad toro y mitad hombre.

pero fue inútil. Era inmortal. Pidió a Dios la trasla-
ción, y Judas fue transportado de la tierra, según ya lo
habían sido Enoch y algún otro [19].

Así fue cómo, *al fin,* se acabó el mundo, por lo que
toca a los hombres.

---

[19] Según San Agustín y otros Santos Padres, Enoch o Henoch
fue llevado al paraíso terrestre, en donde Dios, del mismo modo
que a Elías, le conserva de una manera milagrosa y en un cuerpo
no sujeto a la mortalidad (*Génesis* V: 24).

UN JORNALERO

Salía Fernando Vidal de la Biblioteca de N**,
donde había estado trabajando, según costumbre,
desde las cuatro de la tarde.

Eran las nueve de la noche; acababa de oscurecer.

La Biblioteca no estaba abierta al público sino por
la mañana.

Los porteros y demás dependientes vivían en la
planta baja del edificio, y Fernando, por un privilegio,
disfrutaba a solas de la Biblioteca todas las tardes y
todas las noches, sin más condiciones que éstas: ir
siempre sin compañía; correr, por su cuenta, con el
gasto de las luces que empleaba, y encargarse de abrir
y cerrar, dejando al marcharse las llaves en casa del
conserje.

En toda N**, ciudad de muchos miles de habitantes, industriosa, rica, llena de fábricas, no había un
solo ciudadano que disputase ni envidiase a Vidal su
privilegio de la Biblioteca.

Cerró Fernando como siempre la puerta de la calle
con enorme llave, y empuñando el manojo que ésta y
otras varias formaban, anduvo algunos pasos por la
acera, ensimismado, buscando, sin pensar en ello, el
llamador de la puerta en la casa del conserje, que estaba a los pocos metros, en el mismo edificio.

Pero llamó en vano. No abrían, no contestaban.

Vidal tardó en fijarse en tal silencio. Iba lleno de las ideas que con él habían bajado a la calle dejando las frías páginas de los libros de arriba, la eterna prisión.

«No está nadie», pensó, por fin, sin fijarse en que debía extrañar que no estuviese nadie en casa del conserje.

—¡Y qué hago yo con esto! —se dijo, sacudiendo el manojo de llaves que le daba aspecto de carcelero.

En aquel momento se fijó en otra cosa. En que la noche era oscura, en que había faroles, tres, bien lo recordaba, a lo largo de la calle, y no estaba ninguno encendido.

Después notó que a nadie podía parecerle ridícula su situación, porque por la calle de la Biblioteca no pasaba un alma. Silencio absoluto.

Una detonación lejana le hizo exclamar:

—¡Un tiro!

Y el tiro, más bien su nombre, le trajo a la actualidad, a la vida real de su pueblo.

«Cuando salí de casa, después de comer, en el café oí decir que esta noche se armaba, que los socialistas o los anarquistas, o no sé quién, preparaban un golpe de mano para sacar de la cárcel a no sé qué presos de su comunión y proclamar todo lo proclamable.

»Debe de ser eso. Debe de estar armada.

»¡Dios mío! —siguió reflexionando—, si está armada, si aquí pasa algo grave, mañana acaso esté cerrada la Biblioteca, acaso no me permitan o no pueda yo venir de tarde a terminar mi examen del códice en que he descubierto tan preciosos datos para la historia de los disturbios de los gremios de R*** en el siglo... ¡por vida del chápiro! Y si mañana no concluyo mi trabajo, el número próximo de la *Revista Sociológico-histórica* sale sin mi artículo... y quién sabe si Mr. Flinder en la *Revista de Ciencias Morales e Históricas* de Zurich se adelantará, si es verdad, como me escriben de allá, que ha visto este precioso documento el año pasado, cuando estuvo aquí mientras yo fui a Vichy.

»No, mil veces no; eso no puedo consentirlo; no es por vanidad pueril; es que esos socialistas de cátedra me son antipáticos [1]; Flinder de fijo arrima el ascua a su sardina; de fijo lo convierte todo en sustancia, y de los datos favorables para sus teorías que este códice contiene, quiere hacer una catedral, toda una prueba plena..., y eso, vive Dios que es profanar la historia, el arte, la ciencia... No, no; yo diré primero la verdad desnuda, imparcialmente, reconociendo todo lo que este manuscrito arroja de luz en la tan debatida cuestión..., pero sin que sirva de arma para tirios ni troyanos. Me cargan los utopistas, los dogmáticos...»

Sonó otro tiro.

«Pues debe de ser eso. Debe de haberse armado.» Vidal se aventuró por la calle arriba. Al dar vuelta a la esquina, que estaba lejos de la Biblioteca, en la calle inmediata, como a treinta pasos, vio al resplandor de una hoguera un montón informe, tenebroso, que obstruía la calle, que cerraba la perspectiva. «Debe de ser una barricada.»

Alrededor de la hoguera distinguió sombras. «Hombres con fusiles», pensó; «no son soldados; deben de ser obreros. Estoy en poder de los enemigos... del orden.»

Una descarga nutrida le hizo afirmarse en sus conjeturas; oyó gritos confusos, ayes, juramentos...

No cabía duda, se había armado. «Aquello era una barricada, y por aquel lado no había salida.»

Deshizo el camino andado, y al llegar a la puerta de la Biblioteca se detuvo, se rascó detrás de una oreja y meditó.

---

[1] Se llamó «socialistas de cátedra» *(Kathedersozialisten)* a ciertos reformadores no marxistas que en la Alemania del último tercio del siglo XIX abogaban por la intervención del Estado en la economía y en la vida social a fin de atenuar las diferencias de clase.

«Mañana, por fas o por nefas, estará esto cerrado; mi artículo no podrá salir a tiempo... puede adelantarse Flinder... No dejemos para mañana lo que podemos hacer hoy.»

Sonó a lo lejos otra descarga, mientras Vidal metía la gran llave en su cerradura y abría la puerta de la Biblioteca. Al cerrar por dentro oyó más disparos, mucho más cercanos, y voces y lamentos. Subió la escalera a tientas, reparó al llegar a otra puerta cerrada, en que iba a oscuras; encendió un fósforo, abrió la puerta que tenía delante, entró en la portería, contigua al salón principal; encendió un quinqué, de petróleo, que aún tenía el tubo caliente, pues era el mismo con que momentos antes se había alumbrado; entró con su luz en el salón de la Biblioteca, buscó sus libros y manuscritos, que tenía separados en un rincón, y a los cinco minutos trabajaba con ardor febril, olvidado del mundo entero, sin oír los disparos que sonaban cerca. Así estuvo no sabía él cuánto tiempo. Tuvo que detenerse en su labor porque el quinqué empezó a apagarse; la llama chisporroteaba, se ahogaba la luz con una especie de bostezo de muy mal olor y de resplandores fugaces. Fernando maldijo su suerte, su mala memoria que no le había hecho recordar que tenía poco petróleo el quinqué..., en fin, recogió los papeles de prisa, y salió de la Biblioteca a oscuras, a tientas. Llegó a la puerta de la calle, abrió, salió... y al dar la vuelta para cerrar, sintió que por ambos hombros le sujetaban sendas manos de hierro y oyó voces roncas y feroces que gritaban:

—¡Alto!

—¡Date preso!

—¡Un burgués!

—¡Matarle!

«¡Son ellos —pensó Vidal— los correligionarios activos, prácticos de Mr. Flinder!»

En efecto, eran los socialistas, anarquistas o Dios sabía qué, triunfantes, en aquel barrio a lo menos. Con otros burgueses que habían encontrado por aquellos contornos habían hecho lo que habían querido; quedaban algunos mal heridos, los que menos apaleados. El aspecto de Fernando, que no revelaba gran holgura ni mucho capital robado al sudor del pobre, los irritó en vez de ablandarlos. Se inclinaban a pasarle por las armas y así se lo hicieron saber.

Uno que parecía cabecilla, se fijó en el edificio de donde salía Vidal y exclamó:

—Esta es la Biblioteca; ¡es un sabio, un burgués sabio!

—¡Que muera! ¡Que muera!

—Matarlo a librazos... Eso es, arriba, a la Biblioteca, que muera a pedradas... de libros, de libros infames que han publicado el clero, la nobleza, los burgueses para explotar al pobre, engañarle, reducirle a la esclavitud moral y material.

—¡Bravo, bravo!...

—Mejor es quemarle en una hoguera de papel...

—¡Eso, eso!

—Abrasarle en su Biblioteca...

Y a empellones, Fernando se vio arrastrado por aquella corriente de brutalidad apasionada, que le llevó hasta el mismo salón donde él trabajaba, poco antes, en aquel códice en que se podía estudiar algún relámpago antiquísimo, precursor de la gran tempestad que ahora bramaba sobre su cabeza.

Los sublevados llevaban antorchas y faroles; el salón se iluminó con una luz roja con franjas de sombras temblorosas, formidables. El grupo que subió hasta el salón no era muy numeroso, pero sí muy fiero.

—Señores —gritó Vidal con gran energía—. En nombre del progreso les suplico que no quemen la Biblioteca... La ciencia es imparcial, la historia es neutral. Esos libros... son inocentes..., no dicen que sí ni que no; aquí hay de todo. Ahí están, en esos tomos

grandes, las obras de los Santos Padres, algunos de
cuyos pasajes les dan a ustedes la razón contra los
ricos... En ese estante pueden ustedes ver a los socialistas y comunistas del 48... En ese otro está Lassalle... ². Allí tienen ustedes *El Capital* de Carlos Marx.
Y en todas esas biblias, colección preciosa, hay multitud
de argumentos socialistas: el año sabático, el jubileo...,
la misma vida de Job..., ¡no!, la vida de Job no es argumento socialista. ¡Oh, no, ésa es la filosofía seria, la que
sabrán las clases pobres e ilustradas de siglos futuros
muy remotos...!
   Fernando se quedó pensativo, e interrumpió su discurso, olvidado de su peligro y el de la Biblioteca.
Pero el discurso, apenas comprendido, había produ-
cido su efecto. El cabecilla, que era un ergotista a la
moderna, de café y de club, uno de esos demagogos
retóricos y presuntuosos que tanto abundan, extendió
una mano para apaciguar las olas de la ira popular...
   —Quietos —dijo—, procedamos con orden. Oi-
gamos a este burgués... Antes que el fuego de la venganza, la luz de la discusión. Discutamos... Pruébanos
que esos libros no son nuestros enemigos, y los salvas
de las llamas; pruébanos que tú no eres un miserable
burgués, un holgazán que vive como un vampiro, de
la sangre del obrero... y te perdonamos la vida, que
tienes ahora pendiente de un cabello...
   —No, no; que muera..., que muera ese... sofista
—gritó un zapatero, que era terrible por la posesión
de este vocablo que no entendía, pero que pronun-
ciaba correctamente y con énfasis.
   —¡Es un sofista! —repitió el coro, y una docena de

---

   ² En 1848 hubo revoluciones en Francia, Alemania, Austria, España e Italia y se publicó el *Manifiesto del Partido Comunista* de
Marx y Engels. Ferdinand Lassalle (1825-1864), fundador del movimiento socialdemócrata en Alemania, fue teórico del socialismo y
defensor no marxista de los derechos de los trabajadores.

bocas de fusil se acercaron al rostro y al pecho de Fernando.

—¡Paz!..., ¡paz!..., ¡tregua!... —gritó el cabecilla, que no quería matar sin triunfar antes del *sofista*—. Oigámosle, discutamos...

Vidal, distraído, sin pensar en el peligro inmenso que corría, *haciendo* psicología popular, *teratología sociológica* como él pensaba, estudiaba aquella locura poderosa que le tenía entre sus garras; y su imaginación le representaba, a la vez, el coro de locos del tercer acto de *Jugar con fuego* [3], y a Mr. Flinder y tantos otros que eran en *último análisis* los culpables de toda aquella confusión de ideas y pasiones. «¡La lógica hecha una madeja enredada y untada de pólvora, para servir de mecha a una explosión social!...» Así meditaba.

—¡Que muera! —volvieron a gritar.

—No, que se disculpe..., que diga qué es, cómo gana el pan que come...

—¡Oh, tan bien como tú, tan honradamente como tú! —gritó Vidal, volviéndose al que tal decía, enérgico, arrogante, apasionado, mientras separaba con las manos los fusiles que le impedían, apuntándole, ver a su contrario.

Le habían herido en lo vivo.

Después de haber tenido en su ya larga vida de erudito y escritor mil clases de vanidades, ya sólo le quedaba el orgullo de su trabajo... No se reconocía, a fuerza de mucho *análisis* de *introspección*, virtud alguna digna de ser llamada tal, más que ésta, la del trabajo; ¡oh, pero ésta sí!

—Tan bien como tú. Has de saber, que, sea lo que sea de la cuestión del capital y el salario, que está por resolver, como es natural, porque sabe poco el mundo

---

[3]   Zarzuela estrenada en 1851, música de F. A. Barbieri, libreto de Ventura de la Vega.

todavía para decidir cosa tan compleja; sea lo que quiera de la lucha de capitalistas y obreros, yo soy hombre para no meter en la boca un pedazo de pan, aunque reviente de hambre, sin estar seguro de que lo he ganado honradamente...

»He trabajado toda mi vida, desde que tuve uso de razón. Yo no pido ocho horas de trabajo [4], porque no me bastan para la tarea inmensa que tengo delante de mí. Yo soy un albañil que trabaja en una pared que sabe que no ha de ver concluida, y tengo la seguridad de que cuando más alto esté me caeré de cabeza del andamio. Yo trabajo en la filosofía y en la historia y sé que cuanto más trabajo me acerco más al desengaño. Huyo, ascendiendo, de la tierra, seguro de no llegar al cielo y de precipitarme en un abismo..., pero subo, trabajo. He tenido en el mundo ilusiones, amores, ideales, grandes entusiasmos, hasta grandes ambiciones; todo lo he ido perdiendo; ya no creo en las mujeres, en los héroes, en los *credos,* en los sistemas; pero de lo único que no reniego es del trabajo; es la historia de mi corazón, el espejo de mi existencia; en el caos universal yo no me reconocería a mí propio si no me reconociera en la estela de mis esfuerzos; me reconozco en el sudor de mi frente y en el cansancio de mi alma; soy un jornalero del espíritu, a quien en vez de disminuirle las horas de fatiga, los nervios le van disminuyendo las horas de sueño. Trabajo a la hora de dormir, a oscuras, en mi lecho, sin querer, trabajo en el aire, sin jornal, sin provecho... y de día sigo trabajando para ganar el sustento y para adelantar en mi obra... Yo no pido emancipación, yo no pido transacciones, yo no pido venganzas... Desde los diez años, no ha oscurecido una vez sin que yo tu-

---

[4]   Durante el periodo 1888-1899 la jornada de trabajo era entre diez y doce horas. La jornada de ocho horas sólo empezó a ponerse en práctica, y no en todos los sectores, a principios del siglo xx.

viera tela cortada para la noche que venía: siempre mi velón se ha encendido para una labor preparada; hasta las pocas noches que no he trabajado en mi vida, fueron para mí de fatiga por el remordimiento de no haber cumplido con la tarea de aquella velada. De niño, de adolescente, trabajaba junto a la lámpara de mi madre; mi trabajo era escuela de mi alma, compañía de la vejez de mi madre, oración de mi espíritu y pan de mi cuerpo y el de una anciana.

»Éramos tres, mi madre, el trabajo y yo. Hoy ya velamos solos yo y mi trabajo. No tengo más familia. Pasará mi nombre, morirá pronto el recuerdo de mi humilde individuo, pero mi trabajo quedará en los rincones de los archivos, entre el polvo, como un carbón fósil que acaso prenda y dé fuego algún día, al contacto de la chispa de un trabajador futuro..., de otro pobre diablo erudito como yo que me saque de la oscuridad y del desprecio...

—Pero a ti no te han explotado; tu sudor no ha servido de sustancia para que otros engordaran... —interrumpió el cabecilla.

—Con mi trabajo —prosiguió Vidal— se han hecho ricos otros: empresarios, capitalistas, editores de bibliotecas y periódicos; pero no estoy seguro de que no tuvieran derecho a ello. No me queda el consuelo de protestar indignado con entera buena fe. Ese es un problema muy complejo; está por ver si es una injusticia que yo siga siendo pobre y los que en mis publicaciones sólo ponían cosa material, papel, imprenta, comercio, se hayan enriquecido.

»No tengo tiempo para trabajar indagando ese problema, porque lo necesito para trabajar directamente en mi labor propia. Lo que sé, que este trabajo constante, con el cuerpo doblado, las piernas quietas, el cerebro bullendo sin cesar, quemando los combustibles de mi sustancia, me ha aniquilado el estómago; el pan que gano apenas lo puedo digerir..., y lo que es peor, las ideas que produzco me envenenan el corazón y me descomponen el pensamiento... Pero no me queda ni el consuelo de quejarme, porque esa queja tal vez fuera en *último análisis*, una puerilidad... Compadecedme, sin embargo, compañeros míos, porque no padezco menos que vosotros y yo no puedo ni quiero buscar remedios ni represalias; porque no sé si hay algo que remediar, ni si es justo remediarlo... No duermo, no digiero, soy pobre, no creo, no espero..., no odio..., no me vengo... Soy un jornalero de una terrible mina que vosotros no conocéis, que tomaríais por el infierno si la vierais, y que, sin embargo, es acaso el único cielo que existe... Matadme si queréis, pero respetad la Biblioteca, que es un depósito de carbón para el espíritu del porvenir...»

La plebe, como siempre que oye hablar largo y tendido, en forma oratoria, callaba, respetando el misterio religioso del pensamiento oscuro; deidad idolátrica de las masas modernas y tal vez de las de siempre...

La retórica había calmado las pasiones; los obreros no estaban convencidos, sino confusos, apaciguados a su despecho.

Algo quería decir aquel hombre.

Como un contagio, se les pegaba la enfermedad de Vidal, olvidaban la acción y se detenían a discurrir, a meditar, quietos.

Hasta el lugar, aquellas paredes de libros, les enervaba. Iban teniendo algo de león enamorado, que se dejó cortar las garras.

De pronto oyeron ruido lejano. Tropel de soldados subía por la escalera. Estaban perdidos. Hubo una resistencia inútil. Algunos disparos; dos o tres heridos. A poco, aquel grupo extraviado de la insurrección vencida, estaba en la cárcel. Vidal fue entre ellos, codo con codo. En opinión, terrible y poderosa opinión, del jefe de la tropa vencedora, aquel señorito tronado era el capitán del grupo de anarquistas sorprendido en la Biblioteca. A todos se les formó consejo de guerra, como era regular. La justicia sumarísima de la Temis marcial [5] fue ayudada en su ceguera por el egoísmo y el miedo del verdadero cabecilla y por el rencor de sus compañeros. Estaban furiosos todos contra aquel *traidor,* aquel *policía secreto,* o lo que fuera, que les había embaucado con sus sofismas, con sus retóricas y les había hecho olvidarse de su misión redentora, de su situación, del peligro... Todos declararon contra él. Sí, Vidal era el jefe. El cabecilla salvaba con esto la vida, porque la misericordia en estado de sitio decretó que la última pena sólo se aplicara a los cabezas de motín; a esta categoría pertenecía sin duda Vidal; y mientras el que quería discutir con él las bases de la sociedad, el cabecilla verdadero, quedaba en el mundo para predicar, e incendiar en su caso, el pobre jornalero del espíritu, el distraído y erudito Fernando Vidal pasaba a mejor vida por la vía sumaria de los clásicos y muy conservadores *cuatro tiritos.*

---

[5]   Temis, diosa de la Justicia, en la mitología griega.

BENEDICTINO

Don Abel tenía cincuenta años; don Joaquín otros cincuenta, pero muy otros: no se parecían nada a los de don Abel, y eso que eran aquéllos dos buenos mozos del año sesenta, inseparables amigos desde la juventud, alegre o insípida, según se trate de don Joaquín o de don Abel. Caín y Abel los llamaba el pueblo, que los veía siempre juntos, por las carreteras adelante, los dos algo encorvados, los dos de *chistera* y levita, Caín siempre delante, Abel siempre detrás, nunca emparejados; y era que Abel iba como arrastrado, porque a él le gustaba pasear hacia Oriente, y Caín, por moler, le llevaba por Occidente, cuesta arriba, por el gusto de oírle toser, según Abel, que tenía su malicia. Ello era que el que iba delante solía ir sonriendo con picardía, satisfecho de la victoria que siempre era suya, y el que caminaba detrás iba haciendo gestos de débil protesta y de relativo disgusto. Ni un día solo, en muchos años, dejaron de reñir al emprender su viaje vespertino; pero ni un solo día tampoco se les ocurrió separarse y tomar cada cual por su lado, como hicieron San Pablo y San Bernabé, y eso que eran tan amigos, y apóstoles. No se separaban porque Abel cedía siempre. Caín tampoco hubiera consentido en la separación, en pasear sin el amigo; pero no cedía porque estaba seguro de que cedería el compinche; y por eso iba sonriendo: no porque le gustase oír la tos del otro. No, ni mucho menos; justamente solía él decirse: «¡No me gusta nada la tos de Abel!» Le quería entrañablemente, sólo que hay entrañas de muchas maneras, y Caín quería a las personas para sí, y, si cabía, para reírse de las debilidades ajenas, sobre todo si eran ridículas o a él se lo parecían. La poca voluntad y el poco egoísmo de su amigo le hacían muchísima gracia, le parecían muy ridículos, y tenía en ellos un estuche de cien instrumentos de comodidad para su propia persona. Cuando algún chusco veía pasar a los dos vejetes, oficiales primero y segundo del Gobierno civil desde tiempo inmemorial (don Joaquín el primero, por supuesto; siempre delante), y los veían perderse a lo lejos, entre los negrillos que orlaban la carretera de Galicia, solía exclamar riendo:

—Hoy le mata, hoy es el día del fratricidio. Le lleva a paseo y le da con la quijada del burro [1]. ¿No se la ven ustedes? Es aquel bulto que esconde debajo de la levita.

El bulto, en efecto, existía. Solía ser realmente un hueso de un animal, pero rodeado de mucha carne, y no de burro, y siempre bien condimentada. Cosa rica. Merendaban casi todas las tardes como los pastores de don Quijote, a campo raso, y chupándose los dedos, en cualquier soledad de las afueras. Caín llevaba generalmente los bocados y Abel los tragos, porque Abel tenía un cuñado que comerciaba en vinos y licores, y eso le regalaba, y Caín contaba con el arte de su cocinera de solterón sibarita. Los dos disponían de algo más que el sueldo, aunque lo de Abel era muy poco más; y eso que lo necesitaba mucho, porque tenía mujer y tres hijas pollas, a quienes en la actualidad,

---

[1] Aunque las Escrituras no dicen con qué instrumento mató Caín a su hermano Abel, es frecuente representar al fratricida golpeando a su víctima con la quijada de un asno.

ahora que ya no eran tan frescas y guapetonas como
años atrás, llamaban los murmuradores *Las Conten-
ciosas-administrativas* por lo mucho que hablaba su padre de lo contencioso-administrativo, que le tenía enamorado hasta el punto de considerar grandes hombres
a los diputados provinciales que eran magistrados de
lo contencioso..., etc. El mote, según malas lenguas,
se lo había puesto a las chicas el mismísimo Caín, que
las quería mucho, sin embargo, y les había dado no
pocos pellizcos. Con quien él no transigía era con la
madre. Era su natural enemigo, su rival pudiera decirse. Le había quitado la mitad de su Abel; se le había llevado de la posada donde antes le hacía mucho
más servicio que la cómoda y la mesilla de noche
juntas. Ahora tenía él mismo, Caín, que guardar su
ropa, y llevar la cuenta de la lavandera, y si quería pi-
tillos y cerillas tenía que comprarlos muchas veces,
pues Abel no estaba a mano en las horas de mayor ur-
gencia.

* * *

—¡Ay, Abel! Ahora que la vejez se aproxima, envidias mi suerte, mi sistema, mi filosofía —exclamaba
don Joaquín, sentado en la verde pradera, con un *llacón* entre las piernas. (Un *llacón* creo que es un pernil.)

—No envidio tal —contestaba Abel, que enfrente de
su amigo, en igual postura, hacía saltar el lacre de una
botella y le limpiaba el polvo con un puñado de heno.

—Sí, envidias tal; en estos momentos de expansión
y de dulces *piscolabis* lo confiesas; y, ¿a quién mejor
que a mí, tu amigo verdadero desde la infancia hasta
el infausto día de tu boda, que nos separó para siempre por un abismo que se llama doña Tomasa Gómez,
viuda de Trujillo? Porque tú, ¡oh Trujillo!, desde el

momento que te casaste eres hombre muerto; quisiste
tener digna esposa y sólo has hecho una viuda...

—Llevas cerca de treinta años con el mismo
chiste... de mal género. Ya sabes que a Tomasa no le
hace gracia...

—Pues por eso me repito.

—¡Cerca de treinta años! —exclamó don Abel, y
suspiró, olvidándose de las tonterías epigramáticas de
su amigo, sumiendo en el cuerpo un trago de vino del
Priorato y el pensamiento en los recuerdos melancólicos de su vida de padre de familia con pocos recursos.

Y como si hablara consigo mismo continuó mirando
a la tierra:

—La mayor...

—Hola —murmuró Caín—, ¿ya cantamos en *la
mayor*? *Jumera* segura..., tristona como todas tus
cosas.

—No te burles, libertino. La mayor nació..., sí,
justo, va para veintiocho, y la pobre, con aquellos
nervios y aquellos ataques, y aquel afán de apretarse
el talle..., no sé, pero... en fin, aunque no está delicada..., se ha descompuesto; ya no es lo que era, ya
no..., ya no me la llevan.

—Ánimo, hombre; sí te la llevarán... No faltan indianos... Y en último caso... ¿para qué están los
amigos? Cargo yo con ella... y asesino a mi suegra.
Nada, trato hecho; tú me das en dote esa botella, que
no hay quien te arranque de las manos, y yo me caso
con *la* (cantando) *mayor*.

—Eres un hombre sin corazón..., un Lovelace [2].

—¡Ay, Lovelace! ¿Sabes tú quién era ése?

—La segunda, Rita, todavía se defiende.

---

[2] Lovelace, personaje de la novela de Samuel Richardson *Cla-
rissa* (1747-48), seductor de la protagonista.

—¡Ya lo creo! Dímelo a mí, que ayer por darla un pellizco salí con una oreja rota.

—Sí, ya sé. Por cierto que dice Tomasa que no le gustan esas bromas; que las chicas pierden...

—Dile a la de Gómez, viuda de Trujillo, que más pierdo yo, que pierdo las orejas, y dile también que si la pellizcase a ella puede que no se quejara...

—Hombre, eres un chiquillo; le ves a uno serio contándote sus cuitas y sus esperanzas..., y tú con tus bromas de dudoso gusto...

—¿Tus esperanzas? Yo te las cantaré: *La* (cantando) Nieves...

—Bah, la Nieves segura está. Los tiene así (juntando por las yemas los dedos de ambas manos). No es milagro. ¿Hay chica más esbelta en todo el pueblo? ¿Y bailar? ¿No es la perla del casino cuando la emprende con el vals corrido, sobre todo si *la baila* el secretario del Gobierno militar, Pacorro?

Caín se había quedado serio y un poco pálido. Sus ojos fijos veían a la hija menor de su amigo, de blanco, escotada, con media negra, dando vueltas por el salón colgada de Pacorro... A Nieves no la pellizcaba él nunca; no se atrevía, la tenía un respeto raro, y además, temía que un pellizco en aquellas carnes fuera una traición a la amistad de Abel; porque Nieves le producía a él, a Caín, un efecto raro, peligroso, diabólico... Y la chica era la única para volver locos a los viejos, aunque fueran íntimos de su padre. «¡Padrino, baila conmigo!» ¡Qué miel en la voz mimosa! ¡Y qué miradonas inocentes..., pero que se metían en casa! El diablo que pellizcara a la chica. Valiente tentación había sacado él de pila...

—Nieves —prosiguió Abel— se casará cuando quiera; siempre es la reina de los salones; a lo menos, por lo que toca a bailar...

—Como bailar... baila bien —dijo Caín muy grave.

—Sí, hombre; no tiene más que escoger. Ella es la

esperanza de la casa. Ya ves, Dios premia a los hombres sosos, honrados, fieles al decálogo, dándoles hijas que pueden hacer bodas disparatadas, un fortunón... ¿Eh?, viejo verde, calaverón eterno. ¿Cuándo tendrás tú una hija como Nieves, amparo seguro de tu vejez?

Caín, sin contestar a aquel majadero, que tan feliz se las prometía en teniendo un poco de Priorato en el cuerpo, se puso a pensar que siempre se le estaba ocurriendo echar la cuenta de los años que él llevaba a *la menor* de las *Contenciosas.* «¡Eran muchos años!»

* * *

Pasaron algunos; Abel estuvo cesante una temporada y Joaquín de secretario en otra provincia. Volvieron a juntarse en su pueblo, Caín jubilado y Abel en el destino antiguo de Caín. Las meriendas menudeaban menos, pero no faltaban las de días solemnes. Los paseos como antaño, aunque ahora el primero que tomaba por Oriente era Joaquín, porque ya le fatigaba la cuesta. Las *Contenciosas* brillaban cada día como astros de menor magnitud; es decir, no brillaban; en rigor eran ya de octava o novena clase, invisibles a simple vista, ya nadie hablaba de ellas, ni para bien ni para mal; ni siquiera se las llamaba las *Contenciosas;* «las de Trujillo» decían los pocos pollos nuevos que se dignaban acordarse de ellas.

La mayor, que había engordado mucho y ya no tenía novios, por no apretarse el talle había renunciado a la lucha desigual con el tiempo¡ y al martirio de un tocado que pedía restauraciones imposibles. Prefería el disgusto amargo y escondido de quedarse en casa, de no ir a bailes ni teatros, fingiendo gran filosofía, reconociéndose *gallina,* aunque otra le quedaba. Se permitía, como corta recompensa a su renuncia, el placer material, y para ella voluptuoso, de aflojarse mucho la ropa, de dejar a la carne invasora y blanquísima (eso sí) a sus anchas, como en desquite de lo mucho que inútilmente se había apretado cuando era delgada. «¡La carne! Como el mundo no había de verla, hermosura perdida; gran hermosura, sin duda persistente... pero inútil. Y demasiada.» Cuando el cura hablaba, desde el púlpito, de *la carne,* a *la mayor* se le figuraba que aludía exclusivamente a la suya... Salían sus hermanas, iban al baile a probar fortuna, y la primogénita se soltaba las cintas y se hundía en un sofá a leer periódicos, crímenes y viajes de hombres públicos. Ya no leía folletines.

La segunda luchaba con la edad de Cristo y se dejaba sacrificar por el vestido que la estallaba sobre el corpachón y sobre el vientre. ¿No había tenido fama de hermosa? ¿No le habían dicho todos los pollos atrevidos e instruidos de su tiempo que ella era la mujer que dice mucho a los sentidos?

Pues no había renunciado a la palabra. Siempre en la brecha. Se había batido en retirada, pero siempre en su puesto.

Nieves... era una tragedia del tiempo. Había envejecido más que sus hermanas; envejecer no es la palabra: se había marchitado sin cambiar, no había engordado, era esbelta como antes, ligera, felina, ondulante; bailaba, si había con quién, frenética, cada día más apasionada del vals, más correcta en sus pasos, más vaporosa, pero arrugada, seca, pálida; los años para ella habían sido como tempestades que dejaran huella en su rostro, en todo su cuerpo; se parecía a sí misma... en ruinas. Los jóvenes nuevos ya no la conocían, no sabían lo que había sido aquella mujer en el vals corrido; en el mismo salón de sus antiguos triunfos, parecía una extranjera insignificante. No se hablaba de ella ni para bien ni para mal; cuando algún solterón trasnochado se decidía a echar una cana al aire, solía escoger por pareja a Nieves. Se la veía pasar con respeto indiferente; se reconocía que bailaba bien, pero, ¿y qué? Nieves pade-

cía infinito, pero, como su hermana, *la segunda,* no
faltaba a un baile. ¡Novio...! ¡Quién soñaba ya con
eso! Todos aquellos hombres que habían estrechado
su cintura, bebido su aliento, contemplado su *escote
virginal...,* etc., ¿dónde estaban? Unos de jueces de
término a cien leguas; otros en Ultramar haciendo dinero; otros en el ejército sabe Dios dónde; los pocos
que quedaban en el pueblo, retraídos, metidos en casa
o en la sala de tresillo. Nieves, en aquel salón de sus
triunfos, paseaba sin corte entre una multitud que la
codeaba sin verla...

* * *

Tan excelente le pareció a don Abel el pernil que
Caín le enseñó en casa de éste, y que habían de devo-
rar juntos de tarde en la Fuente de Mari-Cuchilla, que
Trujillo, estusiasmado, tomó una resolución, y al des-
pedirse hasta la hora de la cita, exclamó:

—Bueno, pues yo también te preparo algo bueno,
una sorpresa. Llevo la manga de café, lleva tú puros;
no te digo más.

Y aquella tarde, en la fuente de Mari-Cuchilla,
cerca del oscurecer de una tarde gris y tibia de otoño,
oyendo cantar un ruiseñor en un negrillo, cuyas hojas
inmóviles parecían de un árbol-estatua, Caín y Abel
merendaron el pernil mejor que dio de sí cerdo alguno
nacido en Teverga [3]. Después, en la manga que a Trujillo había regalado un pariente, voluntario de la guerra de Cuba, hicieron café..., y al sacar Caín dos
habanos peseteros... apareció la sorpresa de Abel.
Momento solemne. Caín no oía siquiera el canto del
ruiseñor, que era su delicia, única afición poética que

---

[3] El concejo asturiano de Teverga, cerca de la provincia de
León, es muy rico en ganado.

se le conocía. Todo era ojos. Debajo de un periódico, que era la primera cubierta, apareció un frasco, como podía la momia de Sesostris [4], entre bandas de paja, alambre, tela lacrada, sabio artificio de la ciencia misteriosa de conservar los cuerpos santos incólumes; de guardar lo precioso de las injurias del ambiente.

—¡El *benedictino!* —exclamó Caín en un tono religioso impropio de su volterianismo. Y al incorporarse para admirar, quedó en cuclillas como un idólatra ante un fetiche.

—El benedictino —repitió Abel, procurando aparecer modesto y sencillo en aquel momento solemne en que bien sabía él que su amigo le veneraba y admiraba.

Aquel frasco, más otro que quedaba en casa, eran joyas riquísimas y raras, selección de lo selecto, fragmento de un tesoro único fabricado por los ilustres Padres para un regalo de rey, con tales miramientos, refinamientos y modos exquisitos, que bien se podía decir que aquel líquido singular, tan escaso en el mundo, era néctar digno de los dioses. Cómo había ido a parar aquel par de frascos casi divinos a manos de Trujillo era asunto de una historia que parecía novela y que Caín conocía muy bien desde el día en que, después de oírla, exclamó: —¡Ver y creer! Catemos eso, y se verá si es paparrucha lo del mérito extraordinario de esos botellines—. Y aquel día también había sido el primero de la única discordia duradera que separó por más de una semana a los dos constantes amigos. Porque Abel, jamás enérgico, siempre de cera, en aquella ocasión supo resistir y negó a Caín el placer de saborear el néctar de aquellos frascos.

—Estos, amigo —había dicho— los guardo yo para en su día. —Y no había querido jamás explicar qué día era aquél.

---

[4]   Nombre de varios reyes del antiguo Egipto.

Caín, sin perdonar, que no sabía, llegó a olvidarse del benedictino.

Y habían pasado todos aquellos años, muchos, y el benedictino estaba allí, en la copa reluciente, de modo misterioso que Caín, triunfante, llevaba a los labios, relamiéndose *a priori*.

Pasó el solterón la lengua por los labios, volvió a oír el canto del ruiseñor, y contento de la creación, de la amistad, por un momento, exclamó:

—¡Excelente! ¡Eres un barbián! Excelentísimo señor benedictino, ¡bendita sea la Orden! Son unos sabios estos reverendos. ¡Excelente!

Abel bebió también. Mediaron el frasco.

Se alegraron; es decir, Abel, como Andrómaca, se alegró entristeciéndose[5].

A Caín, la alegría le dio esta vez por adular como vil cortesano.

Abel, ciego de vanidad y agradecido, exclamó:

—Lo que falta... lo beberemos mañana. El otro frasco... es tuyo; te lo llevas a tu casa esta noche.

Faltaba algo; faltaba una explicación. Caín la pedía con los ojillos burlones llenos de chispas.

A la luz de las primeras estrellas, al primer aliento de la brisa, cuando cogidos del brazo y no muy seguros de piernas, emprendieron la vuelta de casa, Abel, triste, humilde, resignado, reveló su secreto, diciendo:

—Estos frascos..., este benedictino..., regalo de rey...

—De rey...

—Este benedictino... lo guardaba yo...

—Para *su día*...

—Justo; su día... era el día de la boda de *la mayor*. Porque lo natural era empezar por la primera. Era lo

---

[5] En la despedida de Héctor y Andrómaca (*Ilíada,* VI, v. 484) ésta se dirige a su esposo «sonriendo con lágrimas en los ojos».

justo. Después... cuando ya no me hacía ilusiones, porque las chicas pierden con el tiempo y los noviazgos..., guardaba los frascos... para la boda de *la segunda*.

Suspiró Abel.

Se puso muy serio Caín.

—Mi última esperanza era Nieves..., y a ésa por lo visto no la tira el matrimonio. Sin embargo, he aguardado, aguardado..., pero ya es ridículo..., ya... —Abel sacudió la cabeza y no pudo decir lo que quería, que era: *lasciate ogni speranza*— [6]. En fin, ¿cómo ha de ser? Ya sabes; ahora mismo te llevas el otro frasco.

Y no hablaron más en todo el camino. La brisa les despejaba la cabeza y los viejos meditaban. Abel tembló. Fue un escalofrío de la miseria futura de sus hijas, cuando él muriera, cuando quedaran solas en el mundo, sin saber más que bailar y apergaminarse. ¡Lo que le había costado a él de sudores y trabajo el vestir a aquellas muchachas y alimentarlas bien para presentarlas en el *mercado* del matrimonio! Y todo en balde. Ahora..., él mismo veía el triste papel que sus hijas hacían ya en los bailes, en los paseos... Las veía en aquel momento ridículas, feas por anticuadas y risibles..., y las amaba más, y las tenía una lástima infinita desde la tumba en que él ya se contemplaba.

Caín pensaba en las pobres *Contenciosas* también; y se decía que Nieves, a pesar de todo, seguía gustándole, seguía haciéndole efecto...

Y pensaba además en llevarse el otro frasco; y se lo llevó efectivamente.

* * *

---

[6] «Abandonad toda esperanza», palabras sobre la puerta del Infierno (Dante, *La Divina Comedia*, «Infierno», III, v. 9).

Murió don Abel Trujillo; al año siguiente falleció la viuda de Trujillo. Las huérfanas se fueron a vivir con una tía, tan pobre como ellas, a un barrio de los más humildes. Por algún tiempo desaparecieron del *gran mundo*, tan chiquitín, de su pueblo. Lo notaron Caín y otros pocos. Para la mayoría, como si las hubieran enterrado con su padre y su madre. Don Joaquín al principio las visitaba a menudo. Poco a poco fue dejándolo, sin saber por qué. Nieves se había dado *a la mística*, y las demás no tenían gracia. Caín, que había lamentado mucho todas aquellas catástrofes, y que había socorrido con la cortedad propia de su peculio y de su egoísmo a las apuradas huérfanas, había ido olvidándolas, no sin dejarlas antes en poder del sanísimo consejo de que «se dejaran de bambollas... y cosieran para fuera». Caín se olvidó de las chicas como de todo lo que le molestaba. Se había dedicado a no envejecer, a conservar la virilidad y demostrar que la conservaba. Parecía cada día menos viejo, y eso que había en él un renacimiento de aventurero galante. Estaba encantado. ¿Quién piensa en la desgracia ajena si quiere ser feliz y conservarse?

Las de Trujillo, de negro, muy pálidas, apiñadas alrededor de la tía caduca, volvían a presentarse en las calles céntricas, en los paseos no muy concurridos. Devoraban a los transeúntes con los ojos. Daban codazos a la multitud hombruna. Nieves aprovechaba la moda de las faldas ceñidas para lucir las líneas esculturales de su hermosa pierna. Enseñaba el pie, las enaguas blanquísimas que resaltaban bajo la falda negra. Sus ojos grandes, lascivos, bajo el manto recobraban fuerza, expresión. Podía aparecer apetitosa a uno de esos gustos extraviados que se enamoran de las ruinas de la mujer apasionada, de los estragos del deseo contenido o mal satisfecho.

Murió la tía también. Nueva desaparición. A los pocos meses las de Trujillo vuelven a las calles céntricas, de medio luto, acompañadas, a distancia, de una criada más joven que ellas. Se las empieza a ver en todas partes. No faltan jamás en las apreturas de las novenas famosas y muy concurridas. Primero salen todas juntas, como antes. Después empiezan a desperdigarse. A Nieves se la ve muchas veces sola con la criada. Se la ve al oscurecer atravesar a menudo el paseo de los hombres y de las artesanas.

Caín tropieza con ella varias tardes en una y otra calle solitaria. La saluda de lejos. Un día le para ella. Se lo come con los ojos. Caín se turba. Nota que Nieves *se ha parado* también, ya no envejece y se le ha desvanecido el gesto avinagrado de solterona rebelde. Está alegre, coquetea como en los mejores tiempos. No se acuerda de sus desgracias. Parece contenta de su suerte. No habla más que de las novedades del día, de los escándalos amorosos. Caín le suelta un piropo como un pimiento, y ella le recibe como si fuera gloria. Una tarde, a la oración, la ve de lejos, hablando en el postigo de una iglesia de monjas con un capellán muy elegante, de quien Caín sospechaba horrores. Desde entonces sigue la pista a la solterona, esbelta e insinuante. «Aquel jamón debe de gustarles a más de cuatro que no están para escoger mucho.» Caín cada vez que encuentra a Nieves la detiene ya sin escrúpulo. Ella luce todo su antiguo arsenal de coqueterías escultóricas. Le mira con ojos de fuego y le asegura muy seria que está como nuevo: más sano y fresco que cuando ella era chica y él le daba pellizcos.

—¿A ti, yo? ¡Nunca! A tus hermanas sí. No sé si tienes dura o blanda la carne —Nieves le pega con el pañuelo en los ojos y echa a correr como una *locuela...*, enseñando los bajos blanquísimos, y el pie primoroso.

Al día siguiente, también a la oración, se la encuentra en el portal de su casa, de la casa del propio Caín.

—Le espero a usted hace una hora. Súbame usted a su cuarto. Le necesito.

Suben y le pide dinero; poco, pero ha de ser en el acto. Es cuestión de honra. Es para arrojárselo a la cara a un miserable... que no sabe ella lo que se ha figurado. Se echa a llorar. Caín la consuela. Le da el dinero que pide y Nieves se le arroja en los brazos, sollozando y con un ataque de nervios no del todo fingido.

Una hora después, para explicarse lo sucedido, para matar los remordimientos que le punzan, Caín reflexiona que él mismo debió de trastornarse como ella, que creyéndose más frío, menos joven de lo que en rigor era todavía por dentro, no vio el peligro de aquel contacto. «No hubo malicia por parte de ella ni por la mía. De la mía respondo. Fue cosa de la naturaleza. Tal vez sería antigua inclinación mutua, disparatada...; pero poderosa..., latente.»

* * *

Y al acostarse, sonriendo entre satisfecho y disgustado, se decía el solterón empedernido:

—De todas maneras la chica... estaba ya perdida. ¡Oh, es claro! En este particular no puedo hacerme ilusiones. Lo peor fue lo otro. Aquello de hacerse la loca después del lance, y querer aturdirse, y pedirme algo *que la arrancara el pensamiento...,* y... ¡diablo de casualidad! ¡Ocurrírsele cogerme la llave de la *biblioteca...,* y dar precisamente con el recuerdo de su padre, con el frasco de benedictino!...

»¡Oh, sí; estas cosas del pecado pasan a veces como en las comedias, para que tengan más pimienta, más picardía... Bebió ella. ¡Cómo se puso! Bebí yo..., ¿qué remedio?, obligado.

»¡Quién le hubiera dicho a la pobre Nieves que aquel frasco de benedictino le había guardado su pa-

dre años y años para el día que casara a su hija!...
¡No fue mala boda!»

Y el último pensamiento de Caín al dormirse ya no
fue para *la menor* de las *Contenciosas* ni para el benedictino de Abel, ni para el propio remordimiento. Fue
para los socios viejos del Casino que le llamaban *platónico;* «¡él, *platónico*!»

LA RONCA

Juana González era *otra dama joven* en la compañía de Petra Serrano, pero además era *otra* doncella de Petra, aunque de más categoría que la que oficialmente desempeñaba el cargo. Más que deberes taxativamente estipulados, obligaba a Juana, en ciertos servicios que tocaban en domésticos, su cariño, su gratitud hacia Petra, su protectora y la que la había hecho feliz casándola con Pepe Noval, un segundo galán cómico, muy pálido, muy triste en el siglo, y muy alegre, ocurrente y gracioso en las tablas.

Noval había trabajado años y años en provincias sin honra ni provecho, y cuando se vio, como en un asilo, en la famosa compañía de la corte, a que daba el tono y el crédito Petra Serrano, se creyó feliz cuanto cabía, sin ver que iba a serlo mucho más al enamorarse de Juana, conseguir su mano y encontrar, más que su media naranja, su medio piñón; porque el grupo de marido y mujer, humildes, modestos, siempre muy unidos, callados, menudillo él, delgada y no de mucho bulto ella, no podía compararse a cosa tan grande, en su género, como la naranja. En todas partes se les veía juntos, procurando ocupar entre los dos el lugar que apenas bastaría para una persona de buen tamaño; y en todo era lo mismo: comía cada cual media ración, hablaban entre los dos nada más tanto como hablaría un solo taciturno; y en lo que cabía, cada cual suplía los quehaceres del otro, llegado el caso. Así, Noval, sin descender a pormenores ridículos, era algo criado de Petra también, por seguir a su mujer.

El tiempo que Juana tenía que estar separada de su marido, procuraba estar al lado de la Serrano. En el teatro, en el cuarto de la primera dama, se veía casi siempre a su humilde compañera y casi criada, la González. La última mano al tocado de Petra siempre la daba Juana; y en cuanto no se la necesitaba iba a sentarse, casi acurrucada, en un rincón de un diván, a oír y callar, a observar, sobre todo; que era su pasión aprender en el mundo y en los libros todo lo que podía. Leía mucho, juzgaba a su manera, sentía mucho y bien; pero de todas estas gracias sólo sabía Pepe Noval, su marido, su confidente, único ser del mundo ante el cual no le daba a ella mucha vergüenza ser una mujer ingeniosa, instruida, elocuente y soñadora. A solas, en casa, se lucían el uno ante el otro; porque también Noval tenía sus habilidades: era un gran trágico y un gran cómico; pero delante del público y de los compañeros no se atrevía a desenvolver sus facultades, que eran extrañas, que chocaban con la rutina dominante. Profesaba Noval, sin grandes teorías, una escuela de naturalidad escénica [1], de sinceridad patética, de jovialidad artística, que exigía, para ser apreciada, condiciones muy diferentes de las que existían en el gusto y las costumbres del público, de los autores, de los demás cómicos y de los críticos. Ni el marido de Juana tenía la pretensión de sacar a relucir su arte recóndito, ni Juana mostraba interés en que la gente se enterase de que ella era lista, ingeniosa, perspicaz, capaz de sentir y ver mucho. Las pocas veces

---

[1]   Las teorías del naturalismo profesadas por Émile Zola en Francia y por Leopoldo Alas en España recomendaban la naturalidad en la escena, contra todo énfasis declamatorio.

que Noval había ensayado representar a su manera, separándose de la rutina, en que se le tenía por un galán cómico muy aceptable, había recogido sendos desengaños: ni el público ni los compañeros apreciaban ni entendían aquella clase de naturalidad en lo cómico. Noval, sin odio ni hiel, se volvía a su concha, a su humilde cáscara de actor de segunda fila. En casa se desquitaba haciendo desternillarse de risa a su mujer, o aterrándola con el Otelo de su invención y entristeciéndola con el Hamlet que él había ideado. Ella también era mejor cómica en casa que en las tablas. En el teatro y ante el mundo entero, menos ante su marido, a solas, tenía un defecto que venía a hacer de ella una lisiada del arte, una sacerdotisa *irregular* de Talía [2]. Era el caso que, en cuanto tenía que hablar a varias personas que se dignaban callar para escucharla, a Juana se le ponía una telilla en la garganta y la voz le salía, como por un cendal, velada, tenue; una voz de modestia histérica, de un timbre singular, que tenía una especie de gracia inexplicable, para muy pocos, y que el público en general sólo apreciaba en rarísimas ocasiones. A veces el papel, en determinados momentos, se amoldaba al defecto fonético de la González, y en la sala había un rumor de sorpresa, de agrado, que el público no se quería confesar, y que despertaba leve murmullo de vergonzante admiración. Pasaba aquella ráfaga, que daba a Juana más pena que alegría, y todo volvía a su estado; la González seguía siendo una discreta actriz de las más modestas, excelente amiga, nada envidiosa, servicial, agradecida, pero casi, casi *imposibilitada* para medrar y llamar la atención de veras. Juana por sí, por sus pobres habilidades de la escena, no sentía aquel desvío, aquel me-

---

[2]   Interpretaba a la musa de la Comedia (Talía) de un modo irregular porque unas veces acertaba, cuando el papel se amoldaba a su defecto, y otras no.

nosprecio compasivo; pero en cuanto al desdén con
que se miraba el arte de su marido, era otra cosa. En
silencio, sin decírselo a él siquiera, la González sentía
como una espina la ceguera del público, que, por rutina, era injusto con Noval; por no ser lince.

*   *   *

Una noche entró en el cuarto de la Serrano el crítico a quien Juana, a sus solas, consideraba como el
único que sabía comprender y sentir lo bueno y mirar
su oficio con toda la honradez escrupulosa que requiere. Era don Ramón Baluarte [3], que frisaba en los
cuarenta y cinco, uno de los pocos ídolos literarios a
quien Juana tributaba culto secreto, tan secreto, que
ni siquiera sabía de él su marido. Juana había descubierto en Baluarte la absoluta sinceridad literaria, que
consiste en identificar nuestra moralidad con nuestra
pluma, gracia suprema que supone el verdadero domi-
nio del arte, cuando éste es reflexivo, o un candor primitivo, que sólo tuvo la poesía cuando todavía no era
cosa de literatura. No escandalizar jamás, no mentir
jamás, no engañarse ni engañar a los demás, tenía que
ser el lema de aquella sinceridad literaria que tan
pocos consiguen y que los más ni siquiera procuran.
Baluarte, con tales condiciones, que Juana había adivinado a fuerza de admiración, tenía pocos amigos
verdaderos, aunque sí muchos admiradores, no pocos
envidiosos e infinitos partidarios, por temor a su imparcialidad terrible. Aquella imparcialidad había sido
negada, combatida, hasta vituperada, pero se había
ido imponiendo; en el fondo, todos creían en ella y la
acataban de grado o por fuerza: esta era la gran ventaja de Baluarte; otros le había superado en ciencia,

---

[3]   Como el baluarte es obra de fortificación en los castillos, así el
crítico apellidado Baluarte lucha por defender los valores literarios.

en habilidad de estilo, en amenidad y original inventiva; pero los juicios de don Ramón continuaban siendo los definitivos. Aparentemente se le hacía poco caso; no era académico, ni figuraba en la lista de eminencias que suelen tener estereotipadas los periódicos, y a pesar de todo, su voto era el de más calidad para todos.

Iba poco a los teatros, y rara vez entraba en los saloncillos y en los cuartos de los cómicos. No le gustaban cierta clase de intimidades, que harían dificilísima su tarea infalible de justiciero. Todo esto encantaba a Juana, que le oía como a un oráculo, que devoraba sus artículos... y que nunca había hablado con él, de miedo; por no encontrar nada digno de que lo oyera aquel señor. Baluarte, que visitaba a la Serrano más que a otros artistas, porque era una de las pocas *eminencias* del teatro a quien tenía en mucho y a quien elogiaba con la conciencia tranquila, Baluarte jamás se había fijado en aquella joven que oía, siempre callada, desde un rincón del cuarto, ocupando el menor espacio posible.

La noche de que se trata, don Ramón entró muy alegre, más decidor que otras veces, y apretó con efusión la mano que Petra, radiante de expresión y alegría, le tendió en busca de una enhorabuena que iba a estimar mucho más que todos los regalos que tenía esparcidos sobre las mesas de la sala contigua.

—Muy bien, Petrica, muy bien; de veras bien. Se ha querido usted lucir en su beneficio. Eso es naturalidad, fuerza, frescura, gracia, vida; muy bien.

No dijo más Baluarte. Pero bastante era. Petra no veía su imagen en el espejo, de puro orgullo; de orgullo no, de vanidad, casi convertida de vicio en virtud por el agradecimiento. No había que esperar más elogios; don Ramón no se repetía; pero la Serrano se puso a rumiar despacio lo que había oído.

A poco rato, don Ramón añadió:

—¡Ah! Pero entendámonos; no es usted sola quien está de enhorabuena: he visto ahí un muchacho, uno pequeño, muy modesto, el que tiene con usted aquella escena incidental de la limosna...

—Pepito, Pepe Noval...

—No sé cómo se llama. Ha estado admirable. Me ha hecho ver todo un teatro como debía haberlo y no lo hay... El chico tal vez no sabrá lo que hizo..., pero estuvo de veras inspirado. Se le aplaudió, pero fue poco. ¡Oh! Cosa soberbia. Como no le echen a perder con elogios tontos y malos ejemplos, ese chico tal vez sea una maravilla...

Petra, a quien la alegría deslumbraba de modo que la hacía buena y no la dejaba sentir la envidia, se volvió sonriente hacia el rincón de Juana, que estaba como la grana, con la mirada extática, fija en don Ramón Baluarte.

—Ya lo oyes, Juana; y cuenta que el señor Baluarte no adula.

—¿Esta señorita?...

—Esta señora es la esposa de Pepito Noval, a quien usted tan justamente elogia.

Don Ramón se puso algo encarnado, temeroso de que se creyera en un ardid suyo para halagar vanidades. Miró a Juana, y dijo con voz algo seca:

—He dicho la pura verdad.

Juana sintió mucho, después, no haber podido dar las gracias.

Pero, amigo, la ronquera ordinaria se había convertido en afonía.

No le salía la voz de la garganta. Pensó, de puro agradecida y entusiasmada, algo así como aquello de «Hágase en mí según tu palabra»; pero decir, no dijo nada. Se inclinó, se puso pálida, saludó muy a lo zurdo; por poco se cae del diván... Murmuró no se sabe qué gorjeos roncos...; pero lo que se llama hablar, ni pizca. ¡*Su* don Ramón, el de sus idolatrías solitarias de lectora, admirando a su Pepe, a su marido de su alma! ¿Había felicidad mayor posible? No, no la había.

Baluarte, en noches posteriores, reparó varias veces en un joven que entre bastidores le saludaba y sonreía como adorándole: era Pepe Noval, a quien su mujer se lo había contado todo. El chico sintió el mismo placer que su esposa, más el incomunicable del amor propio satisfecho; pero tampoco dio las gracias al crítico, porque le pareció una impertinencia. ¡Buena falta le hace a Baluarte, pensaba él, mi agradecimiento! Además, le tenía miedo. Saludarle, adorarle al paso, bien; pero hablarle, ¡quia!

*   *   *

Murió Pepe Noval de viruelas, y su viuda se retiró del teatro, creyendo que para lo poco que habría de vivir, faltándole Pepe, le bastaba con sus mezquinos ahorrillos. Pero no fue así; la vida, aunque tristísima, se prolongaba; el hambre venía, y hubo que volver al trabajo. Pero ¡cuán otra volvió! El dolor, la tristeza, la soledad, habían impreso en el rostro, en los gestos, en el ademán, y hasta en toda la figura de aquella mujer, la solemne pátina de la pena moral, invencible, como fatal, trágica; sus atractivos de modesta y taciturna, se mezclaban ahora en graciosa armonía con este reflejo exterior y melancólico de las amarguras de su alma. Parecía, además, como que todo su talento se había trasladado a la acción; parecía también que había heredado la habilidad recóndita de su marido. La voz era la misma de siempre. Por eso el público, que al verla ahora al lado de Petra Serrano otra vez se fijó más, y desde luego, en Juana González, empezó a llamarla y aun a alabarla con este apodo: *La Ronca. La Ronca* fue en adelante para público, actores y críticos. Aquella voz velada, en los momentos de pasión concentrada, como pudorosa, era de efecto mágico; en las circunstancias ordinarias constituía un defecto que tenía cierta gracia, pero un defecto. A la pobre le faltaba el *pito* [4], decían los compañeros en la jerga brutal de bastidores.

Don Ramón Baluarte fue desde luego el principal mantenedor del gran mérito que había mostrado Juana en su segunda época. Ella se lo agradeció como él no podía sospechar: en el corazón de la sentimental y noble viuda, la gratitud al hombre admirado, que había sabido admirar a su vez al pobre Noval, al adorado esposo perdido, tal gratitud, fue en adelante una especie de monumento que ella conservaba, y al pie del cual velaba, consagrándole al recuerdo del cómico ya olvidado por el mundo. Juana, en secreto, pagaba a Baluarte el bien que le había hecho leyendo mucho sus obras, pensando sobre ellas, llorando sobre ellas, viviendo según el espíritu de una especie de *evangelismo* estético, que se desprendía, como un aroma, de las doctrinas y de las frases del crítico artista, del crítico apóstol. Se hablaron, se trataron; fueron amigos. La Serrano los miraba y se sonreía; estaba enterada; conocía el entusiasmo de Juana por Baluarte; un entusiasmo que, en su opinión, iba mucho más lejos de lo que sospechaba Juana misma... Si al principio los triunfos de la González la alarmaron un poco, ella, que también progresaba, que también aprendía, no tardó mucho en tranquilizarse; y de aquí que, si la envidia había nacido en su alma, se había secado con un desinfectante prodigioso: el amor propio, la vanidad satisfecha; Juana, pensaba Petra, siempre tendrá la irremediable inferioridad de la voz, siempre será *La Ronca;* el capricho, el alambicamiento podrán encontrar gracia a ratos en ese defecto..., pero es una placa resquebrajada, suena mal, no me igualará nunca.

---

[4]   Pecaba por defecto en la voz, que era ronca y no clara.

En tanto la González procuraba aprender, progresar; quería subir mucho en el arte, para desagraviar en su persona a su marido olvidado; seguía las huellas de su ejemplo; ponía en práctica las doctrinas ocultas de Pepe, y además se esmeraba en seguir los consejos de Baluarte, de su ídolo estético; y por agradarle a él lo hacía todo; y hasta que llegaba la hora de su juicio, no venía para Juana el momento de la recompensa que merecían sus esfuerzos y su talento. En esta vida llegó a sentirse hasta feliz, con un poco de remordimiento. En su alma juntaba el amor del muerto, el amor del arte y el amor del maestro amigo. Verle casi todas las noches, oírle de tarde en tarde una frase de elogio, de animación, ¡qué dicha!

* * *

Una noche se trataba con toda solemnidad en el saloncillo de la Serrano la ardua cuestión de quiénes debían ser los pocos artistas del teatro español a quien el Gobierno había de designar para representar dignamente nuestra escena en una especie de certamen teatral que celebraba una gran corte extranjera. Había que escoger con mucho cuidado; no habían de ir más que las eminencias que fuera de España pudieran parecerlo también. Baluarte era el designado por el Ministerio de Fomento [5] para la elección, aunque oficialmente la cosa parecía encargada a una Comisión de varios. En realidad, Baluarte era el árbitro. De esto se trataba; en otra compañía ya había escogido; ahora había que escoger en la de Petra.

Se había convenido ya, es claro, en que iría al certamen, exposición o lo que fuese, Petra Serrano. Ba-

---

[5] El Ministerio de Fomento comprendía agricultura, industria, comercio y obras públicas, y hasta el año 1900 abarcaba también la instrucción pública.

luarte, en pocas palabras, dio a entender la sinceridad con que proclamaba el sólido mérito de la actriz ilustre. Después, no con tanta facilidad, se decidió que la acompañara Fernando, galán joven que a su lado se había hecho eminente de veras. En el saloncillo estaban las principales partes de la compañía, Baluarte y otros dos o tres literatos, íntimos de la *casa*. Hubo un momento de silencio embarazoso. En el rincón de siempre, de antaño, Juana González, como en capilla, con la frente humillada, ardiendo de ansiedad, esperaba una sentencia en palabras o en una preterición dolorosa. «¡Baluarte no se acordaba de ella!» Los ojos de Petra brillaban con el sublime y satánico esplendor del egoísmo en el paroxismo. Pero callaba. Un infame, un envidioso, un *cómico* envidioso, se atrevió a decir:

—Y... ¿no va *La Ronca*?

Baluarte, sin miedo, tranquilo, sin vacilar, como si en el mundo no hubiera más que una balanza y una espada, y no hubiera corazones, ni amor propio, ni nervios de artista, dijo al punto, con el tono más natural y sencillo:

—¿Quién, Juanita? No; Juana ya sabe dónde llega su mérito. Su talento es grande, pero... no es a propósito para el empeño de que se trata. No puede ir más que lo primero de lo primero.

Y sonriendo, añadió:

—Esa voz que a mí me encanta muchas veces..., en arte, en puro arte, en arte de exposición, de rivalidad, la perjudica. Lo absoluto es lo absoluto.

No se habló más. El silencio se hizo insoportable, y se disolvió la reunión. Todos comprendieron que allí, con la apariencia más tranquila, había pasado algo grave.

Quedaron solos Petra y Baluarte. Juana había desaparecido. La Serrano, radiante, llena de gratitud por aquel triunfo, que sólo se podía deber a un Baluarte,

le dijo, por ver si le hacía feliz también halagando su
vanidad:

—¡Buena la ha hecho usted! Estos *sacerdotes* de la
crítica son implacables. Pero criatura, ¿usted no sabe
que le ha dado un golpe mortal a la pobre Juana? ¿No
sabe usted... que ese desaire... la mata?

Y volviéndose al crítico con ojos de pasión, y tocándole casi el rostro con el suyo, añadió con misterio:

—¿Usted no sabe, no ha comprendido que Juana
está enamorada..., loca..., perdida por su Baluarte,
por su ídolo; que todas las noches duerme con un libro de usted entre sus manos; que le adora?

* * *

Al día siguiente se supo que *La Ronca* había salido
de Madrid, dejando la compañía, dejándolo todo. No
se la volvió a ver en un teatro hasta que años después
el hambre la echó otra vez a los de provincias, como
echa al lobo a poblado en el invierno.

Don Ramón Baluarte era un hombre que había nacido para el amor, y envejecía soltero, porque nunca
le había amado una mujer como él quería ser amado.
El corazón le dijo entonces que la mujer que le amaba
como él quería era *La Ronca*, la de la fuga. ¡A buena
hora!

Y decía suspirando el crítico al acostarse:

—¡El demonio del *sacerdocio*!

LA ROSA DE ORO

Una vez era un Papa que a los ochenta años tenía la tez como una virgen rubia de veinte, los ojos azules y dulces con toda la juventud del amor eterno, y las manos pequeñas, de afiladísimos dedos, de uñas sonrosadas, como las de un niño en estatua de Paros, esculpida por un escultor griego. Estas manos, que jamás habían intervenido en un pecado, las juntaba por hábito en cuanto se distraía, uniéndolas por las palmas, y acercándolas al pecho como santo bizantino. Como un santo bizantino en pintura, llevaba la vida este Papa esmaltada en oro, pues el mundo que le rodeaba era materia preciosa para él, por ser obra de Dios. El tiempo y el espacio parecíanle sagrados, y como eran hieráticas sus humildes actitudes y posturas, lo eran los actos suyos de cada día, movidos siempre por regla invariable de piadosa humildad, de pureza trasparente. Aborrecía el pecado por lo que tenía de mancha, de profanación de la santidad de lo creado. Sus virtudes eran pulcritud.

Cuando supo que le habían elegido para sucesor de San Pedro, se desmayó. Se desmayó en el jardín de su palacio de obispo, en una diócesis italiana, entre ciudad y aldea, en cuyas campiñas todo hablaba de Cristo y de Virgilio.

Como si fuera pecado suyo, de orgullo, tenía una

especie de remordimiento al ver su humildad sincera elevada al honor más alto. «¿Qué habrán visto en mí? —se decía—. ¿Con qué engaño les habrá atraído mi vanidad para hacerles poner en mí los ojos?» Y sólo pensando que el verdadero pecado estaría en suponer engañados a los que le habían escogido, se decidía, por obediencia y fe, a no considerarse indigno de la supremacía.

Para este Papa no había parientes, ni amigos, ni grandes de la tierra, ni intrigas palatinas, ni seducción del poder; gobernaba con la justicia como con una luz, como con una fuente: hacía justicia iluminándolo todo, lavándolo todo. No había de haber manchas, no había de haber oscuridades.

Comía legumbres y fruta; bebía agua con azúcar y un poco de canela. Pero amaba el oro. Amaba el oro por lo que se parecía al sol; por sus reflejos, por su pureza. El oro le parecía la imagen de la virtud. Perseguía terriblemente la simonía, la avaricia del clero, más que por el pecado que por sí mismas eran, porque el oro guardado en monedas, escondido, se les robaba a los santos del altar, al *Sacramento,* a los vasos sagrados, a los ornamentos y a las vestiduras de los ministros del Señor. El oro era el color de la Iglesia. En cálices, patenas, custodias, incensarios, casullas, capas pluviales, mitras, paños del altar, y mantos de la Virgen, y molduras del tabernáculo, y aureolas de los santos, debían emplearse los resplandores del metal precioso; y el usarlo para vender y comprar cosas profanas, miserias y vicios de los hombres, le parecía terrible profanación, un robo al culto.

El Papa era, sin saberlo, porque entonces no se llamaban así, un socialista más, un soñador utopista que no quería que hubiese dinero: sus bienes, sus servicios, los hombres debían cambiarlos por caridad y sin moneda.

La moneda debía fundirse, llevarse en arroyo ardiente de oro líquido a los pies del Padre Santo, para que éste lo distribuyera entre todos los obispos del mundo, que lo emplearían en dorar el culto, en iluminar con sus rayos amarillos el templo y sus imágenes y sus ministros. «Dad el oro a la Iglesia y quedaos con la caridad», predicaba. Y el santo bizantino que comía legumbres y bebía agua con canela, atraía a sus manos puras, sin pecado, toda la riqueza que podía, no por medios prohibidos, sino por la persuasión, por la solicitud en procurar las donaciones piadosas, cobrando los derechos de la Iglesia sin usura ni simonía, pero sin mengua, sin perdonar nada; porque la ambición oculta del Pontífice era acabar con el dinero y convertirlo en cosa sagrada.

Y porque no se dijera que quería el oro para sí, sólo para su Iglesia, repartía los objetos preciosos que hacía fabricar, a los cuatro vientos de la cristiandad, regalando a los príncipes, a las iglesias y monasterios, y a las damas ilustres por su piedad y alcurnia, riquísimas preseas, que él bendecía, y cuya confección había presidido como artista enamorado del vil metal, en cuanto material de las artes.

Al comenzar el año, enviaba a los altos dignatarios, a los príncipes ilustres, sombreros y capas de honor; cuando nombraba un cardenal, le regalaba el correspondiente anillo de oro puro y bien macizo; mas su mayor delicia, en punto a esta liberalidad, consistía en bendecir, antes de las Pascuas, el domingo de *Lœtare,* el domingo de las *Rosas,* las de oro [1], cuajadas de piedras ricas, que, montadas en tallos de oro también, dirigía, con sendas embajadas, a las reinas y otras

---

[1]   La rosa de la virtud, labrada en oro, que todos los años en el cuarto domingo de Cuaresma (Domingo de las Rosas) bendice el Papa y envía a una persona —tradicionalmente a una mujer— que ha hecho méritos por la Iglesia. Tal costumbre se remonta al Pontífice León IX (1046). *Laetare,* imperativo del verbo latino «laetari», «alegrarse».

damas ilustres, a las iglesias predilectas y a las ciudades amigas. Tampoco de los guerreros cristianos se olvidaba, y el buen pastor enviaba a los ilustres caudillos de la fe estandartes bordados, que ostentaban, con riquísimos destellos de oro, las armas de la Iglesia y las del Papa, la efigie de algún santo.

La única pena que tenía el Papa, a veces, al desprenderse de estas riquezas, de tantas joyas, era el considerar que acaso, acaso, iban a parar a manos indignas, a hombres y mujeres cuyo contacto mancharía la pureza del oro.

¡Las rosas de oro, sobre todo! Cada vez que se separaba de una de estas maravillas del arte florentino, suspiraba pensando que las grandezas de la cuna, el oro de la cuna, no siempre servían para inspirar a los corazones femeniles la pureza del oro.

«¡En fin, la diplomacia...!», exclamaba el Papa, volviendo a suspirar, y despidiéndose con una mirada larga y triste del amarillo foco de luz, sol con manchas de topacios y esmeraldas que imitaban un rocío.

Y a sus solas, con cierta comezón en la conciencia, se decía, dando vueltas en su lecho de anacoreta:

«¡En rigor, el oro tal vez debiera ser nada más para el *Santísimo Sacramento!*»

* * *

Una tarde de abril se paseaba el Papa, como solía siempre que hacía bueno, por *su jardín* del Vaticano, un rincón de verdura que él había escogido, apoyado en el brazo de su familiar predilecto, un joven a quien prefería, sólo porque en muchos años de trato no le había encontrado idea ni acción pecaminosa, al menos en materia grave. Iba ya a retirarse, porque sentía frío, cuando se le acercó el jardinero, anciano que se le parecía, con un ramo de florecillas en la mano. Era la ofrenda de cada día.

El jardinero, de las flores que daba la estación, que daba el día, presentaba al Padre Santo las más frescas y alegres cada tarde que bajaba a *su jardín* el amo querido y venerado. Después el Papa depositaba las flores en su capilla, ante una imagen de la Virgen.

—Tarde te presentas hoy, Bernardino —dijo el Pontífice al tomar las flores.

—¡Señor, temía la presencia de Vuestra Santidad... porque... tal vez he pecado!

—¿Qué es ello?

—Que por débil, ante lágrimas y súplicas, contra las órdenes que tengo... he permitido que entrase en los jardines una extranjera, una joven que escondida, de rodillas, detrás de aquellos árboles, espía al Padre Santo, le contempla, y yo creo que le adora, llorando en silencio.

—¡Una mujer aquí!

—Pidióme el secreto, pero no quiero dos pecados; confieso el primero; descargo mi conciencia... Allí está, detrás de aquella espesura..., es hermosa, de unos veinte años; viste el traje de las Oblatas [2], que creo que la han acogido, y viene de muy lejos..., de Alemania creo...

—Pero, ¿qué quiere esa niña? ¿No sabe que hay modo de verme y hablarme... de otra manera?

—Sí; pero es el caso... que no se atreve. Dice que a Vuestra Santidad la recomienda en un pergamino, que guarda en el pecho, nada menos que la santa matrona romana que toda la ciudad venera; mas la niña no se atreve con vuestra presencia, y segura de su irremediable cobardía, dice que enviará a Vuestra Santidad, por tercera persona, un sagrado objeto que se os ha

---

[2]   Orden religiosa de mujeres bajo la jurisdicción de los monjes olivetanos, fundada en 1433 por Santa Francisca Romana y aprobada el mismo año por Eugenio IV. Profesan la regla de San Benito.

de entregar, Beatísimo Padre, sin falta. «Yo me vuelvo a mi tierra —me dijo— sin osar mirarle cara a cara, sin osar hablarle, ni oírle..., sin implorar mi perdón... Pero lo que es de lejos..., a hurtadillas..., no quisiera morir sin verle. Su presencia lejana sería una bendición para mi espíritu.» Y desde allí mira la Santidad de vuestra persona.

Y el jardinero se puso de rodillas, implorando el perdón de su imprudencia.

No le vio siquiera el Papa, que, volviéndose a Esteban, su familiar, le dijo: «Ve, acércate con suavidad y buen talante a esa pobre criatura; haz que salga de su escondite y que venga a verme y a hablarme. Por ella y por quien la recomienda, me interesa la aventura.»

A poco, una doncella rubia y pálida, disfrazando mal su hermosura con el traje triste y oscuro que le vistieran las Oblatas, estaba a los pies del Pontífice, empeñada en besarle los pies y limpiarle el polvo de las sandalias, con el oro de sus cabellos, que parecían como ola dorada por el sol que se ponía.

Sin aludir a la imprudencia inocente de la emboscada, por no turbarla más que estaba, el Papa dijo con suavísima voz, entrando desde luego en materia:

—Levántate, pobre niña, y dime qué es lo que me traes de tu Alemania, que estando en tus manos, puede ser tan sagrado como cuentas.

—Señor, traigo una *rosa de oro*.

* * *

María Blumengold [3], en la capilla del Papa, ante la Virgen, de rodillas, sin levantar la mirada del pavimento, confesaba aquella misma tarde, ya casi de noche, la historia de su pecado al Sumo Pontífice, que la

---

[3]   *Blume* es, en alemán, «flor», y *Gold*, «oro».

oía arrimado al altar, sonriendo, y con las manos, unidas por las palmas, apretadas al pecho.

En la iglesia de San Mauricio y de Santa María Magdalena, en Hall [4], guardábase, como un tesoro que era, una *rosa de oro (gemacht vonn golde,* dice un antiguo códice) regalo de León X *(Herr Leo... der zehnde Babst dess nahamens...)* [5]. Jamás había visto María aquella joya, pues en su idea éralo, y digna de la Santísima Virgen.

Vivía ella, humilde aldeana, en los alrededores de Hall, y tenía un novio sin más defecto que quererla demasiado y de manera que el cura del lugar aseguraba ser idolatría; y aun los padres de María se quejaban de lo mismo. María, al verle embebido contemplándola, besándola el delantal en cuanto ella se distraía, de rodillas a veces y con las manos en cruz, o como las tenía casi siempre el mismo Papa, sentía grandes remordimientos y grandes delicias. ¡Qué no hubiera dado ella porque su novio no la adorase así! Pero imposible corregirle. ¿Qué castigo se le podía aplicar, como no fuera abandonarle?, y esto no podía ser. Se hubiera muerto. Pero el cura y los padres llegaron a ver tan loco de amor al muchacho, que barruntaron un peligro en el exceso de su cariño, y el cura acabó por notar una herejía. Todos ellos se opusieron a la boda; negósele a María permiso para hablar con su adorador; y por ser ella obediente, él, despechado, huyó del pueblo, aborreciendo a los que le impedían arrodillarse delante de su ídolo, y jurando profanarlo todo, puesto que no se le permitía

---

[4] Existe una población alemana, en Württenberg, llamada Hall, donde hay una iglesia de San Miguel. En otra población más importante, en Sajonia, llamada Halle an der Saale, hay una iglesia de San Mauricio, del siglo XII, con preciosas esculturas.

[5] *gemacht vonn golde,* «fabricado de oro»; *Herr Leo... der zehnde Babst dess nahamens,* «El Señor León... décimo Papa de este nombre» (en antiguo alemán). León X fue pontífice de 1513 a 1521: reunió en Roma a los mejores artistas de su tiempo.

a su corazón el culto de sus amores. Pasó a Bohemia *, donde la casualidad le hizo tropezar con otros aldeanos, como él, furiosos contra la Iglesia, los cuales por causas mezcladas de religión y política se sublevaban contra las autoridades y eran perseguidos y se vengaban como y cuando podían. Pasaron años. A María le faltó su madre, y su padre enfermo, desvalido, vivía de lo que su hija ganaba vendiendo leche y legumbres, lavando ropa, hilando de noche. Y una tarde, cuando el hambre y la pena le arrancaban lágrimas, en el huerto contiguo a su choza, junto al pozo, donde en otro tiempo mejor tenían sus citas, se le apareció su Guillermo, que así se llamaba el amante. Venía fugitivo; le perseguían; para una guerra sin cuartel le esperaban allá lejos, muy lejos; pero había hecho un voto, un voto a la imagen que él adoraba, que era ella, su María; herido en campaña, próximo a morir, había jurado presentarse a su novia, desafiando todos los peligros, si la vida no se le escapaba en aquel trance. Y había de venir con una rica ofrenda. Y allí estaba por un momento, para huir otra vez, para salvar la vida y volver un día vencedor a buscar a su amada y hacerla suya, pesare a quien pesare. «La ofrenda es esta», dijo, mostrando una caja de metal, larga y estrecha.

—No abras la caja hasta que yo me ausente, y tenla siempre oculta. No me preguntes cómo gané ese te-

---

* En esta alusión a los husitas hay un anacronismo voluntario, como en lo que atrás queda, referente a Santa Francisca Romana. Además, en mi Papa ideal hay rasgos de Martín V y otros de Eugenio VI, ambos anteriores a León X [6].

[6] Jan Hus (1370-1415), reformador checo, creyente en la predestinación, excomulgado en 1411 y quemado por hereje en 1415. Los husitas llevaron a cabo sangrientas guerras en Bohemia, Austria y Alemania contra el emperador y el papa entre 1420 y 1434, o sea, durante los pontificados de Martín V y Eugenio IV. Martín V, Papa de 1417 a 1431, promulgó una bula contra los husitas. Eugenio VI: es error (por Eugenio IV, Pontífice de 1431 a 1447).

soro; es mío, es tuyo. Tú lo mereces todo, yo... bien merecí ganarlo por el esfuerzo de mi valor y por la fuerza con que te quiero.

Huyó Guillermo; María abrió la caja al otro día, a solas en su alcoba, y vio dentro... una *rosa de oro* con piedras preciosas en los pétalos, como gotas de rocío, y con tallo de oro macizo también. Una piedra de aquellas estaba casi desprendida de la hoja sobre que brillaba; un golpe muy pequeño la haría caer. El padre de la infeliz lavandera nada supo. María no acertaba a explicarse, ni la procedencia, ni el valor de aquel tesoro, ni lo que debía hacer con él para obrar en conciencia. ¿Sería un robo? Le pareció pecado pensar de su amante tal cosa. Pasó tiempo, y un día recibió la joven una carta que le entregó un viajero. Guillermo le decía en ella que tardaría en volver, que iba cada vez más lejos, huyendo de enemigos vencedores y de la miseria, a buscar fortuna. Que si en tanto, añadía, ella carecía de algo, si la necesidad la apuraba, vendiera las piedras de la rosa, que le darían bastante para vivir... «Pero si la necesidad no te rinde, no la toques; guárdala como te la di, por ser ofrenda de mi amor.» Y el hambre, sí, apuraba; el padre se moría, la miseria precipitaba la desgracia; iba a quedarse sola en el mundo. Trabajaba más y más la pobre María, hasta consumirse, hasta matar el sueño; pero no tocaba a la flor. La piedra preciosa que se meneaba sobre el pétalo de oro al menor choque, parecía invitarla a desgajarla por completo, y a utilizarla para dar caldo al pobre, y un lecho y un abrigo... Pero María no tocaba a la rosa más que para besarla. El oro, las piedras ricas, allí no eran riqueza, no eran más que una señal del amor. Y en los días de más angustia, de más hambre, pasó por la aldea un peregrino, el cual entregó a la niña otro pliego. Venía de Jerusalén, donde había muerto penitente el infeliz Guillermo, que, acosado por mil desgracias, horrorizado por su crimen, confesaba a su amada que aquella *rosa de oro* era el fruto de un horrible sacrilegio. Un ladrón la había robado a la iglesia de San Mauricio, de Hall; y él, Guillermo, que encontró a ese ladrón, cuando iba por el mundo buscando una ofrenda para su ídolo humano, para ella, había adquirido la *rosa* de manos del infame a cambio de salvarle la vida. Y terminaba Guillermo pidiendo a su amada que para librarle del infierno, que por tanto amarla a ella había merecido, cumpliera la promesa que él desde Jerusalén hacía al Señor agraviado: había de ir María hasta Roma y a pie, en peregrinación austera, a dejar la *rosa de oro* en poder del Padre Santo para que otra vez la bendijera, si estaba profanada, y la restituyera, si lo creía justo, a la iglesia de San Mauricio y de Santa María Magdalena.

—Mientras viviera mi padre enfermo, la peregrinación era imposible. Yo no podía abandonarle. Para la *rosa de oro* hice, en tanto, en mi propia alcoba, una especie de altarito oculto tras una cortina. Por no profanar con mi presencia aquel santuario, procuré que mi alma y mi cuerpo fuesen cada día menos indignos de vivir allí; cada día más puros, más semejantes a lo santo. Un día en que la miseria era horrible, los dolores de mi enfermo intolerables, un *físico,* un sabio, brujo, o no sé qué, llegó a mi puerta, reconoció la enfermedad y me ofreció un remedio para mi triste padre, para aliviarle los dolores y dejarle casi sano. ¡Con qué no compraría yo la salud, o por lo menos el reposo de aquel anciano querido, que fijos los ojos en mí, sin habla, me pedía con tanto derecho consuelos, ayuda, como los que tantas veces le había debido yo en mi niñez! La medicina era cara, muy cara; como que, según decía el médico extranjero, se hacía con oro y con mezclas de materias sutiles y delicadas que escaseaban tanto en el mundo que valían como piedras preciosas. «Yo no doy de balde mis drogas —decía, a solas él y yo—. O lo pagas a su precio, y no tendrás con qué... o lo pagas con tus labios, que te haré la caridad de estimar como el oro y las piedras finas.» Dejar a mi padre morir padeciendo infinito, imposible... Me acordé de la piedra que por sí sola se desprendía de la *rosa de oro*... Me acordé de mi virtud..., de mi pureza, que también se me antojaba cosa de Dios, y bien agarrada a mi alma, piedra preciosa que no se desprendía... Me acordé de mi madre, de Guillermo que había muerto, tal vez condenado, sin gozar del beso que el diabólico médico me pedía...

—Y... ¿qué hiciste? —preguntó el Papa inclinando la cabeza sobre María Blumengold. Ya no sonreía Su Santidad; le temblaban los labios. La ansiedad se le asomaba a los dulces ojos azules—. ¿Qué hiciste?... ¿Un sacrilegio?

—Le di un beso al demonio.

—Sí..., sería el demonio.

Hubo un silencio. El Papa volvió la mirada a la Virgen del altar suspirando y murmuró algo en latín. María lloraba; pero como si con su confesión se hubiese librado de un peso la purísima frente, ahora miraba al Papa cara a cara, humilde, pero sin miedo.

—Un beso —dijo el sucesor de Pedro—. Pero... ¿qué es... un beso? ¡Habla claro!

—Nada más que un beso.

—Entonces... no era el diablo.

El Papa dio a besar su mano a María, la bendijo, y al despedirla, habló así:

—Mañana irá a las Oblatas mi querido Sebastián a recoger la *rosa de oro*... y a llevarte el viático necesario para que vuelvas a tu tierra. Y... ¿vive tu padre? ¿Le curó aquel *físico*?

—Vive mi padre, pero impedido. Durante mi ausencia le cuida una vecina, pues hoy ya no exige su enfermedad que yo le asista sin cesar como antes.

—Bueno. Pensaremos también en tu padre.

Al día siguiente el Papa tenía en su poder la *rosa de oro* de la iglesia de San Mauricio y Santa María Magdalena, de Hall, y María Blumengold volvía a su tierra con una abundante limosna del Pontífice.

* * *

Cuando llegó la Pascua de aquel año la diplomacia se puso en movimiento, a fin de que la *rosa de oro* fuera esta vez para una famosa reina de Occidente, de quien se sabía que era una Mesalina [7] devota, fanática, capaz de quemar a todos sus vasallos por herejes, si se oponían a sus caprichos amorosos o a los mandatos del obispo que la confesaba.

Por penuria del tesoro pontificio o por piadosa malicia del Papa, aquel año no se había fabricado rosa alguna del metal precioso. El apuro era grande; el rey de Occidente, poderoso, se daba por desairado, por injuriado, si su esposa no obtenía el regalo del Pontífice. ¿Qué hacer?

El Papa, muy asustado, confesó que tenía una *rosa de oro,* antigua, de origen misterioso. La reina devota y lúbrica contó con ella.

Pero llegó el domingo de *Lœtare* y no se bendijo rosa alguna. Porque aquella noche el Papa lo había pensado mejor, y sucediera lo que Dios fuera servido, se negaba a regalar la *rosa de oro* que María Blumengold había guardado, como santo depósito, a una Mesalina hipócrita, devota y fanática, que no se libraría del infierno por tostar a los herejes de su reino.

Lo que hizo el Papa fue despertar muy temprano, y al ser de día, despachar en secreto al familiar predilecto, camino de Hall, con el encargo, no de restituir a la iglesia de San Mauricio la rica presea mística, sino

---

[7] Esposa del emperador romano Claudio (siglo i), famosa por su lascivia.

con el de buscar por los alrededores de la ciudad la choza humilde de María y entregarle, de parte del Sumo Pontífice, la *rosa de oro*.

Y el Papa, a solas, si el remordimiento quería asaltarle, se decía, sacudiendo la cabeza:

—Dama por dama, para Dios y para mí es mujer más ilustre María, la acogida de las Oblatas, que esa reina de Occidente. Por esta vez perdone la diplomacia.

Ya saben los habitantes de Hall por qué les falta la *rosa de oro,* regalo de León X a la iglesia de San Mauricio y de Santa María Magdalena.

APÉNDICE

por Rafael Rodríguez Marín

CUADRO CRONOLÓGICO

AÑOS	VIDA Y OBRA DE LEOPOLDO ALAS, *CLARÍN*	ACONTECIMIENTOS HISTÓRICOS	ACONTECIMIENTOS CULTURALES
1852	El 25 de abril nace en Zamora Leopoldo Enrique García Alas y Ureña. Su padre desempeñaba en esta ciudad el cargo de gobernador civil.	Golpe de Estado de Napoleón III en Francia.	Fernán Caballero: *Clemencia*. Nacen Emilia Pardo Bazán, Antonio Gaudí y Santiago Ramón y Cajal.
1854	Se traslada con su familia a León, donde su padre ocupa el mismo puesto político. Comienza sus estudios en el colegio de los jesuitas de San Marcos.	Revolución de 1854. Vicalvarada. Convocatoria de Cortes constituyentes. Comienza la guerra de Crimea (que enfrenta a Rusia contra Francia, Inglaterra y Turquía).	Nace Rimbaud.
1859	La familia se instala en Oviedo, lugar del que era originaria.	Comienza la guerra de África.	Darwin: *El origen de las especies*.
1863	Comienza el bachillerato en el Instituto de Oviedo.	Caída de O'Donnell.	López de Ayala: *El nuevo Don Juan*. Tamayo y Baus: *Lances de honor*.
1864	Amistad con Armando Palacio Valdés, Pío Rubín y Tomás Tuero.	Fundación de la Internacional.	Tolstoi: *Guerra y paz*.
1868	El 8 de marzo comienza la redacción de su periódico manuscrito *Juan Ruiz*. Los hechos de la Revolución de septiembre, vividos en Oviedo, le causan una fuerte impresión, hasta el punto de inclinarlo a la militancia en una agrupación republicana.	Revolución de septiembre: «La Gloriosa».	Bécquer concluye el manuscrito de las *Rimas*.

AÑOS	VIDA Y OBRA DE LEOPOLDO ALAS, *CLARÍN*	ACONTECIMIENTOS HISTÓRICOS	ACONTECIMIENTOS CULTURALES
1869	Ingresa en la Facultad de Derecho de la Universidad de Oviedo.	Cortes constituyentes. Constitución de 1869.	Nace Ramón Menéndez Pidal.
1871	Se licencia en Derecho. Se traslada a Madrid para doctorarse y estudiar Letras en la Universidad Central. Asiste con sus amigos de Oviedo a la tertulia de la Cervecería Inglesa, que Ortega Munilla denominó el «Bilis Club». Frecuenta el Ateneo y se inicia en las doctrinas krausistas.	Alemania se erige en Imperio: Bismarck. Comuna de París.	Publicación póstuma de las obras de Bécquer
1875	El 11 de abril comienza a aparecer el seudónimo *Clarín* en las páginas del diario madrileño *El Solfeo*.	Alfonso XII, proclamado rey, llega a España. Elecciones generales para Cortes constituyentes.	Alarcón: *El escándalo*. Valera: *Las ilusiones del doctor Faustino*. Nacen Antonio Machado y Ramiro de Maeztu.
1876	Aparece publicado su primer cuento, «Estilicón», en *El Solfeo* (Madrid, 9 de julio).	Constitución de 1876.	Galdós: *Doña Perfecta*. Francisco Giner de los Ríos funda la Institución Libre de Enseñanza. Nace Manuel de Falla.
1878	Se doctora en Derecho con una tesis sobre *El derecho y la moralidad*, dedicada a don Francisco Giner de los Ríos, que aparece publicada el mismo año en Madrid. Oposita a la cátedra de Economía Política y Estadística de Salamanca. Consigue el número uno en la terna propuesta para ocupar la plaza, pero el ministro Toreno prefiere elegir al opositor que ocupa el segundo lugar.	Termina la primera insurrección cubana con la paz de Zanjón.	Galdós: *La familia de León Roch, Marianela*.

AÑOS	VIDA Y OBRA DE LEOPOLDO ALAS, *CLARÍN*	ACONTECIMIENTOS HISTÓRICOS	ACONTECIMIENTOS CULTURALES
1880	Entra a formar parte de la redacción del *Madrid Cómico,* donde aparecerá buena parte de sus artículos críticos.	Se aprueba la ley de abolición de la esclavitud en Cuba. Guerra anglo-bóer.	Alarcón: *El Niño de la Bola.* Nace Ramón Pérez de Ayala.
1881	*Solos de Clarín* (artículos de crítica y costumbres; cuentos).	Comienza el turno pactado de los partidos, con el gabinete liberal de Sagasta.	Galdós: *La desheredada.* Pardo Bazán: *Un viaje de novios.* Nacen Juan Ramón Jiménez y Pablo Picasso.
1882	Obtiene la cátedra de Elementos de Economía Política y Estadística de la Universidad de Zaragoza. El 29 de agosto contrae matrimonio con Onofre García Argüelles.	Fundación del Partido Republicano Federal de Pi y Margall.	Galdós: *El amigo Manso.* Alarcón: *La Pródiga.* Nacen Eugenio D'Ors y James Joyce.
1883	Se traslada a la Universidad de Oviedo, donde ocupa la cátedra de Prolegómenos, Historia y Elementos de Derecho Romano.	Movimiento anarquista de la «Mano negra».	Pardo Bazán: *La cuestión palpitante.* Nace José Ortega y Gasset. Nietzsche: *Así hablaba Zaratustra.*
1884	Nace Leopoldo, su primer hijo. Muere su padre. Comienza a escribir *La Regenta.*	Gabinete conservador de Cánovas del Castillo.	Galdós: *Tormento, La de Bringas, Lo prohibido.*
1885	Solicita una cátedra en la Universidad de Madrid. Comienza sus relaciones con Castelar y Zorrilla. *La Regenta,* vol. I (enero) y II (junio). *Sermón perdido* (artículos de costumbres; cuentos).	Muere Alfonso XII. Regencia de María Cristina. Gabinete Sagasta.	Pereda: *Sotileza.* Palacio Valdés: *José.*
1886	*Pipá* (primer volumen de relatos breves). *Un viaje a Madrid. Folletos literarios, I* (primero de una serie de ocho opúsculos dedicados a la crítica literaria y a la visión crítica y satírica de la actualidad).	Nace Alfonso XIII.	Galdós: *Fortunata y Jacinta.* Pardo Bazán: *Los pazos de Ulloa.* Rimbaud: *Las iluminaciones.*

AÑOS	VIDA Y OBRA DE LEOPOLDO ALAS, *CLARÍN*	ACONTECIMIENTOS HISTÓRICOS	ACONTECIMIENTOS CULTURALES
1887	Nace su segundo hijo, Adolfo. Es elegido concejal del Ayuntamiento de Oviedo, representando al Partido Republicano Posibilista de Castelar. *Cánovas y su tiempo. Folletos literarios, II. Apolo en Pafos. Folletos literarios, III. Nueva campaña* (crítica literaria).	Se constituye el Partido Reformista.	Pardo Bazán: *La Madre Naturaleza*. Palacio Valdés: *Maximina*. Nacen Gregorio Marañón y el arquitecto suizo Le Corbusier.
1888	Pasa a ocupar la cátedra de Elementos de Derecho Natural en la Universidad de Oviedo. Su salud empieza a quebrantarse. *Mis plagios. Un discurso de Núñez de Arce. Folletos literarios, IV.*	Se funda la Unión General de Trabajadores. Guillermo II, emperador de Alemania.	Galdós: *Miau*. Rubén Darío: *Azul*. Nace Ramón Gómez de la Serna. Exposición Internacional de Barcelona.
1889	*Sinfonía de dos novelas. A 0,50 poeta. Folletos literarios, V. Mezclilla* (crítica literaria). *Benito Pérez Galdós. Estudio crítico biográfico.*	Fundación de la Segunda Internacional.	Pardo Bazán: *Insolación*. Palacio Valdés: *La hermana San Sulpicio*. Exposición Internacional de París (torre Eiffel).
1890	Nace su hija Elisa. Se relaciona con Salvador Rueda. *Su único hijo* (novela). *Rafael Calvo y el Teatro Español. Folletos literarios, VI. Museum. Mi Revista. Folletos literarios, VII.*	Gabinete Cánovas. Ley del sufragio universal.	Galdós: *Ángel Guerra*. Zola: *La bestia humana*.
1891	Lee el discurso de apertura del curso académico, titulado *El utilitarismo y la enseñanza*, en la Universidad de Oviedo. *Un discurso. Folletos literarios, VIII.*	Gabinete Sagasta. León XIII promulga su encíclica *Rerum Novarum*.	P. Coloma: *Pequeñeces*. Muere Alarcón. Verlaine: *Bonheur*. O. Wilde: *El retrato de Dorian Gray*.
1892	*Doña Berta. Cuervo. Superchería* (novelas cortas). *Ensayos y revistas* (crítica literaria).	IV Centenario del descubrimiento de América.	Salvador Rueda: *En tropel*. Viaje de Rubén Darío a España.

AÑOS	VIDA Y OBRA DE LEOPOLDO ALAS, *CLARÍN*	ACONTECIMIENTOS HISTÓRICOS	ACONTECIMIENTOS CULTURALES
1893	*El Señor y lo demás, son cuentos. Palique* (crítica literaria).	Guerra de Melilla.	Galdós: *La loca de la casa.* Pereda: *Peñas arriba.* Verlaine: *Elegías.*
1895	El 20 de marzo estrena su drama *Teresa* en el Teatro Español de Madrid.	Comienza la guerra de Cuba. Gabinete Cánovas. Röntgen: los rayos X.	Unamuno: *En torno al casticismo.* Primer cinematógrafo de los hermanos Lumière.
1896	Muere inesperadamente su madre. *Cuentos morales. Crítica popular* (antología de ensayos recogidos de volúmenes anteriores).	El general Weyler llega a Cuba. Agitación separatista en Filipinas. Marconi: telegrafía sin hilos.	Rubén Darío: *Prosas profanas.* Valera: *Juanita la Larga.*
1901	Segunda edición de *La Regenta,* prologada por Galdós. Muere su amigo Campoamor. *Clarín* lee unas cuartillas en la velada celebrada en el teatro ovetense que, a instancias suyas, lleva el nombre del poeta fallecido. El 13 de junio muere Leopoldo Alas en Oviedo. *El gallo de Sócrates* (cuentos), publicado póstumamente.	Gabinete Sagasta. Muere la reina Victoria de Inglaterra.	Galdós: *Electra.* Joaquín Costa: *Oligarquía y caciquismo.* Freud: *Psicopatología de la vida cotidiana.*

DOCUMENTACIÓN COMPLEMENTARIA

1. TEXTOS COETÁNEOS A LA OBRA

1.1. Ideas de Clarín sobre el cuento como género narrativo, y en particular acerca de sus relaciones con el periodismo y con el resto de los modos literarios (escritas muy poco antes de la publicación de *El Señor y lo demás, son cuentos*).

A raíz de la revolución (de 1868), y aun más, puede decirse, en los primeros años de la restauración (a partir de 1874), el periódico fue aquí muy literario y sirvió no poco para los conatos de florecimiento que hubo. Hoy, en general, comienza a decaer la literatura periodística, por el excesivo afán de seguir los vicios del público en vez de guiarle, por culpas de orden económico y por otras causas que no es del caso explicar. La crítica particularmente ha bajado mucho, y poco a poco van sustituyendo en ella a los verdaderos literatos de vocación, de carrera, los que lo son por incidente, por ocasión, en calidad de medianías.

Por lo mismo que existe esta decadencia, son muy de aplaudir los esfuerzos de algunas empresas periodísticas por conservar y aun aumentar el tono literario del periódico popular, sin perjuicio de conservarle sus caracteres peculiares de papel ligero, de pura actualidad y hasta vulgar, ya que esto parece necesario. Entre los varios expedientes inventados a este fin puede señalarse la moda del cuento, que se ha extendido por toda la prensa madrileña. Es muy de alabar esta costumbre, aunque no está exenta de peligros. Por de pronto, obedece al afán de ahorrar tiempo; si al artículo de fondo sustituyen el suelto, la noticia; a la novela larga es natural que sustituya el cuento. Sería de alabar que los lectores y lectoras del folletín apelmazado, *judicial* y muchas veces *justiciable,* escrito en un francés traidor a su patria y a Castilla, se fuesen pasando del novelón al cuento; mejorarían en general de gusto estético y perderían mucho menos tiempo. El mal está en que muchos entienden que de la novela al cuento va lo mismo que del artículo a la noticia: no todos se creen Lorenzanas [1]; pero ¿quién no sabe escribir una noticia? La relación no es la misma. El cuento no es más ni menos arte que la novela; no es más difícil como se ha dicho, pero tampoco menos; es otra cosa: es más difícil para el que no es *cuentista.* En general, sabe hacer cuentos el que es novelista de cierto género, no el que no es artista. Muchos particulares que hasta ahora jamás se habían creído con aptitudes para inventar fábulas en prosa con el nombre de novelas, *han roto* a escribir cuentos, como si en la vida hubieran hecho otra cosa. Creen que es más modesto el papel de cuentista y se atreven con él sin miedo. Es una aberración. El que no sea artista, el que no sea poeta, en el lato sentido, no hará un cuento, como no hará una novela.

(Leopoldo Alas, *Clarín, Revista literaria* [3 de agosto de 1892]. Incluido en *Palique,* ed. de José M.ª Martínez Cachero, Barcelona, Labor, 1973, págs. 93-94.)

1.2. Preocupación de Leopoldo Alas por la recompensa económica y por la forma editorial que debía dárseles a sus creaciones literarias. Carta escrita por Clarín a su editor, Manuel Fernández Lasanta, en la que le da instrucciones precisas para la publicación de *El Señor y lo demás, son cuentos.* Es el documento del que habla Sobejano en su Introducción (págs. 11-12).

---

[1] Juan Álvarez de Lorenzana (1818-1883) fue un periodista de gran renombre en la época.

Oviedo, 14 de junio-1893.
Mi estimado amigo:
[...]
Me parece muy bien lo de publicar el libro de cuentos cuanto antes y a ese fin le envío hoy mismo por certificado la mayor parte del original. Admito, aunque me perjudica bastante, lo del pago escalonado, pero me parecen pocos escalones; es decir, creo que debe Vd. subir hasta las mil pesetas, y pagarme los últimos mil reales el mes siguiente de pagarme el tercer millar. Lejos de perjudicar a la venta el haberse publicado los cuentos [2] le favorece, pues eso sirvió de anuncio y aperitivo; muchos de esos cuentos tuvieron muy buena acogida y he tenido por ellos hasta felicitaciones colectivas; de modo que puede Vd. correrse a las mil pesetas y hacer sin miedo una edición de tres mil, pues en América, donde ahora escribo más que antes, se venderá más este libro que los anteriores. Yo tendría editor para este tomo por las mil pesetas, pero le prefiero a Vd. y por poco dinero no quiero cambiar. Decídase Vd., pues.

Otra cosa: quería ilustrarme el libro un pintor español, que vive en París, discípulo del célebre Bonat y hace maravillas de claro oscuro y de imaginación, como nadie lo haría en España. Los cuentos se prestan mucho a ello. Sería un tomo precioso. ¿Cree Vd. que esto retrasaría mucho la publicación? De [ser así] lo dejaríamos para otra ocasión... o para otra edición, por ejemplo, de todos mis cuentos *ilustrados,* un tomo grande que comprendiera *Pipá - Dª Berta* - los cuatro cuentos de *Solos* y los de ahora.

Viniendo a lo presente: He aquí el plan del libro cuyo original le envío: debe de ser de letra clara y no pequeña. Bastantes espacios; las divisiones señaladas por estrellas ☆☆☆ en el libro deben suponer página distinta.

Portada:

Leopoldo Alas
(Clarín)
El Señor
y lo demás, son cuentos.

---

[2] Todos los relatos de la colección habían sido publicados previamente en periódicos y revistas. Véase Introducción, pag. 11.

(II. ¡Adiós, Cordera! - III. Cambio de luz - IV. El Centauro - V. Rivales - VI. Protesto - VII. La yernocracia - VIII. Un viejo verde - IX. Cuento futuro - X. Un jornalero - XI. Benedictino - XII. La Ronca - XIII. La rosa de oro).

1893

Va en el certificado el original de los nueve primeros cuentos. Para el de los demás hágame el favor de hacer las siguientes gestiones:

Vaya a la Agencia Almodóbar, Puerta del Sol, 9, y pida de mi parte un ejemplar impreso, o el original o copia manuscrita, de mi cuento *Un jornalero*.

Vaya al *Imparcial* y pida al regente D. García, de mi parte, que le dé mi cuento *Benedictino* o en pruebas, o impreso, o que le deje sacar copia, o imprimirlo Vd. y mandar pruebas al *Imparcial* para que les sirvan de original.

La Ronca y *La rosa de oro* se los enviaré yo copiados o impresos antes de diez o doce días.

La Regenta me la va a publicar una casa de Barcelona, con grabados otra vez. Pero a igualdad de precios ya sabe Vd. que yo le preferiría a Vd.

Suyo aftmo.

L. Alas.

(Clarín y sus editores [65 cartas inéditas de Leopoldo Alas a Fernando Fe y Manuel Fernández Lasanta, 1884-1893], ed. y notas de Josette Blanquat y Jean-François Botrel, Rennes, Université de Haute-Bretagne, 1981, págs. 70-72.)

1.3. Reseña firmada por Alfredo Opisso, colaborador habitual de *La Ilustración Ibérica,* sobre el tomo de cuentos en el momento de su publicación.

Es difícil decir de este libro todos los méritos que contiene, porque si se puede empezar a enumerarlos se haría casi imposible continuar hasta el acabamiento.

Conste, pues, que los reúne todos, *et quibusdam aliis* [3]. Como invención, una maravilla; como estilo, una bendi-

---

[3] Expresión latina: 'y algunos más'.

ción; como sentimiento, lo más exquisito que se pueda imaginar. Generalmente, los hombres de inmensa lectura pagan lo que saben perdiendo gracia, espontaneidad y viveza en sus escritos (salvo raras excepciones); pero en el insigne autor de quien estoy hablando se da el caso de que cuanto más lastre lleva su nave, más gallardamente hiende las olas del proceloso mar... de los cuentos y novelas.

Y, ahora, he de manifestar con ingenua franqueza que no creo, dado el estado intelectual de esta tierra, que la grandísima mayoría del público pueda penetrar hasta el fondo de lo que *Clarín* escribe y descubrir las bellezas espirituales de sus cuentos, ni siquiera la sutil intención de algunos de ellos. Porque *Clarín,* si escribe para todos, solo puede ser debidamente juzgado por la aristocracia de las inteligencias que estén algo al tanto de lo que se piensa y se dice fuera de estos suburbios europeos. Ya llega la belleza de sus páginas hasta el *non plus ultra* del refinamiento, quizás inconsciente.

Consolémonos, pues, con que ya que en España no tengamos apenas cosa que valga la pena, contemos con un escritor tan eminente como los más eminentes de Europa.

(En *La Ilustración Ibérica,* Barcelona, tomo XI, 2 de septiembre de 1893, pág. 558.)

2. ALGUNOS TEXTOS DE LA CRÍTICA POSTERIOR SOBRE LA OBRA

2.1. Juicio de Mariano Baquero Goyanes acerca de la posición de Leopoldo Alas entre los autores de cuentos de su época.

El cuento español es género cuyo exacto logro hemos de localizar en el siglo XIX, o, afinando más, en sus últimos años. Ocurre lo mismo en todas las literaturas europeas, puestas las más finas sensibilidades al servicio de un género literario al que, hasta entonces, no se le había concedido importancia, por su tono popular, sin rango estético.

La novela naturalista tiende a lo cíclico, a lo serial. Balzac, Zola, Galdós componen novelas-ríos[4], con las que tratan de reflejar la sociedad toda de su época y de su nación.

El mapa de la vida despliégase inmenso ante el novelista, que parece encaramado sobre el espacio y el tiempo para contemplarlo todo con ojos de águila.

Por el contrario, el cuentista acércase a la vida, la ausculta en sus latidos más hondos y en sus objetos más insignificantes.

Clarín, la Pardo Bazán, Coloma, Palacio Valdés, Blasco Ibáñez, Octavio Picón, entre tantos otros, son los cultivadores del cuento así concebido. Entre todos ellos *Clarín* alcanza con sus narraciones el más exacto equilibrio entre lo poético y lo psicológico, límites y esencia misma del cuento. [...]

Los cuentos de *Clarín,* ni secos ni digresivos, representan el mejor ejemplo de lo que debe ser el cuento español, tierno, pasional y vibrante, pero sin excesos ni efectismos. Los mejores relatos breves de Ramón Pérez de Ayala son aquellos en que este novelista asturiano parece continuar la técnica de Alas, su maestro. *El ombligo del mundo* es un conjunto de cuentos verdaderamente clarinianos, entre los que sobresale *El profesor auxiliar* por su humor y su contenida ternura.

El mejor *Clarín* no es el crítico, ni aun el novelista, sino el creador de unos cuentos que por su belleza, su gracia y su humanidad han de quedar como el mejor exponente de las letras españolas de finales del siglo XIX.

(«*Clarín,* creador del cuento español», en *Cuadernos de literatura,* V, [1940], págs. 166-169.)

2.2. Interpretación de Laura de los Ríos sobre *El Señor:* la relación amorosa pura.

Por su tono de confesión, su alto lirismo, por presentar un caso de conciencia muy claro y preciso, por ser un con-

---

[4]   Conjuntos de relatos que forman series: *La comedia humana,* de Balzac; *Los Rougon-Macquart,* de Zola; los *Episodios nacionales,* de Galdós.

flicto amoroso que se desarrolla dentro del protagonista, hay que mencionarlo [a *El Señor*] entre los cuentos de tono ético-religioso. Sin embargo, la clave del cuento, lo que hace que este sea único no solo entre los de Clarín, sino en toda la serie de cuentos finiseculares que tienen que ver con amores o amoríos de sacerdotes, es la presencia de un amor hacia un ser concreto, de carne y hueso, hermoso, que se desarrolla en el campo del espíritu sin nada carnal, sin la menor caída naturalista, sino dentro de un ámbito poético. [...]

Todo es puro en el cuento, no hay nada de que tenga que avergonzarse un sacerdote, y sin embargo... es un cuento de amor. El protagonista, niño ideal primero, joven sacerdote después, se encuentra «una mirada que parecía ocupar todo el espacio con una infinita dulzura»; la mirada viene de una joven esbelta, delgada, no muy alta, «de una elegancia como enfermiza». [...]

Sabido es el éxito que tiene en la literatura del siglo XIX el tipo del sacerdote enamorado, del cura veleidoso y carnal; los encontramos en Balzac y en Zola, en Eça de Queiroz y en Galdós y en la gran novela de nuestro autor, *La Regenta*. En Alas, tan de su siglo y tan independiente, se dan los dos tipos y crea en este campo de los amores prohibidos un tipo tan lleno de idealismo, tan limpio e irreprochable como el Juan de Dios de nuestro cuento. El joven sacerdote se queda literalmente prendado de esos ojos que le revelan los misterios desconocidos para él de las «afinidades electivas».

El amor aquí es un dulce sacrificio, es un apetecido martirio, más deseable que el abstracto morir del misionero en tierras lejanas. Juan de Dios se dispone a morir por Dios, pero gracias al amor de Rosario.

En este *platonismo* amoroso llega Juan al máximo del refinamiento: antes de conocer a Rosario nunca cayó en la tentación de la carne, aunque la sentía; ahora, ni la sentía siquiera. El estudio del alma de Juan, que coloca este cuento entre los llamados psicológicos, está hecho a base del análisis y del examen de conciencia del joven sacerdote; pero lo interesante es que el problema psíquico de este hombre consiste en su peculiar manera de sentir el amor sin deseo de logro:

> Con amarla, con saborear aquellos rápidos choques de miradas tenía bastante para ver el mundo iluminado de una luz purísima, bañándose en una armonía celeste llena de sentimiento, de vigor, de promesas ultraterrenas.

Todo este amor romántico, exaltación del ser amado, no va, sin embargo, unido al fetichismo ni a la idolatría, porque Juan sabe colocar las cosas en su orden y supeditar la adoración al amor divino:

> Sí; amaba y veneraba las cosas por su orden y jerarquía, solo que al llegar a la niña de la rinconada de las Recoletas, el amor que se debía a todo se impregnaba de una dulzura infinita que trascendía a los demás amores; al de Dios inclusive.

Clarín, subyugado en esta llama de amor ideal, exclama:

> En rigor el amor cristiano era así: amor doloroso, amor de luto, amor de lágrimas.

(Laura de los Ríos, *Los cuentos de Clarín. Proyección de una vida,* Madrid, Revista de Occidente, 1965, págs. 194-196.)

2.3. Valoración de Katherine Reiss sobre el empleo del lenguaje en los cuentos de Clarín.

Una característica particular de nuestro autor es que siempre procura adaptar cuidadosamente el lenguaje al ambiente en el que se desarrollan los sucesos.

«Avecilla», por ejemplo, se desarrolla en un ambiente vulgar, el protagonista es un pobre oficinista que se presenta con un lenguaje propio del ambiente y de la intención irónica del autor. [...]

«El Señor», en cambio, trata de un tema elevado, serio y también el lenguaje es culto, elevado:

> Cual una abeja sale al campo a hacer acopio de dulzuras para sus mieles, Juan recogía en la calle, en estas muestras generales de lo que él creía universal cariño, cosecha de buenas intenciones, de ánimo piadoso y dulce, para el secreto labrar de místicas puerilidades, a que se consagraba en su casa, bien lejos de toda idea vana, de toda presunción por su hermosura.

En «Un viejo verde», en cambio, cuento romántico, según dice su autor, *Clarín* emplea un vocabulario digno del romanticismo:

> Monasterio tendió el brazo, brilló la batuta en un rayo de luz verde, y al conjuro, surgieron como convocadas, de una lontananza ideal, las hadas invisibles de la armonía, las notas misteriosas, gnomos del aire, del bronce y de las cuerdas.

«Benedictino», al contrario, se desarrolla en un ambiente vulgar, el lenguaje familiar y popular se adapta al argumento:

> La segunda [hija de Abel] luchaba con la edad de Cristo y se dejaba sacrificar por el vestido, que la estallaba sobre el corpachón y sobre el vientre. ¿No había tenido fama de hermosa? ¿No le habían dicho todos los pollos atrevidos e instruidos de su tiempo que ella era la mujer que dice mucho a los sentidos?

[...] También manifiesta siempre *Clarín* una particular preocupación por el lenguaje de cada uno de sus personajes, así que se puede decir que el habla de cualquier protagonista representa otra modalidad lingüística. También en este aspecto Alas se deja guiar por el lema de la naturalidad. Quiere que sus personajes hablen tal como lo harían si existiesen de veras. Su lenguaje suele sonar tan natural y verídico como corresponde a su profesión, a su clase social, a su condición personal. [...]

Con todo hay que advertir que en ninguno de sus personajes *Clarín* perdona frase hecha, modismo, incorrección verbal, tópico ni expresión dialectal. Aunque son necesarios para retratar más natural y fielmente a los hombres, Alas sin excepción alguna los pone en letra bastardilla, mostrando de esta manera que él, defensor de la pureza de la lengua, no está conforme.

(Katherine Reiss, «Valoración artística de las narraciones breves de Leopoldo Alas, *Clarín,* desde los puntos de vista estético, técnico y temático», en *Archivum,* V [1955], págs. 99-104.)

TALLER DE LECTURA

En las páginas que siguen se ofrece una reflexión analítica sobre algunos de los aspectos más destacables de los relatos seleccionados por Clarín para su colección titulada *El Señor y lo demás, son cuentos*. Este examen se complementa con las sugerencias de trabajo necesarias para ampliar los conocimientos adquiridos. Unidas estas líneas de trabajo y aquel examen a la lectura detenida de las narraciones, a las ideas que Gonzalo Sobejano aporta en su ejemplar Introducción y a los datos que se recogen en los documentos antes reproducidos, puede lograrse una visión de conjunto certera sobre la narrativa corta clariniana.

1. ESTRUCTURA DE LOS CUENTOS

Entre 1876 y 1899, Clarín publicó relatos breves en los periódicos y revistas con los que colaboraba. Gonzalo Sobejano nos recuerda que muchos aparecieron después recogidos en colecciones preparadas por el autor: *Pipá* (1886); *Doña Berta, Cuervo, Superchería* (1892); *El Señor y lo demás, son cuentos* (1893); *Cuentos morales* (1896); *El gallo de Sócrates* (1901). Otros vieron la luz en un repertorio publicado quince años después de la muerte de su autor: *Doctor Sutilis* (1916). Otros pocos, por último, permanecieron olvidados por los lectores hasta ser recuperados después por los estudiosos de Leopoldo Alas.

Es el caso, por ejemplo, del relato que lleva por título «La guitarra», vuelto a la luz por John W. Kronik en 1969 *(Cuadernos Hispanoamericanos,* 231, págs. 526-548), o de «El oso mayor», recuperado por Ángeles Ezama en 1987 *(Mester,* 2, págs. 35-51). En total, más de cien narraciones breves, cuyo rótulo definidor, forma narrativa y contenido temático responden a modelos diversos.

1.1. De la oposición entre *novela corta* —o cuento largo— y *cuento* propiamente dicho se ha tratado en la Introducción. Entre los relatos que forman el repertorio leído sólo el que lo encabeza y le proporciona la primera parte de su título, «El Señor», puede ser considerado —y no por todos los intérpretes de la obra de Leopoldo Alas— como representante del primer grupo. Lo demás, como bien nos hace ver el propio Clarín, son, indudablemente, cuentos.

1.2. En cuanto a la mencionada *forma narrativa* de los relatos, los hay que responden al carácter tradicional del cuento y muestran la situación que se presenta cuando se rompe la armonía en que se movían los personajes antes del relato: las tres narraciones que abren nuestra colección, «El Señor», «¡Adiós, "Cordera"!» y «Cambio de luz», son buenos ejemplos de tal estructura. El desenlace inesperado que sigue a una presentación breve y parsimoniosa caracteriza externamente a relatos como «Rivales» o «La Ronca». Otros no representan sino una breve pincelada de carácter fabuloso, como sucede con «El Centauro» o «Protesto», mientras que «Cuento futuro» rompe los modelos cultivados en tiempo de Clarín para, respondiendo efectivamente a su título, presentarnos un discurso narrativo cercano a los modernos relatos de ciencia-ficción.

 — Leopoldo Alas reúne en estas páginas relatos escritos muy poco antes de su publicación, entre 1891 y 1893; sólo la redacción de «Cuento futuro»

corresponde a una etapa anterior, puesto que, de acuerdo con los datos de Yvan Lissorgues aducidos por Sobejano, Clarín lo escribió en 1886. ¿Puede advertirse algún cambio evidente en la concepción del relato, por parte de su autor, entre las dos etapas?

— Muéstrese la estructura externa de cada una de las narraciones, individualizando las distintas partes que las componen y asignándoles la función que desempeñan.

— A la luz de estas actividades, coméntense las ideas de Gonzalo Sobejano sobre la distinción entre novela corta y cuento presentadas en las páginas 15 y 18 de la Introducción.

2. LOS TEMAS

Los temas sobre los que giran los relatos de la colección responden a propósitos muy distintos.

2.1. La *soledad,* el aislamiento —voluntario o involuntario— de los personajes es motivo recurrente en la narrativa breve de Leopoldo Alas. Recuérdese la suerte de Doña Berta, en el relato que lleva su nombre, o la del humanizado perro que protagoniza «El Quin»; ambos están condenados a sufrir una incomunicación con el mundo que los circunda, incomunicación que, por otra parte, sirve para reconfortarlos. Dentro de nuestra colección, la soledad caracteriza a Juan de Dios, el clérigo encargado de llevar el viático, «el Señor», a los enfermos. Su imposible amada, Rosario, comparte esa ausencia de vínculos humanos; como le sucede también a Fernando Vidal («Un jornalero»), incapaz de vivir en el exterior de su biblioteca, único refugio en que es capaz de disfrutar de su voluntario aislamiento. La soledad, ahora no buscada, es el sentimiento que atenaza a Rosa en la conclusión de «¡Adiós, "Cordera"!»: el tren que se lleva a Pinín hacia un destino incierto, el mismo que antes se había llevado a la «vaca abuela», acaba de pasar y los hilos del telégrafo ya solo le llevan a la muchacha una canción «de lágrimas, de abandono, de soledad, de muerte».

2.2. No muy alejado de los motivos que originan la soledad se encuentra el dualismo que, según Baquero Goyanes, caracteriza, sobre todo en sus narraciones breves, a los personajes clarinianos. Estos, nos recuerda el crítico, se mueven entre dos polos opuestos: el *vitalismo,* la ternura hacia sus semejantes, y el *anti-vitalismo* procedente de una concepción excesivamente intelectual de la existencia. El protagonista de «El Señor», como los chiquillos que disfrutan de la vida natural en «¡Adiós, "Cordera"!» o Jorge Arial, a quien el «Cambio de luz» que experimenta le hace comprender cuanto en la vida es auténticamente importante, son figuras que responden al primer prototipo; Víctor Cano («Rivales»), Fernando Vidal («Un jornalero») o Ramón Baluarte («La Ronca») corresponden al personaje excesivamente cerebral, rechazado por Clarín como representante de un sentimiento estéril y anti-vital.

2.3. El *antimilitarismo,* poco velado en otros muchos relatos de Clarín (por ejemplo, en «El sustituto»), se muestra nítidamente en el argumento de «¡Adiós, "Cordera"!», entremezclado con una prudente dosis de *crítica social.* En esta narración, quizá la más popular de Leopoldo Alas, y en la que el sentimentalismo lo cubre casi todo, son muchos los lectores —y también algunos críticos— a quienes pasan desapercibidos los amargos reproches dirigidos al final del relato contra «los señores, los curas..., los indianos», responsables indirectos de la muerte de la vaca y de la marcha de Pinín. Pero no son estos los únicos estamentos que reciben los venablos críticos del narrador en la colección encabezada por «El Señor». Sorprende, conocido el ideario político y social de Leopoldo Alas, reconocer la visión sarcástica que en «Un jornalero» nos ofrece del proletariado urbano. Este cuento, uno de los pocos del autor a los que asoma la *cuestión social* de finales de siglo, contiene una visión tendenciosa, caricaturesca, de los representantes de la turba que irrumpe en la biblioteca de Fernando Vidal, «socialistas, anarquistas o Dios sabía qué».

2.4. El *romanticismo,* que en el desarrollo argumental de *La Regenta* adquiere papel destacado, no falta tampoco en esta colección de cuentos. Sirve como motivo voluntariamente ornamental en «El Señor» (recordemos sobre todo la tópica descripción de la placita donde vive Rosario, pág. 57), y es irónicamente destacado por Clarín como elemento básico de «Un viejo verde», cuyo final, más propio de una leyenda romántica que de un relato escrito en la última década del siglo, no puede ser —así lo afirma el narrador— «más romántico, más *imposible*».

2.5. La *música,* por último, es asunto central en «Cambio de luz», puesto que sirve de vehículo idóneo para mostrar la espiritualidad de la que hablaremos después, y sirve como pivote argumental sobre el que gira la narración en «Un viejo verde».

 — Entre los personajes de los cuentos, distínganse todos aquellos que Baquero Goyanes caracterizaría como *vitales* de los considerados *anti-vitales*. ¿Cómo trata Clarín —narrativamente hablando— a unos y otros?

— Los fracasados son también personajes preferidos por Leopoldo Alas para sus relatos breves. ¿En qué cuentos aparecen? ¿Cómo los considera el narrador?

— Localícense otros lugares de la colección de narraciones donde se trasluzcan las ideas políticas y sociales de Leopoldo Alas. ¿Coinciden con las actitudes antes reseñadas?

3. AMBIENTES. RURALISMO

3.1. Cuatro son los ámbitos preferidos por Clarín para encuadrar sus relatos breves: la ciudad provinciana, Madrid, los balnearios del norte de España y el campo asturiano. Apenas es necesario recordar la importancia que cualquiera de ellos desempeña en la narrativa breve de Leopoldo Alas: la ciudad de provincias —fácilmente identificable, por otra parte, con la Vetusta de *La Regenta*—, donde se mueven a sus anchas personajes soberbiamente caracterizados de la narrativa corta clariniana, como Pipá o como Chiripa. Madrid, lugar donde se desarrolla, total o parcialmente, la acción de relatos breves como «Doña Berta» o «Zurita». Los balnearios norteños, escenario común a varios de los más conocidos relatos de Alas, como «El dúo de la tos», «Dos sabios» o «El caballero de la mesa redonda». El campo asturiano, donde se localiza lo que algunos críticos denominan el «ciclo rural» clariniano, del que forman parte no menos de ocho títulos, entre los que sobresalen «Doña Berta», «El Quin» o «Manín de Pepa José».

Curiosamente, en el conjunto de los relatos que forman parte de *El Señor y lo demás, son cuentos* la ambientación espacial tiene una importancia menor. Son, para empezar, mayoría casi absoluta las narraciones donde es irrelevante, o no está fijada en absoluto, la situación geográfica: «El Señor», «Cambio de luz», «El Centauro», etc. Entre aquellos cuya localización es posible determinar, el primero de los entornos antes señalado, la ciudad provinciana, está representado únicamente por las pequeñas poblaciones de nombre oculto (Clarín utiliza el tradicional recurso de llamarlas *Z* o *N***) en «Rivales» y «Un jornalero». Madrid sólo aparece como escenario ocasional en «Rivales» y como fondo no demasiado significativo para la acción de «Un viejo verde». Los balnearios norteños, por su parte, aparecen insinuados en el argumento de «Rivales».

3.2. El único ámbito bien caracterizado, no tanto numéri-
camente como de manera cualitativa, es el del campo asturiano, que tiene en esta colección su representante quizá
más característico: «¡Adiós, "Cordera"!» No es grato reconocer, sin embargo, que la poderosa energía identifica-
dora de este relato, debida muy principalmente a su localización en el campo astur, no va acompañada de la
importancia literaria que el ambiente posee en otros relatos del autor. Mientras que en «Doña Berta» o «El Quin»
la naturaleza tiene una clara función argumental, «¡Adiós,
"Cordera"!» es más bien un representante del pintores-
quismo descriptivo, habitual en la literatura española de
la segunda mitad del siglo XIX, excelente para dar forma a la
presentación de idílicos cuadros costumbristas. El paisaje,
simple telón de fondo en la mayor parte del relato, sólo
adquiere un papel determinado al final, cuando, al igual
que sucede en otros muchos lugares de la narrativa clariniana, el mundo inanimado —y no exclusivamente el
correspondiente a la vida rural— se emplea como reflejo
y símbolo del estado anímico en que se encuentran los
personajes y de la realidad que está detrás de él:

> Al día siguiente, muy temprano, a la hora de siempre, Pi-
> nín y Rosa fueron al *prao* Somonte. Aquella soledad no
> lo había sido nunca para ellos, triste; aquel día, el So-
> monte sin la *Cordera* parecía el desierto. [...]
>   Con qué odio miraba Rosa la vía manchada de carbo-
> nes apagados; con qué ira los alambres del telégrafo.
> ¡Oh!, bien hacía la *Cordera* en no acercarse. Aquello era
> el mundo, lo desconocido, que se lo llevaba todo.

 — Revísense todos los cuentos de *El Señor...* Se-
ñálese su localización geográfica y temporal
exacta. Dígase en qué casos desempeña una función determinada y en qué casos es irrelevante.

— ¿Podría deducirse de alguno de los relatos leí-
dos que en la obra de Clarín existe un «menospre-

cio de corte y alabanza de aldea», hasta cierto punto anticipo de las actuales tendencias ecologistas que sitúan al campo en un plano de superioridad indudable sobre la ciudad?

— Rastréense otros casos en que, como el que acabamos de ver, los elementos de la naturaleza sirvan para subrayar el estado de ánimo de los personajes.

4. RELIGIOSIDAD Y ANTICLERICALISMO

Sobre pocos aspectos de la obra de Leopoldo Alas se ha escrito tanto como acerca del sentimiento religioso plasmado por él en sus narraciones. Si bien la parte fundamental en este propósito se la ha llevado *La Regenta,* donde lo religioso es material primario para su génesis, las narraciones breves son también espejos en los que se refleja la peculiar evolución por la que pasan las creencias del autor.

4.1. *La religiosidad*

Así, tras una primera juventud romántica y religiosa, Clarín hace alarde —es el momento de sus contactos con el krausismo— de un escepticismo literario y satírico que, momentáneamente, oculta sus desvelos religiosos. Por fin, en la etapa de madurez, Leopoldo Alas recobra dichas inquietudes y experimenta una profunda reflexión espiritual, caracterizada fundamentalmente por la búsqueda de Dios. Este es el giro mejor documentado en sus narraciones, y sobre todo en algunas de las que aparecen en nuestra colección. La que la encabeza, «El Señor», nos muestra claramente cómo Alas quiere una religiosidad íntima, irracional, no externa ni intelectualizada:

> [...] La fe defendida con argumentos, le parecía [a Juan de Dios] semejante a la fe defendida con la cimitarra o con el fusil [...]

La búsqueda de Dios se muestra con nitidez, casi con violencia, en «Cambio de luz», donde la ceguera del protagonista le sirve para abrir los ojos a otra dimensión:

> [...] Vio entonces la realidad de lo divino, no con evidencia matemática, que bien sabía él que esta era relativa y condicional y precaria, sino con evidencia *esencial;* vio la verdad de Dios, el creador santo del Universo, sin contradicción posible [...]

Bien es cierto que, como ha dicho Francisco García Pavón («El problema religioso en la narrativa de Clarín», *Archivum,* V, [1955], págs. 319-349), Alas no deja traslucir en ningún momento la identidad de ese Dios con el católico. Jorge Arial, como Clarín, ha encontrado a Dios, «pero es un Dios suyo, un Dios personal, no identificado con el de ninguna religión positiva». La idea no dista mucho de la expuesta por el propio novelista en su prólogo a *Cuentos morales:*

> Cómo entiendo y siento yo a Dios, es muy largo y algo difícil de explicar. Cuando llegue a la *verdadera vejez,* si llego, acaso, dejándome ya de cuentos, hable directamente de mis pensares acerca de lo Divino.

4.2. *El anticlericalismo*

De lo que sí habló y, sobre todo, dio que hablar Clarín, fue acerca de una cuestión aparentemente unida a esta de la religiosidad, pero que responde a planteamientos diferentes: su anticlericalismo. ¿Hasta qué punto es cierta la *leyenda negra* del anticlericalismo clariniano, que persiguió a nuestro autor durante lustros?

Clarín, desde luego, arremete contra los excesos cometidos por la Iglesia, cuyo poder era todavía decisivo en la sociedad española de la Restauración, y al mismo tiempo fustiga los vicios que encuentra en algunos de sus ministros. Pero no llega a caer nunca en un anticlericalismo radical, actitud esta que es objeto de su propia burla en la figura del ateo Guimarán, lamentable personaje de *La Regenta*. Ataca, sobre todo, la concupiscencia, la soberbia o la falta de caridad en ciertos hombres de iglesia (no olvidemos la amarga reflexión que sigue a la marcha de «Cordera» en la narración que lleva su nombre: «Carne de vaca para comer los señores, los curas..., los indianos»), pero no extiende su crítica a todos los miembros del clero.

Así, y dentro de su narrativa, frente a los clérigos que son objeto de su demoledora visión crítica (don Fermín de Pas, el Magistral vetustense de *La Regenta,* es ejemplo obvio), Clarín nos presenta a otros, retratados con trazos amables (el Obispo Camoirán en la misma novela), que, curiosamente, pueblan las páginas de sus cuentos: Tomás Celorio, personaje central en «El cura de Vericueto»; el párroco de la Matiella en «El sombrero del señor cura». Y, sobre todos ellos, el dulce protagonista de «El Señor», que hasta en su incómodo papel de clérigo enamorado de una mujer sirve casi de antítesis a esa desastrosa figura, central en algunos de los mejores argumentos decimonónicos: *O crime do Padre Amaro,* del portugués Eça de Queiroz; *La faute de l'abbé Mouret,* del francés Zola.

Quizá la clave de la actitud de Leopoldo Alas frente al clero podamos encontrarla en estas palabras que el autor pronunció, muy poco tiempo antes de su muerte, con motivo del homenaje al recién muerto poeta Campoamor, en el teatro ovetense que lleva su nombre:

> Yo no defiendo a las sotanas, yo no digo que estén todas ellas libres de manchas, pero, ¿cómo están las levitas, cómo están las chaquetas, cómo están las blusas?

 — Interprétese el sentido literal de las palabras de Clarín que acabamos de reproducir.
— Relaciónense sus ideas acerca de la religión con las que les corresponden ante la Iglesia y el clero.

— Hágase una interpretación personal del sentimiento expresado por Leopoldo Alas en «Cambio de luz».

5. ELEMENTOS AUTOBIOGRÁFICOS

Laura de los Ríos expresó con nitidez la relación que existe entre la obra de Clarín y la vida de Leopoldo Alas. Sin duda, la irrupción del autor en sus obras de ficción es fenómeno frecuente, pero en nuestro caso se hace especialmente significativo, al darnos cuenta de que en los relatos breves de Clarín, más que en sus novelas o en su obra crítica, aparecen ciertas claves humanas que pueden ayudarnos a interpretar mejor su extraordinaria personalidad literaria.

Hemos visto antes la expresión de la religiosidad clariniana a través de algunos de los relatos incluidos en la colección leída. Pues bien; el reflejo del autor no termina en este aspecto, sino que tiene manifestaciones en otros más tangibles.

Así, en los cuentos de Alas hay una curiosa insistencia por los personajes, niños sobre todo, de cabeza rubia: así se nos presenta, por ejemplo, a Juan de Dios, el sacerdote de «El Señor», y a su imposible amor, Rosario; así son los tres hijos de Jorge Arial, en «Cambio de luz», el Papa de «La rosa de oro» y su admiradora... Tal rasgo hace alusión a esa misma característica física, común en la familia de Leopoldo Alas y alguna vez puesta de relieve por el escritor en sus cartas personales.

Aún más elocuente es la tendencia a presentar personajes enfermizos, como Rosario, en «El Señor»; o torturados por los nervios, como Jorge Arial, en «Cambio de luz». Ambas características, junto con el temor a la ceguera, que cumple una función central en este último relato, fueron obsesiones que asaltaron a Leopoldo Alas durante toda su vida. Los nervios, sobre todo, son asunto sobre el que Clarín vuelve una y otra vez en sus cartas, relacionándolo con su debilidad visual. Así le dice a Galdós, ya en 1884:

> Yo tengo la salud muy quebradiza; cada pocos días me dan jaquecas con un acompañamiento de fenómenos nerviosos, pérdida del habla y otras menudencias que son una delicia; el primer síntoma es perder la vista.

Los gustos personales de Alas, y en especial sus aficiones teatrales, aparecen con harta frecuencia en las narraciones —en las breves y en las extensas— de nuestro autor. Así sucede en *La Regenta,* en *Su único hijo* y en buen número de sus cuentos: «Cristales», «La reina Margarita» y, dentro de nuestra colección, «La Ronca».

En ocasiones, los rasgos biográficos con que Leopoldo Alas nos describe a determinados personajes de su narrativa breve coinciden con los de su autor. Este es el caso del protagonista de «Un viejo verde» y, sobre todo, el de Jorge Arial, *alter ego* de Clarín, no sólo por sus planteamientos religiosos, sino también por su edad, su posición social, su situación familiar e incluso por las estrecheces materiales de las que con frecuencia se quejaba el autor de *La Regenta.*

Todas estas traslaciones, que ayudan a conformar el carácter de los personajes clarinianos, los hacen más auténticos y constituyen parte esencial en la creación de su universo narrativo.

— Inténtese explicar por qué un escritor —y en este caso Clarín— decide incluir motivos autobiográficos en sus obras.

— Desde el punto de vista literario, ¿qué efecto produce este recurso?

— Inténtese trazar, con ayuda de los datos ahora vistos (en el Cuadro cronológico y, sobre todo, en las propias narraciones), un retrato de la personalidad de Leopoldo Alas.

6. LENGUA Y ESTILO

Si Leopoldo Alas trasciende la narrativa de su época, destacando entre la legión de prosistas que hicieron del siglo XIX la «edad de plata» de la novela en lengua española, ello se debe a su capacidad para crear universos literarios propios, a la fuerza que poseen los personajes por él creados y, en medida desde luego no inferior, a la intensidad y riqueza de estilo con que, a través de un portentoso manejo de la lengua, supo plasmar los argumentos de sus creaciones.

6.1. *Estilo*

En su completo estudio sobre el estilo de Clarín, Laura Núñez llama la atención sobre uno de los elementos que mejor lo individualizan: la riqueza y variedad de los elementos léxicos utilizados. «La producción literaria de Alas, pese a la diversidad de sus géneros, constituye un orbe de palabras en el que predomina una consistente voluntad de estilo.» También en sus cuentos, como fácilmente se ha podido comprobar a través de la lectura de nuestra colección, es evidente esta voluntad. Las referencias cultas, por ejemplo, muestran la gran erudición del novelista: continuas alusiones a los clásicos grecolatinos (Homero, Sócrates, Horacio, Virgilio...), españoles (Garcilaso), franceses (Bossuet), italianos (Dante), así como las abundantísimas referencias mitológicas, históricas, musicales o filosóficas, nos lo demuestran. Los campos léxicos correspondientes a los argumentos abordados (sobre todo los de la música y el pensamiento, pero también del comercio —recordemos toda la fachada simbólica del cuento titulado «Protesto»—, del derecho, etc.) subrayan y sirven como vehículo expresivo a la incansable erudición de Clarín.

6.2. *Lenguaje*

El manejo del lenguaje en sus distintos niveles de análisis (fónico, morfológico, sintáctico y, sobre todo, léxico y semántico) es, con frecuencia, apabullante. Sin pretensiones de hacer un recuento exhaustivo, recordemos que en las páginas de *El Señor y lo demás, son cuentos* aparecen representaciones:

– Del latín: *oleum infirmorum* («El Señor», pág. 52), *in integrum* («Protesto», pág. 121), *salus populi* («La yernocracia», pág. 130)...
– Del griego: *glosolalia* («El Señor», pág. 48), *eautontimorumenos* («Rivales», pág. 108).
– Del italiano: *Perdono a tutti* («La yernocracia», pág. 106), dilettanti («Cuento futuro», pág. 155).
– Del francés: *faire l'article, jeune maître* («Rivales», pág. 108), *fin de siècle* («La yernocracia», pág. 131), *d'élite* («Cuento futuro», pág. 155).
– Del alemán: *gemacht vonn golde; Herr Leo... der zehnde Babst dess nahamens* («La rosa de oro», pág. 229).
– Del asturiano: *llindar* («¡Adiós, "Cordera"!», pág. 68), *xatu, sebe (Ibíd.,* pág. 69), *narvaso, estrar (Ibíd.,* pág. 71), *xarros, neños, acá vos digo; basta de pamemes (Ibíd.,* pág. 77)...

6.3. *Recursos lingüísticos*

Por otra parte, las distintas posibilidades de expresión de acuerdo con el nivel de lengua utilizado o el registro de habla reproducido son también explotadas por Alas en sus relatos breves. A título de ejemplos, recordemos la representación del lenguaje infantil que Clarín nos presenta, mediante convincentes recursos fónicos y morfosintácticos, en «La yernocracia»:

> — Papá... yo quere que papá sea rey (rey lo dice muy claro) y que haga ministo y general a Maolito, que quere a mí... (pág. 136).

O la muy conseguida plasmación del lenguaje coloquial que aparece en «Cuento futuro», de la que nos ocuparemos en el apartado siguiente.

6.4. *Recursos estilísticos*

Incluso el sentido del humor, la ironía tan característica de Clarín, adopta en muchas de sus narraciones expresión lingüística (hay quien afirma que el humorismo de Leopoldo Alas es la base de su estilo). Así sucede, por ejemplo, con el deliberado empleo de nombres simbólicos, de los que nuestra colección es muestrario elocuente: Juan *de Dios* es el nombre del sacerdote que protagoniza el primer relato; Jorge *Arial* encuentra su verdadera vocación en la música; *Judas Adambis* y *Evelina Apple* —'manzana'— son los protagonistas del «Cuento futuro» en que se da fin y nuevo principio a la humanidad, etc. De igual manera, las frases hechas son convenientemente retorcidas por Clarín para obtener el efecto cómico buscado (así, al hablar de una *acerada* —en lugar de dorada— *medianía* en «Cambio de luz», pág. 81, o en el momento en que el protagonista de «La Ronca» encuentra «más que su media naranja, su medio piñón» —por la insignificancia de ambos personajes—).

 — Hágase un inventario de los nombres simbólicos adjudicados por Clarín a sus personajes. Explíquese en qué consiste el simbolismo. Rastréense otras manifestaciones del humor clariniano distintas a las enunciadas.
— Recójase todo el léxico no castellano de las narraciones. Explíquese el significado de los términos, las frases o las citas completas.
— Aplíquese al texto de los relatos las ideas expuestas por Katherine Reiss en el último documento reproducido.

7. COMENTARIO DE TEXTO

La representación de las variaciones lingüísticas que caracterizan al lenguaje real (desde el más culto al más popular, desde el más formal al más coloquial o familiar...) es uno de los recursos característicos de la narración realista. La generación literaria a la que perteneció Leopoldo Alas utilizó —quizá por primera vez de manera sistemática— esa presentación de la lengua en su variedad como mecanismo caracterizador (de las situaciones, de los personajes, de las acciones): en los relatos de José María de Pereda tiene papel protagonista el lenguaje de las clases humildes montañesas; los rasgos procedentes del gallego caracterizan a muchos personajes de Emilia Pardo Bazán; el asturiano forma parte indisociable de algunos relatos de Palacio Valdés o del propio Clarín; el habla informal, familiar, es una de las materias básicas con las que Benito Pérez Galdós da vida a sus criaturas de ficción en sus novelas y *Episodios nacionales*...

Ya se ha advertido que en las páginas de *El Señor y lo demás, son cuentos* es claramente perceptible esa voluntad de presentar la variación lingüística como herramienta de caracterización. En el texto que ahora reproducimos, Clarín recoge los rasgos más sobresalientes de una de las variedades lingüísticas a las que los novelistas de la Restauración decimonónica dedicaron su atención: el lenguaje coloquial:

> Y desapareció Jehová Elhoim.
> Y casi me alegro, porque ahora ya puedo copiar el diálogo [entre Evelina y su marido, Judas] textualmente.
> Evelina encogió los hombros y dijo:
> — Tú, Judas, ¿qué opinas de todo esto?
> — ¡Figúrate!
> — Valiente sabio estabas tú. Mira qué bien hacía yo en ir a misa, por un si acaso. Tú eres un tonto, que por poco nos haces condenarnos a los dos. Afortunadamente, el Señor parece un señor muy amable...
> — ¡Oh! La Bondad infinita...

— Sí, pero...

— El Sumo Bien...

— Sí, pero...

[...]

— ¿Pero qué, hija?

— Pero algo raro.

— Y tan raro, como que es el único.

— No, no quiero decir raro en ese sentido, sino en el de... ¡Mira tú que prohibirnos comer de esas manzanas como si fuéramos unos chiquillos!...

— Y no comeremos.

— Claro que no, hombre. No te pongas tan fiero. Pues por eso digo que es raro. ¿Qué trabajo nos cuesta a nosotros ponernos formales, y, escarmentados, prescindir de unas pocas manzanas que son como las demás?

— Mira, en eso no nos metamos. Dios es Dios, ¿estás?, y lo que Él hace, bien hecho está.

— Pero confiesa que eso es un capricho.

— No confieso tal, ni tú tampoco; y te prohíbo blasfemar en adelante. Por lo pronto, no pienses más en tales manzanas..., que el diablo las carga.

— ¡Qué ha de cargar, infeliz! Buena soy yo. A propósito, tengo sed..., deseo de eso, de eso..., de fruta..., de manzanas precisamente, y de Balsaín.

— ¡Mujer!

— ¡Bobalicón! ¿No ha dicho que de esa clase hay aquí a porrillo? Pues vamos a buscar otro árbol igual, y me das un hartazgo. ¿Conoces tú el Balsaín?

— Sí, Evelina. *(Busca.)* Aquí tienes otro árbol igual que ese prohibido. Toma. ¿Ves qué hermosa manzana? Balsaín legítimo.

(«Cuento futuro», págs. 175-176.)

El lenguaje coloquial corresponde, naturalmente, a las características de la lengua oral cuando se ha entablado un diálogo. Algunas características de ese lenguaje, presentes en el texto, son:

a) El uso de la entonación exclamativa e interrogativa (a veces empleada en frases sin intención de preguntar nada).

b) Las frases cortas, de sintaxis poco complicada.

c) Las oraciones que quedan inacabadas (anacolutos) o terminan en suspenso (representadas en la escritura mediante puntos suspensivos)

d) La presencia de expresiones o frases hechas.

e) La alusión continua al interlocutor, utilizando su nombre, el pronombre personal que lo representa, los vocativos, etc.

f) Las repeticiones de palabras o frases con intención expresiva.

g) La ironía, presente, por ejemplo, en:
  – El uso de palabras de sentido opuesto al que se piensa.
  – El empleo de voces con significado doble.
  – El empleo de frases hechas deformadas o aplicadas a realidades distintas a las comunes.

h) El empleo de palabras o expresiones que sólo se utilizan en situaciones de mucha confianza.

  El comentario de texto puede ajustarse a estas pautas:

— Rastréense en el texto de Clarín ejemplos de todas las características señaladas de la lengua coloquial.

— Búsquense otras que, a juicio de los lectores, correspondan también a ese tipo de registro de la lengua.

— A partir de los datos encontrados, señálense todas las diferencias existentes entre el lenguaje del coloquio y el correspondiente a las situaciones de menor confianza, más formales, menos espontáneas.

— ¿Es ajustada a la realidad del uso la representación del coloquio conseguida por Clarín?

— ¿El diálogo reproducido se llevaría a cabo en nuestros días del mismo modo? ¿Qué cambios podrían señalarse?

8. BIBLIOGRAFÍA COMPLEMENTARIA

8.1. *Ediciones*

El Señor y lo demás, son cuentos, ed. de Juan M. San Miguel, Valladolid, Miñón, 1987.
O Senhor e o resto são histórias, trad. de José Colaço Barreiros, Lisboa, Teorema, 1991.

8.2. *Algunas antologías de relatos clarinianos posteriores a la edición original*

¡Adiós, «Cordera»!, y otros relatos, ed. de Francisco Muñoz Marquina, Madrid, Burdeos, 1988.
El Señor y lo demás, son cuentos, ed. de Rosario de la Iglesia, Madrid, Dist. Mateos, 1994.
   [Pese a tomar el título de la colección editada por Clarín, no incluye todas las narraciones del volumen original; por el contrario, recoge otras correspondientes a colecciones distintas.]
Cuentos, ed. de Ángeles Ezama; estudio preliminar de G. Sobejano, Barcelona, Crítica, 1997.

8.3. *Algunos estudios generales y traducciones*

CAUDET, Francisco, y MARTÍNEZ CACHERO, José M.ª: *Galdós y Clarín,* Madrid, Júcar, 1993.
GARCÍA SAN MIGUEL, Luis: *El pensamiento de Leopoldo Alas «Clarín»,* Madrid, Centro de Estudios Constitucionales, 1987.
LISSORGUES, Yvan: *Clarín político,* Barcelona, Lumen, 2 vols., 1989.
—: *El pensamiento filosófico y religioso de Clarín,* Oviedo, Grupo Editorial Asturiano, 1996.
RICHMOND, Carolyn: *«Vario»... y varia: Clarín a través de cinco cuentos suyos,* Madrid, Orígenes, 1990.
SOTELO VÁZQUEZ, Adolfo: *Leopoldo Alas y el fin de siglo,* Barcelona, PPU, 1988.

8.4. *Sobre la narrativa breve del autor:*

BAQUERO GOYANES, Mariano: *El cuento español. Del Romanticismo al Realismo,* Madrid, CSIC, 1992.

RODRÍGUEZ MARÍN, Rafael: «Teoría de la lengua y práctica narrativa en los relatos breves de Clarín», en Peter Fröhlicher y Georges Güntert (eds.), *Teoría e interpretación del cuento,* Peter Lang, Bern, 1995, págs. 282-302.

SOTELO VÁZQUEZ, Adolfo: «"Cambio de luz", palimpsesto», *España Contemporánea,* VIII, 2, (1995), páginas 101-116.

COLECCIÓN AUSTRAL

Serie azul: Narrativa
Serie roja: Teatro
Serie amarilla: Poesía
Serie verde: Ciencias/Humanidades

ÚLTIMOS TÍTULOS PUBLICADOS

Ramón del Valle-Inclán
362. **Claves Líricas**
Edición de José Servera Baño

Leopoldo Alas, *Clarín*
363. **La Regenta**
Edición de Mariano Baquero Goyanes

Antonio Buero Vallejo
364. **Las trampas del azar**
Prólogo de Virtudes Serrano

Mariano José de Larra
365. **El doncel de don Enrique el Doliente**
Edición de M.ª Paz Yáñez

E. M. Foster
366. **Una habitación con vistas**
Prólogo de Encarna Castejón
Traducción de Marta Passarrodona

Evelyn Waugh
367. **Un puñado de polvo**
Prólogo de Eduardo Chamorro
Traducción de Carlos Manzano

Ramón del Valle-Inclán
368. **La Lámpara Maravillosa**
Edición de Francisco Javier Blasco Pascual

Isaiah Berlin
369. **Antología de ensayos**
Edición de Joaquín Abellán

William Shakespeare
370. **Macbeth**
Edición y traducción de Ángel-Luis Pujante

J. J. Armas Marcelo
371. **Las naves quemadas**
Prólogo de Rafael Conte

Ramón del Valle-Inclán
372. **Femeninas. Epitalamio**
Introducción de Antonio de Zubiaurre

Antonio Muñoz Molina
373. **Nada del otro mundo**
Prólogo de Andrés Soria Olmedo

Blaise Pascal
374. **Pensamientos**
Introducción de Gabriel Albiac

Ramón del Valle-Inclán
375. **Flor de Santidad. La Media Noche**
Edición de Arcadio López-Casanova

Leopoldo Alas, *Clarín*
376. **Treinta relatos**
Selección y edición de Carolyn Richmond

André Malraux
377. **La vía real**
Prólogo de Horacio Vázquez-Rial

Ramón del Valle-Inclán
378. **Divinas Palabras**
Edición de Gonzalo Sobejano

Ramón del Valle-Inclán
379. **Varia**
Edición de Joaquín del Valle-Inclán

Manuel Mujica Láinez
380. **El gran teatro**
Prólogo de Luis Antonio de Villena

Ludwig Wittgenstein
381. **Aforismos. Cultura y valor**
Prólogo de Javier Sádaba
Edición de G. H. von Wright

Ramón del Valle-Inclán
382. **El Yermo de las Almas. El Marqués de Bradomín**
Edición de Ángela Ena

Francisco Umbral
383. **Ramón y las Vanguardias**
Prólogo de Gonzalo Torrente Ballester

Lucio Apuleyo
384. **El asno de oro**
Traducción y edición de Alfonso Cuatrecasas

George Berkeley
385. **Tres diálogos**
Edición de Gerardo López Sastre

Valery Larbaud
386. **Fermina Márquez**
Prólogo de Adolfo García Ortega

Ignacio Aldecoa
387. **El fulgor y la sangre**
Prólogo de José Manuel Caballero Bonald

Gerardo Diego
388. **Antología de sus versos (1918-1983)**
Edición de Francisco Javier Díez de Revenga

Miguel de Unamuno
389. **La agonía del cristianismo**
Edición de Victor Ouimette

Luis Goytisolo
390. **Las afueras**
Edición de Fernando Valls

William Shakespeare
391. **El sueño de una noche de verano. Noche de Reyes**
Edición y traducción de Ángel-Luis Pujante

Francisco Nieva
392. **Señora tártara. El baile de los ardientes**
Edición de Juan Francisco Peña

César Vallejo
393. **Antología poética**
Edición y selección de Antonio Merino

José Ortega y Gasset
394. **En torno a Galileo**
Edición de José Luis Abellán

Julián Marías
395. **España ante la Historia y ante sí misma
(1898-1936)**

Julio Camba
396. **Mis páginas mejores**
Edición de Mario Parajón

Charles Dickens
398. **Libros de Navidad**
Prólogo de Luis Suñén
Traducción de Miguel MacVeigh

Heinrich Wölfflin
399. **Conceptos fundamentales de la Historia del Arte**
Prólogo de Enrique Lafuente Ferrari

Pablo Neruda
400. **Veinte poemas de amor y una canción desesperada**
Edición de José Carlos Rovira

William Shakespeare
401. **La tempestad**
Edición y traducción de Ángel-Luis Pujante

Miguel de Cervantes
402. **Novelas ejemplares (Selección)**
Edición de Antonio Rey Hazas y Florencio Sevilla Arroyo

Gustavo Adolfo Bécquer
403. **Rimas y Leyendas**
Edición de Francisco López Estrada y M.ª Teresa López García-Berdoy

Antonio Buero Vallejo
404. **Historia de una escalera**
Edición de Virtudes Serrano

Pedro Laín Entralgo
405. **La generación del 98**

Rosalía de Castro
406 **En las orillas del Sar**
Edición de Mauro Armiño

José Jiménez Lozano
408 **Sara de Ur**
Introducción de Antonio Piedra

Antonio Gala
409 **Café Cantante**
Prólogo de Andrés Peláez Martín

Gregorio Marañón
410 **Ensayo biológico sobre Enrique IV de Castilla y su tiempo**
Prólogo de Julio Valdeón

Ramón del Valle-Inclán
411 **Voces de Gesta. Cuento de Abril**
Edición de M.ª Paz Díez Taboada

Julián Marías
412 **Miguel de Unamuno**

Jonathan Swift
413 **Los viajes de Gulliver**
Traducción y edición de Emilio Lorenzo Criado

Julio Camba
414 **La casa de Lúculo**
Prólogo de Mario Parajón

Antonio Díaz-Cañabate
415 **Historia de una taberna**
Prólogo de Andrés Amorós

James Boswell
416 **Vida del doctor Samuel Johnson**
Prólogo de Fernando Savater

José de Espronceda
417 **Poesías líricas. El estudiante de Salamanca**

Lope de Vega
418 **El caballero de Olmedo**
Edición de Ignacio Arellano

Félix M.ª de Samaniego
419 **Fábulas**
Edición de Emilio Martínez Mata

AA. VV.
420 **Antología de la poesía española, 1960-1975**
Edición de Juan José Lanz

Camilo José Cela
421 **La colmena**
Edición de Eduardo Alonso

Luis Alberto de Cuenca
422 **Las 100 mejores poesías de la lengua castellana**

André Chastel
423 **El saco de Roma**

Jorge Luis Borges
424 **Nueve ensayos dantescos**
Introducción de Marcos Ricardo Barnatán

Steven Runciman
425 **La caída de Constantinopla**

Rubén Darío
426 **Prosas profanas y otros poemas**
Edición de Ricardo Llopesa

Joseph de Maistre
427 **Las veladas de San Petersburgo**
Prólogo de Rafael Conte

William Shakespeare
428 **Ricardo II**
Edición y traducción de Ángel-Luis Pujante

Ángel Ganivet
429 **Cartas finlandesas. Hombres del norte**
Edición de Antonio Gallego Morell

Molière
430 **Don Juan. El avaro**
Edición y traducción de Mauro Armiño

Ramón Gómez de la Serna
431 **El Rastro**
Edición de Luis López Molina

Mijail Rostovtzeff
432 **Historia social y económica del Imperio Romano, I**
433 **Historia social y económica del Imperio Romano, II**

Edgar Neville
434 **Don Clorato de Potasa**
Edición de M.ª Luisa Burguera

Baltasar Gracián
435 **El Criticón**
Introducción de Emilio Hidalgo
Edición de Elena Cantarino

Francisco de Quevedo
436 **Los sueños**
Edición de Ignacio Arellano y M. Carmen Pinillos

Emilio Lledó
437 **El silencio de la escritura**

Robert Louis Stevenson
438 **El extraño caso del Dr. Jekyll y Mr. Hyde. Olalla**
Prólogo de Juan Tébar

Juan Chabás
439 **Puerto de sombra. Agor sin fin**
Edición de Javier Pérez Bazo

AA. VV.
440 **Poetas del 27. Antología comentada**
Introducción de Víctor García de la Concha
28 poetas seleccionados y comentados por 16 especialistas